之

Balancing

间

平　衡　你　自　己

身无一物，所以奔跑

——木马《旧城之王》

姬中宪 著

穿西装的椅子

SPM
南方传媒

广东人民出版社
·广州·

目 录

①

目录

②

序言

　　这本书的写作时间跨度很大，如果给每一篇标明写作年份，读者或许能从中发现另一种更诡异的读法。有时我会犹豫要不要出版这样一本书，后来我在画家胡永凯先生那里得到了安慰。他说（大意）：不画表情，因为表情转瞬即逝，要画永恒。

　　小声说话，即为小说。对我而言，小说是我向生活乞求来的一点点自由，是现实施舍给我的一次例外。这施舍朝不保夕，随时会被那些更大声、更正当的事情打断。

　　感谢编辑陈卓，他出版了我的另一本小说《花言》，那时我们就在讨论《穿西装的椅子》这本书。五年来，这本书被他带着一路南下，从北京到南京，终于在广州出版。感谢他的不离不弃。我俩见面，整晚聊心事，聊到饭馆打烊，被服务员赶走，临别前五分钟才说：要不我们抓紧聊聊这本书的版式和用纸……?

五年，贯穿整个"十四五"，其间发生了多少事? 我和写这本书时的我，已经不是同一个人。校对书稿时，我会尴尬和脸红，也会被五年或更早之前的我逗笑，那时的我憋着一脸坏笑，还喜欢在文字间胡闹。

这大概是写作为数不多的意义吧。如果你也时常倦怠或惊惧，或者正与周遭紧绷的空气较劲，愿这本书能让你暂时松弛下来，再开心那么一两秒。

感谢画家陈余先生慷慨地将他的画作给我做封面，感谢为这本书写下推荐语的邓一光、张莉、阿乙、崔欣四位老师，还有这些年鼓励我写小说的每一位师友和家人，谢谢你们。

拳王

"费总您好，这是我的名片。"

"费总您好，这是我的名片。"

她叫了两遍我才反应过来她叫的是我。我不正经的时候喜欢自称姓费，比如接到燃气公司回访电话时，遇到不喜欢的相亲对象时，再比如此时。此时我正参加一个企业界的年会，一进门，迎头被人戴上一条红围巾，围巾上印着祥云和福禄寿。我决定今天姓费。

我接过她的名片，名片很重，中间嵌着一块芯片，我差点当成银行卡。"这张名片我得留着，"我暗想，"下次住酒店插卡取电时可能用得上。"

她双手仍虚张着，等待我的名片。"不好意思我没有名片。"我说。

"没关系，费总，这是我们的宣传册，您可以扫码关注我们的公众号。"她说着又递过来一个三折页，正反六面全是一个秃顶男人意气风发的照片，我以为是植发广告，正想问她疗效如何，她说："这是我们公司的魏总，魏总正在会场听讲座，等一下介绍您认识。"

这是一个能容纳千人的大会场，一千个戴红围巾的人坐在座位上，从后面看，能看到很多秃顶，不知道哪个是魏总的。主席台上，一个专门生产卫生纸中间那个小卷筒、一年产值二点四个亿的公司的老总正在讲《论语》。

我找个空座坐下，出于礼节朝邻座男人点了一下头，男人立刻把名片递过来。我觉得这个空座是个圈套，不知道已经捕获了多少个家里急需名片的人。"不好意思我没有名片。"我说。

台上那人讲得不错，堪称纸巾界的于丹。我扭头看了下身后的会场，多数人都在玩手机，只有个别在睡觉。我一扭头的工夫，身后两个人发现了我，递过来两张名片。

我掏出手机，发现有十几个"附近的人"加我好友，我看了一下他们的朋友圈，第一条都是和这场年会有关的，各种以主席台或签名墙为背景的自拍与他拍，我甚至在一张照片的远景上看到了我自己：我正在墙上签名，身旁挤满了拍照的人，我的红围巾和一个举着剪刀手的长发女人的发卡纠缠在一起（后来实在掰扯不开，她把发卡送给了我，还给了我一张名片）。

我通过了他们的请求，瞬间收到几十条消息，一看就是复制粘贴的。其中多数是介绍投资产品的，产品有挖掘机，有猪饲料，有沈腾的新电影，回报率一般在 17%～38% 之间；有三个人还邀请我参加他们公司随后在上海中心、上海国际会议中心、梅赛德斯奔驰文化中心等举行的年会；还有两个女孩发了自拍，尺度挺大，应该是征婚的。

他们一律称我费总。是的，我有好几个微信号，其中不正经的那个也姓费。

接下来的环节是企业家访谈，由一位特别活泼可爱的老企业家主持，几位民营企业家被请到台上分享，比较有意思的是他们还请了邝为雄，就是那个拿过世界拳击冠军、参演过好莱坞动作大片《功夫狼和金刚羊》的人。一场年会如果请不到明星那就太没面子了，果然，邝为雄上台的时候，台下鼓掌拍照的人最多。

听不清他们讲了什么，会场太大，吸音效果不好，只记得邝为雄讲完以后，特别活泼可爱的主持人点评："原来你不光四肢发达，头脑也不简单。"台上台下都笑了，大屏幕上，邝为雄也尴尬地笑了。

晚宴在顶楼，是一个比会场还大的超级大宴会厅，摆满了圆桌，人走进去，需要导航才能找到自己那一桌。中央 T 台上，二十几位长腿姑娘列队击鼓，声音震天响。我估计总统嫁闺女也就这么大排场了。

从会场到宴会厅的路上和电梯里，我又收了一把名片。

然而这都不算什么，顶多算餐前小点，酒过三巡，所有人都端着酒杯离开座位，四处找人碰杯时，才是交换名片的高峰期。因为喝了点酒，大家都格外不见外，"不好意思我没有名片"这句话已经得不到他们的原谅，他们将我团团围住，要从我身上搜出点什么，好带回公司存档。一不留神，左手刚收来的名片，被我用右手递给了别人，那人也不拒绝，点头哈腰致谢："谢谢啊陈总，多联系多联系！"

我开始到处发名片，收获他们的恭维：

"张总您好，久闻大名！"

"是赵总啊，久仰久仰！"

我每次都换一个姓，倒也开心。

"哇呀呀，您就是李总，刚才您在台上讲得太好了！"有人握着我的手说。

还有人要和我合影，理由是："孙总，我们又见面了，前年在达沃斯论坛上我和您合过影，您还记得吗？您真是越来越年轻了！"

这样的游戏可以持续整晚，因为总有名片收进来，总体上还是可以做到收支平衡的。

只有几个人稍稍表达了疑义：

"金总，您的名字好中性哦。"

"齐总，您的名字有点像女生的名字呢，不过真的很好听。"

"姜总，咱俩名字一模一样，公司名字也一模一样，缘分啊，干一个！"

也有一些比较专业的提问："成总，您公司的资产流动性怎么样？"

我喝得也有点多，把旁边一个人搂过来，说："这个问题太具体了，让我们副总来回答您。"

T台上，某上市公司的员工模特队刚表演完，台上搬来一条长案，笔墨纸砚备好，一位高僧大德被请上台——一场年会如果请不来一两个大和尚的话就太失败了——大和尚手书"拼搏"二字，当场拍了八万八。

一个扎小辫子的男人领了我的名片，已经钻到下一个人堆里，又钻回来，扑在我身上，浑身上下找我的手。"我是您的偶……不对，您是我的粉……不对，"他整理一下舌头，说，"您就是大名鼎鼎的世界冠军啊！"他终于找到我的一只手，替我把五指并拢，拢成一个松松的拳头，然后就抱在怀里，"您是我的亲偶像啊！"

我一拳把他打翻在地，他扒拉开许多鞋，抱住一个桌脚，说："您的脚步移动，天下无敌啊有没有！"

我发完最后一张名片，往宴会厅外走。不断有人挡在我面前，手持名片，露出醉汉的笑。我像僵尸片里的男主一样，一拳一个，将他们打倒。

男卫生间里的胖阿姨，耐心等我吐完，才拎着拖布和桶进来收拾。我把红围巾连同上面的发卡一并送给她。

至此，今晚这场年会——连同即将过去的这一整年——我做到了总体收支平衡。

陆家嘴灯火辉煌，气温低至零下，我走出上海国际金融中心，去赶二号线今年最后一班地铁。最后一班地铁也会离我而去，只有夜色属于我。

她不爱我

1

　　我本该在合影中就看出他们的关系。他们是年龄气质相差甚远的一组人，镜头前临时摆出亲密的样子，肩膀互相靠拢，肩膀以下的部位则严守着距离；女人更多一些，都涂着浓妆，没有一条眉毛是真的；男人则把衬衫或POLO衫束进裤腰里，留那种早晨起床拿手抹一把就能出门的发型。照片被严重美颜过，背景的沙滩和海虚化得像仙境，人像妖精。

　　她是众多妖精中长得最漂亮身材最好的一个，她和她的伙伴们都意识到了这一点，合影中，她前后左右的几个女伴们，脸和身体的方向拧着，肢体语言很纠结——她们在躲她，免得被过分对比——因此，当她问我"猜猜哪个是我"时，我一下就猜出哪个是她。

2

我和她是上礼拜在一个婚恋网站上认识的，其实也称不上认识，只是各自填了一堆表格，回答了很多诸如"是否吸烟？""是否接受婚后与对方的父母或猫同住？""如果恋人要看你的手机你会怎么样？"之类的问题后，系统把我们自动匹配在一起的。

系统说我俩的"心灵曲线"契合度达到了91%，是天造地设的一对儿。

我们接上头之后，移步到微信，她应我的请求，给我发来这张合影，让我猜猜哪个是她。待我猜中后，她马上说："我们团队里好多美女都没结婚哦，前排左边第一个、后排中间戴帽子的这两位姐妹都没男朋友哦，要不要我帮你介绍？"

我也想给她发张合影，让她猜猜哪个是我，手机相册里翻了半天，找到几年前在房产交易中心拍的一张合影，心一横，发了过去。

"是戴眼镜穿浅灰色大衣的那位高个子儒雅男士吧？"她很快回复我。

照片里上下家和中介共计二女三男，表情都庄重到略有些惶恐，像是被酒店身份识别系统拍到的那种脸。背景是金黄色的礼宾栏杆划出的蛇形通道，许多人在排队。

我和她又简单交换了一些个人信息后，她说："我看你还挺顺眼的，想和你交往下去，你呢？"

我们于是交往下去，当晚睡前她给我发了"晚安"，我第二天一早看到，给她回了"早啊"，她马上回我："我正在晨跑！目标五公里！"

　　我说："给我看看你晨跑的样子。"

　　她说："没化妆，不给你看。"

　　又回："以后有机会给你看。"

　　第三天我在候车大厅无聊，给她发了一条消息："我正在等高铁，一会儿去北京，你忙啥呢？"

　　她回我："在你眼里我是透明的吗？"

　　我有点吃不准她什么意思，就去百度"透明"，看看这个词最近有没有什么新的含义，百度的第一条解释是：（物体）能透过光线的。例句是：水是无色透明的液体。她又回我："怎么你去外地也不提前告诉我呢？"第二条比喻公开，不隐藏。例句是：采用招标方式使政府采购行为更透明。

　　我和其他几个人聊了几句，没理她。

3

　　其实这几天我也断断续续和其他几位女子有交流，这些人中有的是我主动搭讪的，有的是被搭讪的，其中有大堂副理、生物制药专业博士、希望"一年内成婚婚后不要孩子但是必须养只猫"的渠道分销专员、坚持找"心灵伴侣"不然就终生不结婚的海岛气象预报员……想想不妥，就客观地回她："上午才抢到票。"没加表情符号。

她回一个破涕为笑的表情，说："其实我明天晚上也要飞马来西亚，但是你看，机票还没订，我就先告诉你了。"

我想纠正一下当前聊天的氛围，就回："马来西亚，好地方啊。"

她回："怎么你也听说过这个地方？"

我正想我是不是要百度一下"马来西亚"，她又回："不过我是去出差，没时间玩，公司的产品出了些问题，赶过去处理，哎，真烦！"

我问她："你公司是做什么的？"

她回："软件公司啊，我大学学计算机专业，现在是软件工程师，你不知道吗？我的简介里有写啊。"

我赶紧回："知道啊，我是想问你，具体是什么软件，我不大懂这个。"

她半天没回，我猜她也许再也不回了，结果车到镇江时她回我："保密哦。"加一个食指挡在嘴前的脸和一个呲牙大笑的脸。

4

无锡到蚌埠期间，我和一位学声乐的姑娘聊了几句，她给我发来一段语音，说是兰培尔第关于颤音的练习曲，叫我务必戴耳机听，并且把音量调低，免得震坏耳膜。

我出门没带耳机，也没敢当众外放出来，就直接夸她唱得好，"天籁之音"。她回一个娇羞的表情，说："你已经查看我的个人资料 11 次了。"然后就一直显示"对方正在输入"，但是不见她的消息，只看见对话框一跳一跳的，像心跳，那一瞬间的气氛，就好像我给她买的求婚戒指被她提前发现了似的，我才惊觉查看别人资料是会记录在案并且要负责任的。我想向她解释，其实是因为她每次出现时我都忘了她是谁，不得不去网站上核实她的个人资料，免得说错话，也就是说我至少把她遗忘了 11 次，但是这种话怎么能说出口呢？

我不知道说什么，就先不说，反正这样的聊天总会随时中断，并不需要什么特别的解释，曾经有一个姑娘和我聊得火热，在每一项涉及三观的重大问题的认识上都取得了惊人的一致，但是当我问她"那你每次洗完澡都把淋浴头掰到面向墙的方向吗？"之后，她就再也不理我，一个礼拜都不回复，我最后向网站客服（客服编号 3984）求助，得到的答复是：对方正在限制交往中——原来她已经把我礼貌地屏蔽了，我百思不解，只好去百度"淋浴头"。

第二天晚上我收到她从马来西亚发来的消息："还以为飞机一落地就能收到你的消息呢。"

5

这句话后面那个表情符号我之前一直不知道什么意思，但是此刻我突然就读懂了：无比的遗憾。

我想我必须要大力扭转这场对话的走向，正在想一个万全之策，她又回："早知道没有你的消息，我何必那么着急开机，起落架一擦着地面我就开机了！"

我一口气在对话框里输入下面一段话："根据民航最新颁布的《机上便携式电子设备使用评估指南》规定，2018年1月24日起乘坐飞机不必关机，只需调到飞行模式即可……"输完我又删掉了。

曾经有一次我主动搭讪一位姑娘，说："你好，我们有共同的爱好。"五天后她回我："什么爱好？"我回："文学啊。"她回："你才爱好文学呢！"我回："我是爱好文学啊。"她回："可是我不爱好文学。"我先百度了"文学"，无果，又查看了我和她的聊天记录，才发现当初是系统向我推荐了她，推荐理由是：她也爱好文学，你和她有共同爱好，何不问问她最近睡前在读什么文学作品呢？看来系统也有乱点鸳鸯谱的时候，还好我没有听系统的问她睡前读什么。我向她道歉："对不起，我冤枉你了。"她大度地回了一个笑脸，然后屏蔽了我。

可是这个案例对马来西亚方面有什么借鉴意义呢？我努力想了想，意义还是有的：我不断回忆我的被屏蔽史，其实是想学习一个不失礼貌地屏蔽马来西亚软件工程师的方法，然而似乎并没有什么用。第三天早晨马来西亚直接发来一张图片，我犹豫要不要打开时，她的消息已经到了："知道吗，认识了你之后我就注销了婚恋网的账号。"

我用颤抖的手指点开那张图片，发现是一张截图，显示账号注销的信息，时间正是在我与她搭话之后。

我对她这种殉情式的做法颇为感动，想自己是不是也该把账号注销掉，随她而去？又想一年会费挺贵的，我才注册没多久，不妨再等等看。我回她："谢谢你对我的信任，也原谅我有点慢热，但是你放心，我只要认定了对方，会很投入。"按了发送，心里有些异样，好像已经把更多的自己投入进去。

那天上午我们聊得挺多，说了各自的兴趣爱好还有婚史一类的，然后她问了我一个非常重要的，也可以说是决定性的问题："你知道澳门吗？"

6

我连百度都没百度就回她："当然知道。"

她说："那你知道拉斯维加斯吗？"

我说："知道啊。"

她回一个惊讶的表情："你去过？"

我说："没见过猪跑，也吃过猪肉。"

她回："你知道这两个地方主要靠什么来带动经济？"

我说："赌博？"

她说："对了，我现在可以告诉你我们公司做什么软件了，公司不让对外透露的，但是我觉得告诉你没关系，你想知道吗？"

我不想知道，但是我说："我想知道。"

她说："我们是为马来西亚的赌场做系统安全软件的。"

我正在兴头上，说："哇哦，那你是不是知道系统漏洞，然后可以趁机狠赚一笔？"

这句话说完之后，她很久不理我。我打开百度，不知道该搜索什么，这时候她发来一连串消息："你怎么能这样讲话……你这是侮辱我……我们不合适，你删了我吧……像你这样的条件，应该什么样的女人都找得到，何必上婚恋网站呢……"

我傻了，回："只是开个玩笑，没那么严重吧？而且这和上不上婚恋网站有什么关系？"

她又回过来一串消息："这种事情能开玩笑？你了解我的工作吗？你平时讲话很随便吗？"

我说："我真的没有恶意，只想逗你笑。"

她说："再说了哪个行业没有漏洞？"

我说："既然都有漏洞，那怎么会是侮辱呢？"

她说："你是在婚恋网上看女人看得太多了吧。"

我说："我说过我注册才一星期。"

她说："我一直以为你是个成熟稳重的男人。"

我说："我也没想到你是个这么严肃的女生。"

之后一天我们都没讲话，其间声乐系的姑娘给我发来一段波多尼的琶音练习曲，我百度后赞她音色醇厚，气息通畅；一位牙医问我用完马桶后是选择盖上盖子还是打开盖子，我的回答让她很满意，她邀请我有时间去她那里免费洗一次牙，公司规定免费洗四颗，她可以偷偷帮我洗五到六颗。第四天上午"她"给我发了一张马来西亚理工大学校门的照片，说："不好意思，昨天不该对你发脾气，不瞒你说，软件确实有安全漏洞，现在甲方和公司都还不知道，只有我知道，我正在焦虑呢。"

我不是很会安慰人，尤其是软件方面的，就回她："所以我昨天的话没说错咯。"

她说："对不起，昨天是我太冲动了，最近工作压力比较大。"

我说："能和我说说吗？"

她说："本来还想利用漏洞赚一点钱，昨天被你一说，没心情了。"

我说："别，别，该赚赚。"

她说："我是内部员工，不能操作，钱我都准备好了，就是想找人帮我操作。"

又说："哎，你说我怎么跟你说起这些了呢？"

我说："没关系，不想说就不说。"

她隔一会儿说："工作上的事，网上不方便说。"

我说："那拍电报说？"

她说："你在取笑我。"

我说："没有，我在静静地看你……"

她说："我爸妈只生了我一个女儿，当儿子养的，不赚点钱不行啊。"

她说："其实很多同事都在这样操作，我之前一直不敢，但是看他们都赚了那么多，我也有点坐不住了。"

我说："其实前几天我有碰到你的同事。"

她说："这个行业就这样，上面其实也知道，睁一只眼闭一只眼。"

她说："希望你不要介意，爱情是美好的，可是婚姻很现实，你我都是经历过的人。"

她说："其实真的好累，好想找个坚实的肩膀让我靠一靠。"

她说："你怎么不说话？在忙吗？你在干吗？"

她说："我很忙，我是冲着结婚去的，可是如果你没有这个意思的话，我们就不要聊了好吗？"

我说："好的。"

我找了个没人的地方，点上一支烟，打开扬声器，放了声乐系女生的一段切分音练习曲，心里还是有一些失落。

我前几天碰到她的同事时，还不知道他们是同事。后来我忍不住又打电话给客服（客服编号7572），客服说她不是主动注销，而是被系统封号，而且他们是一个团队，作案手法各异，都涉嫌欺诈，近期被频繁举报。系统接到举报后，先将他们限定交往，取证核实后即封号，现在这个团队成员已先后被封号。

我问这个团队都有谁，客服给我发来一张合影，一张被严重美颜过的合影。我问哪个是她。客服说："哪个都有可能。"

我查看了最近与我聊过的几个人，好几个都被封号，一数，正好与合影中的人数一样。

幸存的那些，是不是迟早也要被封号呢？人和人的交往就是一个逐渐屏蔽，并最终封号的过程吗？

我抓紧给一位新近离婚、独自带娃、焦虑时偶尔吸烟的外贸专员发消息，说昨天刚出来一套公寓房，不限购，错层，装修七成新，厨房和卫生间全明，本月必走，有兴趣的话可以来看看。

牙医问我："还没告诉我照片里哪个是你呢。"

我没回她。哪个都有可能。

鼻子歪了

她戴上额镜，绿色的带圈束在额头上，眉眼上翘，让人想到异国女子。她说："坐吧"。声音随意、家常，似乎刻意为了和她所属的行业区分开来。我在她面前坐下，感觉右耳后面有光源。

她拧着身子看桌上的电脑屏幕，不看我。她说："33号？你预约了吗？"

我说："预约了。"

她说："怎么那么大的号？你预约完了就直接进来了？"

我说："我到护士台，护士就让我进来了。"

她没说什么，一副"怎么可能"的表情。我想我大概捡了个大便宜，这城市有2400万人口，有多少人排着队想见她，只为了让她翻开鼻孔瞧一眼，然后请她留下几行潦草的字，好捧回家照办。我才注意到她没戴白帽子和口罩，大概正要去吃午饭。

她说："你在哪里预约的？"

我说："自助挂号机，一个志愿者帮我约的。"

她把屏幕推到一边，转向我，好像终于下定决心要接我这个单子了。我坐直身子，问她："要摘帽子吗？"

她眉毛一挑，大概刚注意到我的帽子，然后就飞快地说："不用。"

我想我大概还是太郑重了些，毕竟她不是治疗头皮癣或脱发的。

她把额上的凹面镜翻下来，立刻有一束光向我射来，像矿工额头上的那种光。此刻，在她眼里我像一座废矿，正等待她施舍式的勘探。同时，镜面遮住了她的右眼，她在狐媚中添了些匪气，像海盗或女特务了。

我凑上去一点，将鼻孔交给她，她不知从哪抄起一把不锈钢扩鼻器，举到我脸前。像所有精美的刑具一样，那扩鼻器泛着冷光，手柄像翅膀一样展开，我还没来得及反抗，它就像一只金属鸟，将长喙啄进我的鼻孔。

她说："放松，头往左边偏一点。"

扩鼻器在我右鼻孔中张开，我被一点点撑大。并没有预想中的不适，甚至还有一些被彻底打开后的轻松，似乎我可以被无限地撑大。隔着额镜，我能看到她的眼球在动，此刻，她的瞳孔、额镜的镜孔、我的鼻孔，三孔成一线，我鼻孔里的沟壑与丛林叫她看了个遍。我有些负罪感，鼻科专家，这可真是一个值得同情的职业。

因为离得近，我对她的脸型有了新认识，她颧骨还是太高了些，面相中带有鲜明的地域特性，真担心有一天她会把头发堆高，染成红黄二色，彻底变成一个刻薄的老女人。

她好像知道我在想什么，手上加力，把我的鼻孔撑得更大些了。我发现五官都是心灵的窗户，不单眼睛。我刚才可能被自己的鼻孔给出卖了。

她说："不要动！鼻孔放松！"

我一动不动，整个人被她提捏着，连呼吸都小心翼翼。这让我想到牛鼻钳，一种针对牛的头部保定器，夹在牛鼻子上，可转移牛的注意力，好趁机给牛打针，或趁机杀了它。

她优雅地夹着我，像吃火锅时拿一双长筷夹起一块肉。她说："不太舒服吧。"

我说："没、没事。"

她说："早晨起来是不是容易打喷嚏？"

我说："是。"

她说："是不是经常擤鼻涕？"

我说："是。"

这种情况下的对话就像刑讯逼供，不可能对等，她问什么我都得承认。她点点头，脸上是连续蒙对两道题时的那种神情。

她松了扩鼻器，换到我的另一个鼻孔。我的两个鼻孔被她交替撑大，我能想象自己在她眼中是怎样一副滑稽的样子。她说："流过鼻血吗？"

我说："流过，以前经常流。"

她说："哪个鼻孔更容易流？"

我回忆一下，觉得它们不分上下，很难说谁更容易惹麻烦些，但是听她的口气，好像我必须要把其中一个供出来才行。我说："要么……右边吧。"

"这就对了。"她取出扩鼻器，说，"你鼻梁歪了，鼻中隔偏向右边，造成左右鼻孔不对称，右边更窄一些，空气进出右边鼻腔时，摩擦更厉害，所以右边容易流鼻血。"

从小到大，关于流鼻血的解释我听了七百多种，她的最有新意。空气摩擦？就像陨石穿过大气层一样吗？

她好像看出了我的疑虑，停下手里的操作，说："有什么问题吗？"

我说："那我感冒的时候为什么总是左边鼻孔先堵？"

她说："正常，鼻中隔下方偏右，根部就偏左，所以左边鼻孔根部狭窄，要堵就先堵那里。"

我说："行吧，你说了算。"

她瞪了我三眼（她像杨戬一样有三只眼）。我得说，她瞪眼的时候格外好看。

她在病历卡上写字的时候，我说："那么，你是说我鼻子歪？"

她说："别紧张，里面歪，外面看不出。"

我说："有办法矫正吗？手心手背都是肉，我不想让两个鼻孔在感冒时被堵住的机会相差太多。"

她沉吟了一下，好像突然来了兴致，扔下笔转向我，两眼放光，说："有，但是要先打点麻药。"

我说："手术？"

"算不上手术，没有创面，不用动刀，只是动动手，掰直了就好。"

"就像胳膊脱臼一样，被医生捏一下就好？"

"比那个要复杂一些，不过你非要那样联想也不是不行。"

"那个……会影响这里吗？"我指指我的脑袋：我可是靠这里吃饭的。

"不会，局部麻醉而已。"她好像急于做成这单生意，说，"你快点决定要不要做，要做马上就做，下次再挂号可能要几个月以后了。"

我说："现在就做？这个不要预约吗？有床位吗？"

"要什么床位，你现在坐的这个座位就够了。"她把病历上的字写完，把医保卡递给我说，"去缴费吧！"

我交完钱回来，发现她已经全副武装——不但戴上了蓝色的丁腈手套，还换了一套紧身防水服，很显身段的那种。我觉得她有点防卫过当了，又不是潜水，至于吗？

我躲在屏风后面换病号服，那病号服太肥大了，能装进两个我。我觉得这太不公平了，她给自己倒是挑了件合身的。

椅背调低了一些，我刚坐上去，她就举着一个巨型针头走过来，像个凶悍的渔民，正举着一根鱼叉，对着我这条大肥鱼……耳内一阵温热，她伏上来，像哄孩子一样附在我耳边温柔地说话，我明白过来，这可能是个美人计，而我一点也没打算戳穿她。她说：别紧张，就像被蚊子叮了一下，然后你就可以好好睡一觉了，大概十分钟后……

我醒过来，世界仿佛重启，还是那样的房间，那样的陈设，但是又好像有些本质的变化，比如墙壁和家具的内部分子结构发生了对调。身体凝重，有莫名的饱腹感。前世的记忆还在——我记得我还没吃午饭。

我猜她说的是：十分钟后，世界将大不一样。

眼前的一个变化是：她不在了，那个女医生不在了。从麻醉中清醒，睁开眼，一左一右满是家属和医生俯瞰的关切的脸——这样的影视画面并没有出现。天花板底下，只有我一个人坐着——也可能躺着——我感觉不到自己的体位，想起身，身体山一样沉。

我说话，喉咙有些堵："喂，有人在吗……我好了，有人帮帮我吗？"

我想起小时上厕所没带纸，无助地蹲在茅坑上，也是这样喊人的。茅厕四壁的水泥墙光光的，吸音效果差，声音空洞、回荡，听起来很凄凉。

"我……在呢……在这里呢。"

是她的声音，是那种被歹徒从背后勒住脖子捂住嘴时发出的声音。似乎从很近的地方发出，然而方向不明。我猜她在刚才的操作中伤到了自己，而且伤得不轻，我得帮帮她。

"大夫，你在哪？我看不到你，我也动不了，你能先试着自己爬起来吗？我记得门口有个电话，你可以爬过去打120，不过我不确定在医院内部打120是什么效果……"

"你先保证自己……不害怕。"

"我？我有什么好怕的？我是怕你……"

"如果你不怕……我就告诉你……我在你体内。"

"你在哪？"

"在，你，体，内。"

我得说，今天是个倒霉日子，早晨出门开车就被人加塞，现在又被医生……然而千真万确，她的声音是从我体内发出的，每一句都和我的身体产生共鸣。我和她，正共用一条喉咙。我想挣扎着起来。

"别动！"她在我体内命令我。

我感到一阵恶心，就是那种晚饭吃得太油腻又没运动整宿不消化的感觉。

"不要动……一动，我俩都有危险。"她好像在我体内翻了个身，不那么憋屈了，语气也缓和些，"不过呢，你其实想动也动不了。"

我说："我还活着吗？"

她说："你活得好好的。"

我说："可是我的头抬不起来，我看不到我的样子，我现在变成什么鬼样子了？"

她说："总体上和原来差不太多，比例略有失调，如果你现在感觉特别无力——这很正常——你可以试着抬抬胳膊，你的胳膊可以动。"

我忘了我还有两条胳膊了。我试了一下——太神奇了，那两条胳膊居然和过去一模一样。

我摸索身体，想摸到她的脖子，掐死她。然而一想到还得想办法把她的尸体排出来，我就放弃了。我试着平复自己，尽量降低身体的排异反应。我伸手向两边摸，说："这附近有镜子吗？"

她说："没有，你别想了，我不会让你看到自己的样子的。"

我说："只是矫正一下鼻梁啊，大夫，犯得着这样以身试法吗？毕竟我们也不是很熟，这么私人的事情，也不征求下患者意见？"

她说："你知道，有时候只是离合或手刹坏了，工人也要把整辆车支起来，然后钻到车底下去维修。"

我说："那你你你还要修到什么时候？"

她说："其实早就好了，本来可以赶在你醒过来前就出来的，这样你就什么都不知道了，结果有点事耽误了一下下，呵呵，抱歉啊。"

我快哭了，说："这种事也能耽误？你忙啥呢？你在我里面开了个视频会议吗？还是你堵车啊？那你现在不是弄完了吗？为什么还不出来？"

她说："你先别着急，情绪稳定点，听我说……"

我说："很多孕妇要用十个月时间才慢慢接受自己是孕妇这一事实，可是你只给我了十分钟……"

她说："你听我说——我在等麻药，麻药不上来，我硬出，你得疼死。"

我说："你是说无痛人流？我得先给自己来一针麻药？"

她说："不用，我刚才给你打的是间歇性麻药，每隔十分钟药效发作一次，一次持续十分钟，本来我可以在第一个十分钟内就出来的，结果没出来，现在我在等第二个十分钟，别着急，马上就到。"

我恨不得马上昏死过去，然后随便她干什么。但是在第二次昏死之前，有几件事情我还是要问清楚，我说："能问你个隐私的问题吗，你打算从哪儿出来？"

"鼻孔啊！"她说。

"那你刚才也是从鼻孔进去的？"

"嗯呢！"她用鼻音回答，语气几乎有些得意了。

女人真是擅长改变男人的世界观啊——"大夫姐姐，你知道吗？你刚才毁了我的三观，我才知道原来我的鼻孔可以撑得那么大，然后可以像双向隧道似的一个管进一个管出……"

"呵呵呵，其实没有了，我说的通过鼻孔进出，并不是物理意义上的——这样说也不对，我不知道怎么和你解释，反正不是你理解的那样，把鼻孔撑大再撑大然后钻进去，那样也太不卫生了，我们的方法是——远距离瞬间传输、空间折叠、时空旅行，这些你听说过吧？就是通过一个虫洞，一下穿越到宇宙另一头的方法，但是你可能不知道——其实鼻孔就是身体的虫洞，是连接身体内宇宙和外宇宙的纽结点……"

意识如浅景深的图像，一部分模糊的同时，另一部分被突显：一个女人在我体内，然而那巨大的异物感在消退，身体如潮水一波一波退下去，海的总量却并未减少，身体依旧深不可测。我不断刷新着自我，每一刻都是重生。在一股由内而外的瘙痒中，我无端想通了许多古老的、八竿子打不着的疑问：圆周率的一次偶然例外，贪吃蛇有一条永恒的捷径，孙悟空和铁扇公主必有奸情……

我醒过来……嗯，这一次感觉好多了，是生命本该有的状态：轻松，开阔，自由，无限量的自由，然而不太有撒欢奔跑的冲动，因为已经无处不在。只想静静地悬浮，享用宽广视界，不用转动眼睛，已是360度的凝视。

我看到大夫从屏风后面出来——她换上一身碎花短打，头发打散了披下来，唇间衔一枚皮筋，楚楚动人。

"大夫，你还好吧？"

"我很好，谢谢。"她拿皮筋扎起头发，说，"你该关注一下你自己。"

"我也很好，前所未有的好。"

"没发现什么异常吗？"

"发现了，一眼就发现了。"

"什么？"

"我不见了。"

空气中有消毒液的味道，这一点甚至不是被我闻到的，而是首先被我看到的。感官被打通，物我界限不清，如今，我用来表达自我的每一句话都是通感，用来描述事物的每一句话都是拟人。

我的外套、背包，我心爱的帽子，都在桌上摆着。它们虚张着，保持着我身体的轮廓，像遗物，再不会被一具肉身穿戴起来。

"不觉得惊奇吗？"她问。

"理性上讲，应当惊奇，比刚才你钻进我肚子里还惊奇，但是在感性上，在身体体验上，又觉得这一切无比正常、妥帖，没有一点挑剔的欲望。从这一刻起，心眼一体，六根清净，感性一统天下，理性再不可能战胜感性。"

"你刚才提到了身体？"

"原谅我的习惯性表达，身体是一项陋习，意识还没来得及将它摒弃——这样说吧，我本该'吓了一跳'，然而发现没有跳的主体。"

"贼心贼胆都有了，因为贼没了。"

"是的，因为没有贼，心和胆空前壮大——不过，大夫，如果您不着急吃午饭的话，还得劳您解释一下——技术上，这一切是怎么发生的？"

"我刚在你脑神经上贴了一个微型感官模拟集成器，一次性的，不贵，可进医保，你刚才付费时应该看到了。"

"那么我现在不是通过自己的眼睛、耳朵和嘴在和你交流，是通过集成器？"

"是的，等于你人不在这房间里，但是你在这房间装了一个探头，现在你通过探头看到我。"

"我人不在这里，那我人在哪里？"

我把其中一缕视线降到她的脸部高度，盯着她的眼睛。当然，我同时也在盯着这房间里的一切。

"你刚才不是说了，你不见了。"她说。

"是，我是不见了，我的身体消失了，但是我其实还存在着，我还在和你说话不是吗？我不是有意找茬，我知道魔术道具从没有质问魔术师的权利，但作为一名医保参保人，我还是有资格代表我的身体问您一句——您是怎么把我变没的？您把我的身体藏到哪里去了？"

她往手上擦护手霜，十指翻转，像立体几何图形一样富于美感。我从她的指间穿过去，灵巧地躲开她的挤压与揉搓。我看到她的体香，听到她的肤色与掌纹，吸食她用手语传递的信息。我不想回去了，想一直这样悬浮着，无处不在。

她说："很简单，你试过把一只袜子不停地卷最后卷成一个筒吗？或者如果你不喜欢袜子这个比喻，那你知道一条蛇吞下自己的尾巴，再不停地吞下自己的身体，吞到最后会变成什么样吗？我做得比它们更彻底——我刚才把你的鼻孔翻转过来，然后不停地卷，把你的整个身体内宇宙翻卷过来，然后，你就没了。"

"你绝对是我见过的最能卷的人——可是卷袜子是为了节省储物空间，卷我是为了什么？我那么不爱卷的一个人，你干嘛非卷我？"

"刚才因为我操作失误，你意外得知我在你体内，虽然这不影响治疗效果，但我需要在医学伦理上做出弥补，弥补的办法是与其让你忘掉一件可怕的事，不如让你升维到更高的认知上——你现在是不是对于'我钻你肚子里'这件事完全不在乎了？"

"还真是，如果你敢再给我更大的惊吓，我会把我变没了这件事也忘记的。"

"没有了，这已经是身体的极限，也是认知的尽头。"

"好吧，女人总有迟到几分钟的权利，因为这几分钟的迟到，你把一个男人变没了。"

"从三维的视角看，你没了。七尺之躯，敌不过三寸之鼻，我将你抽丝剥茧，然后通过一个鼻孔大小的虫洞，把你的身体一点点塞进另一个空间。你现在在更高的认知维度里，对我而言，你是神一样的存在。所谓男神，大概就是这个样子吧。"

好吧，男神表示很受用——我的一部分在她发丝间穿梭，如同行驶在密林中——"可是，把我变没这么大的事，你们动手前也不用家属签字吗？"

"回头你可以跟他们说说，这么新奇的体验。"

"对了，这么厉害的黑科技，不怕我说出去？"

"尽管说，但是你觉得别人会相信吗？"

"我会绘声绘色地说，赌咒发誓地说，我会把手按在胸口上保证：我要是瞎说，鼻子会歪。"

"你鼻子是歪了。"

我意识到此时我该生气，然而集成器中没有生气这个选项。

"好吧，你说了算。"

我的另一部分停在她内衣的边缘，可惜此刻的内衣不再有魅惑力，因为我同时也在她内衣里面，她的体内体外充满了我。她似乎也意识到了这一点，整个人定在那里，身体一寸寸收紧。

"最后问一个问题——接下来我该干什么？是不是应该飞出这房间，用新的视角重新打量一下大千世界芸芸众生？"

"感官集成器的信号范围有限，出了这房间，你的模拟眼睛耳朵嘴巴全都失效，你将彻底迷失自己，只剩下一缕意识流，一阵风就把你吹散。对你的身体来说，这房间就是你的全宇宙。"

我犹豫着……要不要出去试试？

然而这事太过容易了，我仿佛陷入了史前的巨型懒惰中，坐视天地混沌亿万年而不管不顾，不闻不问，不喜不悲，不不不……

我说："那你的建议是？"

"坐等。"

"等什么？"

"等我把你再卷回来。"

"什么时候卷？"

"第三个十分钟……"

我醒过来。如果我没记错的话，我在这房间里醒了三回了。人生不过睡睡醒醒，我也习惯了。我一醒过来就关心一个问题，刚才没来得及问，现在可以问了，我说："大夫，这项技能——通过鼻孔把人变没了——我可以掌握吗？我觉得这是一项十分实用的技能，应该大力推广，比方说哪天我无地自容了，想地上有个缝钻进去但是地上没有缝，我就可以揪着自己的鼻孔把自己变没，或者我看某人不顺眼了，希望对方立刻消失……"

她从屏风后面出来，直接将一个针头扎进我胳膊，我才认出来，她不是那个大夫，她是护士站那位护士。她说："别说话。"

我等她打完，问："刚才那位大夫呢？"

护士说："拿手摁住棉球，摁五分钟，刚站起来可能会有点晕，一会儿就没事了，一星期内不要擤鼻涕，不要抠鼻孔，不要吃刺激性食物，回去多休息，多喝水——大夫吃饭去了，好了，你可以走了。"

我站起来——嗯？我能站起来了，低头看看，身体完好，走两步瞧瞧，有点晕，可以忍受。我穿戴整齐，外套、背包、帽子，都还合身。

我说："我就这样……好了？"

护士说："不然呢？"

我有千言万语要对人说，然而护士不像要听的样子，她已经招呼门外病号进来。那病号脸上缠着绷带，鼻头处渗血，他一进来，立刻带进来一群亲朋好友，互相簇拥着吵闹着，把房间挤满。我被挤到门口。

隔着人群我问那护士："你刚才给我打的什么药？"

护士百忙中回我："解药，不然你隔十分钟就得睡过去一次！"

我往外走，外面人都很忙，没人像要停下来听我讲话的样子。我想去找找那个大夫，然而人海茫茫。

肉身沉重，世界拥挤，宇宙是一间大医院。

我决定什么都不说。

黎明泻

　　我凌晨五点加入到他的车里，车开出去二三公里，我们才第一次说话。"要开空调吗？""不用。"我们像老朋友一样说话。也像一对秘密接头的人，离开监控区后才开始正常呼吸和交流。我的行李在尾厢，足有一具尸体那么重。

　　"我只做晚上。"车开上高架后他说，语气好像要就此开启一次长篇讲话。此时高架桥尽头的天空正微微发亮。

　　"哦？说说看，晚上都是些什么人？"我还有点困，不太想说话，所以想问一个能让他一气说到终点的问题。

　　"喏，我给你数一数啊，"他果然有了话题，"我晚上六七点出来，先做下班那波人的生意，等这波人都回家了，八九点，做吃喝玩乐那波人的生意，十点十一点，夜宵那一波又该出来了，最后就是喝大酒的那一波，一直到凌晨一两点。"

"两点钟去宜家充电，两小时左右充满，又能跑二百多公里，充电的时候我就睡觉，躺后座上，就是你现在坐的地方，后备箱里有枕头和一床小被子，就这么睡，睡，睡，一直睡到四点多，电充满了，我也醒了，可准了。醒过来，出去撒泡尿，回来就登录——睡觉的时候必须退出平台，不然万一有单子进来不接，要被投诉——一登录，马上就有一单。"

"四五点钟这一波，主要是去机场的，就像你。昨天我连做两单浦东机场，空车回来，电车还行，油车就不划算了。"

"六七点钟回家，媳妇正好出门上班，晚上六七点她下班回来，我正好出车，我们俩啊，轮流使用一个家。"

我一下惊醒。"轮流使用一个家"，我在手机上记下了这句话。

"但是啊，就算是这样，我俩还争分夺秒地生了个娃呢，马上三岁了。"说完这句话他整个人就掉进一场大笑中——像掉进一场大火中，直烧得上蹿下跳——他笑到失声，不得不拿身子连连撞击靠背，撞得车头都有点晃，好像他刚拿别人家的孩子开了一个过火的玩笑似的，我猜如果他媳妇在场，准得又羞又恼地狠敲他脑壳，"神经病啊，笑成这样?！"

"今年上半年，"他猛地刹住笑，正色道，"我让运管抓到，现在的运管啊，嘿！忒高科技了，车牌一扫，叫什么名，身份证号码多少，哪个平台的，做多久了，今天做了多少单赚了多少钱，一清二楚！所以你啥也别说，说也白说，现在的政策是不抓平台，只抓车，抓谁谁倒霉——罚了一万，扣三个月驾照。"

"我当时就犯了病。"

"开车的最怕得我这个病，说出来你别介意啊——拉肚子——开车的最怕拉肚子，小便好解决，路边，墙根儿，树底下，车一挡，随便尿，拉肚子可不行，人一拉肚子，就什么生意都别做了。跟吃什么东西也没关系，就是胃肠功能紊乱，一着急，一动气，准犯，一犯就得拉一阵子，不容易好，而且中午下午不拉，专捡黎明天儿，天刚刚亮的时候，医生说这叫黎明泻，也叫鸡鸣泻，就是说人家那边鸡一打鸣，我这边就泻了，一般是早晨六七点钟最容易犯，一犯就折腾一上午，所以你知道我为什么每天做到早晨六七点——着急回家上厕所啊！"

"运管抓到我，我当时就听见肚子里一声咕噜——完了，犯了。躲是躲不掉的，运管有提成，多的能拿到四成呢，所以使劲抓，他们演技也高，不定装成什么人呢，装成乘客，你就没办法，你总不能不接单吧？接单，就有可能中招。"

"不过你放心啦，我现在身体没事了，毕竟在家歇了那么久，钱也没问题，当初签约的时候就说好了，万一被抓，平台报销罚款，三个月之后复出——这不，三个月之后我复出了。"

"你当平台傻吗？平台才不傻，白给你交一万块，怎么可能？运管规定，如果第二次被抓，罚三万，扣六个月驾照，签约时平台也答应的，第二次被抓被罚，平台还报销，可窍门就在这里——平台不会让你第二次被抓，为什么？因为在你第二次被抓之前，你就被平台拉黑了。"

"我给你算啊，起步价以内的，平台每单抽一块五，超过起步价的，抽25%，一天下来，总要抽个一百多块，一个月三千多块，三个月就是一万多，所以，复出之后，最多干三个月，还清第一次那一万块罚款，再多挣出一些，你就被拉黑了——拉黑还不容易？总能找到理由啊，乘客投诉，差评，说你车里有异味，就这一条理由就够了，都是匿名的你上哪查证去？你怎么证明你车里没异味？哪怕你撒一整瓶香水然后把平台的人拉到你车上闻平台也不承认啊，人家可以说你现在香喷喷，可是接单时你刚巧就放了一个屁——你有什么话说？"

"说出来你可能不信，这是一个每天连屁都不敢放的行业啊！"

"偏偏我就是个爱放屁的人，我不是故意的，谁会故意放屁啊，何况我们这一行，乘客就坐屁股后面，那不是砸自己生意吗？可是我这个毛病控制不住，肠鸣音，肠胀气，你懂的——不过你别担心，我现在没事，我好了。"

"还是说平台——这笔账，平台算得清清楚楚，一万块还清，立刻拉黑，因为你有前科，说明你做生意不仔细，不留心，防范意识不强，或者就是你点儿背，你人品差，这样的人不能留，再留下去，说不定哪天真就第二次被抓了，那怎么办？三万罚款替你报销，傻啊？所以复出这三个月就是戴罪立功，然后秋后算账。"

"戴罪立功""秋后算账"，我记下了这两个词。

"三个月之内又被抓？这个可能性不是没有，但是很少，很少很少，平台心里最清楚了，比方说一百辆车里，可能有那么一两个，最多一两个，反正我们戴罪立功的时候，又不是刚好还够一万块就被拉黑，那也太明显了，一般要多还一些，每人多还一些，加在一起，就把那一两个包住了，是不是这个账？所以说平台永远不会吃亏，你别和平台斗心眼，平台永远大于人。"

我记下这句话，平台永远大于人……不对，我搞错了，这不是他的语言，这句，连同前面记在手机上的几句，都不是他说的，是我写的。

"平台自己也有营运车，司机可以租，一个月交给平台七千块，私家车也可以放在那里出租，一个月六千左右，不是有人因为限购买不了房吗？就买几辆车放在平台上赚租金，外地户口上不了大牌，只能买新能源，上绿牌，然后挂在平台上，全市大概有 30 万辆这种车，至少 30 万人在做，过去这帮人就是做黑车的，现在呢，哈哈哈，我也不知道现在怎么形容，黑不黑，白不白的……"

现在，黑车洗了半白。我在手机上写下这句。

"明知道要被拉黑，还是得干，干一天是一天，多干一天就多赚一天的钱，不干就没钱，不但没钱，还得往里交钱，这个道理，我和平台都明白，所以我不但要干，还要玩命干！"

"还有一个重要原因：玩命干，干到一定层次，让平台觉得你比其他人更能挣钱，可能就不被拉黑，就有机会复活。这里面学问大了，我只能跟你粗略讲讲——都知道，平台背后是算法，算法这东西啊，有意思，它不是人，但它也有性格有脾气，你得研究它，了解它，养它。在算法眼里，我们每个司机也都有一个人设，它会根据人设来分配订单，比方说它觉得你是一个每天拉四百块的司机，它就每天分给你四百块左右的订单，到了四百块，你再玩命跑也没用，因为你的人设限定了你，怎么突破？改变人设！你连续几天拉出六百块八百块，让算法知道四百块喂不饱你，慢慢就能逼着算法给你修改人设。突破当然不容易，有很多小诀窍，比方说我，手里有十五到二十个窝点，几点去，趴到几点最容易趴到大活儿，我得有数，接单的时候，我就得根据时间地点，有选择地接单，有意识地往这些窝点靠拢，等于我的脑子里也得有一套算法，算法对算法，你才有胜算，不然你就像没头苍蝇一样，被算法指挥得满世界疯跑，忙活一天挣不到几个钱，说出来不怕你笑话，开网约车也算脑力劳动呢！"

"当然，时间久了，这些窝点也不是秘密，比方说西郊宾馆，都知道那里有大活儿，都趴那，订单来了，给谁不给谁？这里又有技巧，以我的观察——你可别告诉别人啊——

关键看车头方向，车头冲着宾馆，订单就多，车屁股冲着宾馆，哪怕你离宾馆再近，也不容易有订单，因为算法误会了啊，以为你要离开了，以为你有别的方向了。这就跟庙里上香一样，你得虔诚，得面对着佛祖跪下，不然你屁股冲佛祖，佛祖能高兴？当然了，如果你车头朝它，还没订单，你就转转方向盘，原地挪两下，微调一下，让算法知道你活着呢，候着呢，没睡着，就好像奴才在主子面前，得机灵点，随叫随到，让主子使唤着顺手，好处来了，主子就先想着你。"

"你别不信，这都是我一点一点总结出来的。我再给你举个例子啊，你看我现在跟你的吧的吧说那么多话，其实我是有选择的，哪些话能说，哪些话不能说，也得有数，都知道手机能监听，我这并排四个手机，等于四个人监听我，半句闪失都不能有，以我的总结——一般人我都不告诉他——比方说这几个词……我不能说，要不你伸头看看，我打在手机上……"

我伸头看他打在手机上的字：漂亮，聪明。

"如果车上坐着一位女士，我不能说第一个词，如果女士带着孩子，我不能说第二个词，总之，不能让平台觉得我和乘客拉关系套近乎——不骗你！我是吃了多少次亏才总结出来的——运管？算法？你问对了，这些反而不是敏感词，算法奇就奇在这一点，这一点上它和人不一样，它不在乎别人议论它，它每时每刻都在飞快进步，我们根本追不上它，所以我再玩命跑，也还是没拿到免死金牌，不瞒你说，今天还真是个特别的日子，今天是我复出之后的第八十六天，我算了，做完你这一单，一万块正好还清，所以从现在开始，每一天的凌晨四点，我在宜家充完电，睁开眼，重新登录的时候，平台都有可能跳出一条消息：对不起，您已被拉黑……"

说完这句他又开始了失真的狂笑，然而这次他很快就控制住了。

"所以，老板，等一下到了机场，万一有人查，你能不能……"他瞅准一个机会，回头好好打量我一眼，说，"配合一下，就说你是我表哥？"

"不能说亲哥，一个我刚才看了，咱俩长得不像，二一个，万一他要查身份证查驾照呢。"

"你就配合一下嘛，你又不吃亏……"他又回头看我一眼，我低下头，没有看到他第二眼的眼神，但他把头转回去后，声音都变了，"要不，你要是嫌这样掉价儿，你就说你是我舅……行吗舅？"

"我老婆还想生个二宝，她天天算日子，量体温，吃苋菜，补充叶酸，早晨六七点，晚上六七点，每回都掐着点，每回都跟打仗似的，跟偷情似的……"

"我家大宝也要上小班了，学费生活费都贵……"

他第三次冒险回头看我，像是最后一次确认什么。天光大亮，我第一次看清他的脸。迎宾大道限速六十，车子慢下来。我在手机上写下：高抬贵手。

"当然，我也听说过，有司机和运管勾结的，赶在被拉黑前，主动让运管抓住，让平台报销罚款，一是报复平台，二来还可以和运管分钱，具体怎么分，好商量，有三七，有四六，也有五五。"

我听到一阵肠鸣音，低回盘旋如同发自这台荣威 RX5 的电动机内部。

"这趟行程免单，就当认识个朋友，等一下你先支付，我把钱转给你，或者我先转给你，你再支付。"

"前方岔路口，左侧主路，可以到一号二号航站楼，右侧就离开机场区，可以开到任何地方，包括开到海边，开进海里……"

"所以，领导，"他最后说，"能不能请你高抬贵手？"

时间的秘密

　　我们家在周城长途汽车站开小卖部，陈小手在车站修手表。我们家的小卖部建在车站大门左侧，门脸冲着进进出出的乘客，陈小手的修表摊设在大门前的马路牙子上，门脸冲着站前大街，两家生意对象有交集，又各有侧重：坐长途车的旅客，总少不了要买点吃的喝的，却不见得有功夫修手表；修手表的人，多半还是那些从大街上来，稳住在本城，不着急赶路的。总之，小卖部和修表摊背靠着背，成了近邻。陈小手想喝口热水了，就到小卖部来倒，没活儿的时候想拉两句，就把椅子转过来，和我爸妈说话。

　　陈小手的手小，天生是修表的料——手表那么精细，大手大脚的人哪修得了？说是修表摊，其实就是一张木头桌子，上下漆了红漆，红得扎眼；桌面底下带三个抽屉，放修表的工具和零件，也放钱；桌面上方罩一顶透明的扇形有机玻璃盖，稍稍与来往路人隔开一下，隔出一个安静的小世界。陈小手每天就趴在这小世界里工作，他工作起来很投入，要不是一副大眼镜挡着，整个头都要钻进表蒙子里面了。眼镜之外，陈小手还有一个修表专用的寸镜，不用时勒在额头上，远看好像头上顶着一个大黑瘤子；用时拉下来，罩在左眼那里，好像一个独眼龙。工作的时候，陈小手两腿蹬地，双肩高耸，整个人硬在那里，只有两只手柔软灵动，像是全身唯一还活着的部位。凑近了看，陈小手的手白净、细巧，两手的拇指和食指聚拢成一个尖，操纵一个小齿轮，像鸟嘴在细细啄食。其余六根手指分成两组，一组三个，高高翘着，随拇指和食指的动作上下翻飞，像鸟的一对翅膀。有时遇到一些复杂的工艺，另外六根手指也派得上用场，比如用小拇指摁住一个可能弹出来的垫圈，或者中指、无名指捏合，像微型吊车一样，去旁边吊一枚小螺母过来。做这些动作时，拇指和食指也还保持着操作，十根手指好像分成了几个不同的工作组，互不干扰，互相配合。如果修表摊是手术台，手表是刀口，陈小手的手就是整个医疗团队。凑过来看的人，无不啧啧称奇，递给他的修表钱总比别家更多些，好像还含着看戏法的钱。

1980年代，手表是非常金贵的东西，能戴得起表的人，多半也舍得花钱修表。一个修表匠可养活一家人。

陈小手一家三口，媳妇在家做饭带孩子，算得上持家有方，就是手有些紧，陈小手下班回家，先要在门口站着，由媳妇搜身。媳妇把他里里外外翻一遍：上衣四个口袋掏净，口袋里的烟盒、火柴盒、眼镜盒全打开；黑裤子的两个白色内袋都翻出来，像从鱼肚子里掏出的两个鱼泡泡一样左右耷拉着；鞋脱下来，袜子脱下来，鞋垫抽出来，媳妇拿手细细捏一遍，免得里面藏着钢镚。

查到裤子时，陈小手心里念叨："可别拽我的裤衩，可别拽我的裤衩……"回家路上，他把十块钱纸币——那时面额最大的钱——对折对折再对折，折成指甲盖大小的方块，塞到肚脐眼里。肚脐眼是圆的，钱是方的，不容易嵌牢，所以他一路挺着肚子，用裤衩勒住钱。"可别拽我的裤衩，一拽裤衩，方块钱一准掉下去，然后从裤脚那里漏出来，掉在脚面上。"还好媳妇没拽他的裤衩。

正是中秋节，陈小手来到他父母家，从肚脐眼里抠出一个硬方块，展开展开再展开，捋捋平，拍在桌面上，说："娘，过节了，割斤肉包包子，再给我爹买瓶好酒。"

陈小手的爹早就死了，运动中叫人打死的。他爹活着时手就巧，是个木匠，因为手艺好，好琢磨，也有人请他修乐器，他不懂乐器，拿乐器当家具修，倒也能修好。后来坏就坏在一件乐器上：他早年修过一把小提琴，小提琴原是外国人的，他因此受了牵连，被打成反革命，罪名有里通外国、崇洋媚外、脱离劳动人民生活、甘当垂死帝国主义的裱糊匠什么的。他脾气倔，犟了几句，被一个人用锛子砸头，当场死亡。

他爹姓侯，陈小手原本叫侯小手，他爹死后，他娘为了避人耳目，让儿子跟了自己的姓。虽然改了姓，娘俩可一直没忘了老侯，老侯生前好喝口小酒，逢年过节，娘俩一定要置办一瓶好酒，先斟一满杯撒在地上，算是敬了地下的老侯。撒酒也有讲究，必须由至右撒一条直线，表示生死两隔；还要拿脚尖在线外狠碾一下，这动作是娘俩自创，大概是要把仇人碾死在脚下的意思。剩下的酒也瞎（浪费）不了，娘俩一人一半，全部干掉。

到了阳历年，陈小手又来了，肚脐眼里取了钱，一点点展开。他娘心疼他，说："小手哎，肚脐眼都是肉长的，可不能叫钱撑着。"她给儿子支招儿，"你一出家门就抠出来不就行了？干吗撑到现在？"陈小手不抠，他带来的不单是一张钱，还有在他娘面前翻动手指，一点点变出一张钱的乐趣。

他媳妇慢慢也有了察觉。有一天早晨，陈小手正睡着觉被弄醒，睁眼看到肚皮上悬着一只手，四根手指依次敲打，时疾时缓，模拟马蹄的节奏。手指是他媳妇的，媳妇看他醒了，幽幽地说："手，我看了一早晨了，咱家的肚脐眼怎么越长越四方了？"

陈小手从此不往肚脐里藏钱。但是他一双巧手哪里闲得住，很快又发明了新招儿。他在家里虽然全身被媳妇翻遍，连自己的肚脐眼都不能随便长，可也有一样：表不能碰。表是他们全家吃饭的家伙，表以及和表有关的一切，只有陈小手的手能碰。他还有一套理论：女人不能修表，女人的手湿气重，手温也高，来例假时还带一股腥气，手表元件沾了女人的手，寿命至少减一半。总之，表是他们家的禁区，于是他把钱塞进了表里。

陈小手戴一块上海精工的手表，只要塞上钱，表就不走了。车站上相熟的几个人，常常故意问他时间，或者找他对表，他答不出，或者藏着不肯示人，就知道他又在表里掖了钱。也有那不知情的人，上来就问："陈小手，混那么多钱，怎么戴块表还不走？"陈小手也不避讳，直说："叫钱撑的。"

据说陈小手最多能往一块表里塞进五张十块钱。酒桌上，有人当场甩出五张十块的钱，说："只要塞进去，五十块钱归你。"陈小手两手拢一拢眼镜，说："塞是能塞进去，可是塞进去了，钱就不是钱了，表也不是表了。"五张钱码齐了，仍旧放回那人身前。

有一天上午，太城至周城的长途车进站（太城距周城七十公里，用今天的话讲就是一脚油门的距离，但在当年，周城人急于和远方建立联系，因此早早将这条线路定义为"长途"），车上下来几个男人，个个敞着怀，露出半个胸脯，他们先在小卖部买烟，然后一人叼起一根，围住了修表摊。为首的男人留着光滑头，脑后一道红疤，盯着陈小手的手看。陈小手的手到哪，他的眼睛就跟到哪。也不说话，光是看，看了足有一根烟的工夫，才掏出一根烟，递上，说："什么表都能修？"

陈小手刚铺好桌子。那张红桌子晚上就寄放在小卖部里面，早晨他来了，先把红桌子搬到路边，然后从包里一样一样取出工具和配件，摆摆好，坐下来，开始一天的工作。这天，他的准备工作做得格外慢，烟递过来的时候，他正把一块黑色绒布抖了又抖，预备铺在工作台上。他拿绒布挡了一下烟，说："只要是表。"

光滑头嘴角翘起一边，笑了一半，说："外国表也能修？"

车站上人来人往，眼睛都瞥着修表摊。周城没有水，长途车站就是周城的码头，那些南来北往的人，世上可有什么事是他们不知道的？果然，已经有人认出了光滑头，工夫不大，消息就传开了：此人绰号红头，当年的一个小头目，1978 年被捕，判了 17 年，关在青海共和县塘格木监狱，据说因为在狱中表现好，提前出了狱，在太城铝制品厂上班，很快辞职，如今已是太城一霸，家里开着赌场，放着高利贷，雇着打手，手上少说有两条人命——陈小手今天怕是摊上事儿了。

陈小手倒淡淡的，还是那句话，"只要是表"。

红头笑出另一半，说："那就劳动陈师傅挪两步，太城走一遭。"

陈小手拉下寸镜，挡住左眼，头埋进玻璃罩子里，声音瓮声瓮气的，"太城这么大，没个修表的？"

红头说："太城这么大，真没人修得了这块表，所以专门来周城请陈师傅。"

陈小手说："周城那么多老主顾等着拿表呢，不能舍了摊子不顾啊。"

红头摸着后脑的疤，盯着陈小手的后背看了半天，干脆俯下身子，把光头也插进玻璃罩里，搂着陈小手的肩，对着陈小手的耳朵吹气，说："瑞士欧米茄，1933年限量版，参加过芝加哥万国博览会，1951年朝鲜砥平里战役，我家老爷子丢了半条命，得了这块表，从那一直带在身上，一回回抄家都没抄了去，老爷子也是1933年生人，今年五十六，和这块表同岁，多少年了他一直认一个理：人在表在，人死表停。上个星期，老爷子小中风，嘴歪眼斜，半身不遂了，你说这事也真是邪了门了，中风前一天，那块表也坏了，秒针卡在那里来回蹦跶，要走不走，要停不停，和老爷子这个病还真有点像。我这个人，别看无恶不作，可有一样：孝顺！才五十六啊，没享几天福呢，病不好治，表可以修啊，结果太城问了一圈，国营的个体的都问了，你猜怎么着？一群怂蛋，没有一个敢接这个活儿……"

陈小手听着听着，当啷一声，指间螺丝掉在表盘上。索性摘了寸镜，收了绒布，拢一拢眼镜，将玻璃罩转到桌子下面，把两个脑袋连同红头呼出的陈年口气放出来，说："这么人命关天的事，怎么还不把表拿来？"

红头说："不怕陈师傅笑话，能拿早拿了，老爷子不让啊，就一只手能动，一只手就死抓着不放，我也不敢使蛮劲，不是说了吗，表不离身，人在表在。"

陈小手说："什么年代了，你们也真信？请我干吗？请医生啊。"

红头说："医生也请，你也请，我都想好了，你和医生一左一右，一人负责一个手腕，一个修表，一个号脉！"看陈小手眼光闪动，又说："钱少不了你的，你开个价，我决不还价，另外管吃管喝，车接车送，外加误工费，有几天算几天。"抓着陈小手的手腕看一眼表，陈小手的表这天正好在走，"周城到太城的长途车，还有十五分钟就发车，怎么样陈师傅？"

陈小手说："人命我管不了，可是我们修表的都有个小癖好，听见哪里有块好表，手就痒，总想见识见识。"他开始收拾工具。

红头按住他，"可有一样，我这人人性一般，丑话说在前头，这是要命的事，修好了，任你要价，修不好……"

陈小手说："我也露个大话，修表这些年，没碰见我修不好的。至于修表钱，物价局都备过案了，该多少就多少，多了，分文不取——带路吧。"

周城长途汽车站的乘客为证：陈小手就是那天上午收拾好工具包，寄放好红桌子，跟着那群人上车离开周城，从此一去不回的。那些见多识广，常年往返于太城、周城的人们，一车一车地往周城贩卖传说：有人说陈小手把那块表拆了一八仙桌，再也装不回去了，老爷子当场死亡，红头一气之下叫陈小手抵了命；有人说陈小手当着五个彪形大汉的面，硬生生把一块表变没了，老爷子当场死亡，陈小手趁乱跑掉，至今被追逃在外；最邪乎的一个说法是，陈小手一进屋就叫所有人都出去，门反锁起来，只留他和老爷子，众人在外面苦等半晌，屡叫不应，最后破门而入，发现陈小手在门窗紧闭的房间里消失了，手表还在老爷子腕上，秒针一动不动，老爷子当场死亡……

只有我爸妈知道真相，2019年陈小手失踪三十周年这一天，他们给我讲了这个故事的真正结局（其中关于导轨藏钱的事我妈是三十年后才知道的）。陈小手将红桌子搬进小卖部时就将这结局告诉了我爸，他请我爸帮忙通知他娘和他老婆孩子，立刻收拾细软动身，乘坐下午第二班车到太城，他会在那里接应。情势危急，我爸来不及细问，只说："小手，你们要去哪？"陈小手说："火车三天，南下可到广州，北上能至漠河，如果七天，就是天涯海角，天下这么大，还能没个去处？"我爸说："那你以后怎么办？"陈小手说："我有手艺，到哪都不怕，只是剩下这么个烂摊子，要有劳老哥了，修好的表在抽屉里，各归其主，红桌子给你，三个抽屉的导轨里各塞了五十块钱，你要能取出来，一并归你。"陈小手背起工具包走了。

一星期后，瑞士表停转，老爷子准时死亡。

月光球场

家里的女人都到齐了，我妈，我妹，我妹的两个女儿（小的才一岁半），甚至还有我妹夫的妹，今年读大三，因为一直不开学，也跟着来我家玩，再加上我，大大小小六个女人，把我家卧室和卫生间塞得满满的。可苦了我爸，那几天天天在地上扫头发，还要帮着六个女人找头绳，结果住了三四天就回去了，说每天吵得脑仁疼，不如回去上班。

六个女人连同她们的各式内衣，迅速接管了这个家。你能想象这是一种什么场面吗？我的观察：随便一件小事情，一点小情绪都要乘以六，变得不可收拾。女人的能量真是无限，尤其当她们安营扎寨住下来的时候，总能干出一番惊人的事业来。

天一天天热起来，满屋子胳膊大腿，浴室里终日弥漫着女人的体味，七八个牌子的洗发水沐浴露洁面乳日霜晚霜加在一起也遮不住，把那具丑陋的直男风格的排气扇累得够呛。此前我这个房子的最高接待记录是 2015 年创造的，那年夏天我去美国培训，我的两个做艺术策展的女朋友来这住了两个月，天天光着身子在房间里走来走去，窗帘也不拉，还自拍了照片发给我，我说你们这两个不要面孔的，也不怕邻居看到？结果她俩说："怕啥？看到也以为是你。"

我从美国回来后，感觉全小区的男人看我的眼神都有点不大对劲。我不止一次接到短促的门铃声，晚上、大白天都有，接起来，喂一声，无人应答，只有微弱的喘息声、喉咙空咽声、吧嗒嘴唇声（其实是我的幻听）。有一天我在信箱里发现一张 A4 纸，印着一个二维码，底下打了一行字，说他住在我家对面楼上，希望我扫码加他微信，注明"邻居"。我们小区的信箱有好几排，大致模拟小区的格局，像售楼中心的模型，我找准角度，从对面信箱中选了一个，把 A4 纸塞进去。

单身久了，越来越记不起自己是个女人。虽然公司里都互相称呼美女，但这称呼越来越跟性别无关，我反正也随口奉还回去，感觉上，我们所有人都雌雄同体，也可以说不男不女了（我这辈子见过最细腻最知心最有女人味儿的人是入职我司不到两年的一位小男生）。上一次相亲要追溯到一年以前，某高端婚介平台上认识的，外资银行独立董事，七年英国生活经历，"几乎不去夜店"，最喜欢的一本书是《决策与思维》（2020 年 3 月初版，也就是说直到两个月前他才遇到自己最喜欢的书，或者说才读过两个月他就将该书定为最爱）。看他资料里的硬性条件，此人与我的要求如出一辙，简直是照着我的要求长的，测试下来，心灵曲线也都是一高二低三回旋，妥妥的般配，但是此人极忙——当然我也忙——我们就一直采用线上相亲，他每晚固定时间打来语音电话，与我就生活习惯、价值观、未来规划等话题一一核实，四五天下来他几乎已成为这个世界上最了解我的人，但我们从头到尾连摄像头都没开过。等到全部核实好后，我拉黑了他。

他连试都没试过再加我一次。可能忙着采集下一个样本数据去了。

我几乎不休息，只是有时换到咖啡馆或家里办公。我每天七点十分起床，晚上早的话七点半到家，十点上床酝酿睡觉，晚的话可能凌晨两三点，或者通宵，即使睡了，也只做与工作有关的梦。晚饭吃素或不吃，早晨一杯混合果汁、一个白煮蛋，中午在公司吃，边吃边和同事讨论老板的星座和性取向。正常情况下一周一次瑜伽、一次游泳、一次绘画课，有空就对着 Keep 练习翘臀，体脂率一直保持在 20% 到 23% 之间。我越来越像一个完美的、没有性别的女人了。

我接下来要讲的那件事，与此有关。

我妈她们刚宣布要来我家住一段时间时，我还挺兴奋的，毕竟家里难得这么热闹。禁足期间我独自隔离，内心的疯魔被我养得又肥又大，快要撑破躯壳。那时候我觉得另一个人太重要了，另一个活生生的人在身边太他妈重要了，TA可以时刻提醒我是一个人，监督我扮演好这个人。但是我妈她们一来，尤其我爸一走，我开始不适应了，把我和这群纯女人扔在一起，真受不了，她们好像分分钟都在提醒我和她们的不同，我按着完美女性的标准修炼了这些年，她们一来，我就现了原形，和她们比，我哪算女人啊？

我猜连我那刚断奶的外甥女那嗲嗲的眼神和糯糯的声音都比我有女人味，我怀疑她们给她喂的奶粉都是富含女性激素的，她的亲妈和亲姥姥将自己那套用了三十到六十年不等的价值观揉碎了，掺进辅食中，一口一口将那女婴喂养成同类。

我总是讽刺她们。我和她们抢夺女性的定义权，她们人多势众，咋咋呼呼，在场面上占着优势。她们用自己那种不打招呼的热情、不证自明的逻辑，一步步将我这个房主挤得像个房客。

所以那一晚当我意外走失时，她们竟没有发现。

我开始藏她们的头绳，怀着恶作剧式的心态。她们总是把头绳随手丢在洗脸台上、马桶水箱上、沙发扶手上、床头柜上，上面还夹着一二根头发，甚至有一次我在冰箱的冷冻层里还发现过一个。我发现一个藏一个，把它们都压在书架顶层一个非洲手鼓的下面。我的职业要求我用完东西必须放回原处，我的工作内容之一就是从复杂的树状结构中快速找到一片叶子。我在美国那几个月，我的两个女朋友半夜急吼吼打电话问我家有没有挖耳勺，好像再迟一秒不挖耳朵就要当场去世，我闭着眼，隔着半个地球，指导她俩到卫生间台盆下面，打开左边第二个抽屉里的收纳盒从上面数第三层，手伸进去，右侧靠边角的位置、指甲钳的旁边——所以我受不了随手扔头绳的人，这样的人，我见一个消灭一个。

她们似乎并未察觉，头绳对她们来说原本就是一件易耗品，她们早习惯了随用随丢，反正她们能像魔术师一样源源不断地变出新的头绳来，然后继续乱扔。我也继续不动声色地收走它们，每天都有斩获。我有一个朴素的信仰：这世界上的头绳数量总是有限的，总有一天我会收尽它们，让这群女人披头散发。

我下意识地对那些女性特征鲜明的廉价小物件心怀仇恨。我妹离开高跟鞋简直要死，她对怀孕生娃带娃唯一的反抗发生在当她怀念高跟鞋的时候，因为她没办法一边挺着大肚子或抱着娃一边穿高跟鞋。所以，当她终于有机会扔掉娃时，即使只有三五分钟，她也要把我的鞋盒一个一个搬出来，将那些闪着碎光的高跟鞋一只一只绑在脚上（两只脚经常穿不一样的鞋，以便在单位时间内尝试更多的可能），然后在镜前站成各种姿势，提醒自己仍是一个女人。

我这样说我妹，多少有些不厚道，毕竟我的高跟鞋比她多得多，也贵得多——可她怎么能和我比？我是陆家嘴上市公司白领，她呢，二本毕业之后就没出过县城。

我至今仍清楚地记得四年前的某一天早晨，在县城，我妈难得亲昵地搂着我的肩膀，跟我透露她和我爸至今仍有性生活。是的，她用的就是"性生活"这个词，我还一直以为这个词只有我这种读过研、留过洋的现代女性才会用，没想到我妈也会用，不但会用，人家还……而我呢，这个词对于我恐怕也只是口头上用一用。她们宣布要来我家后，我的第一反应是手忙脚乱地藏起我那德国原装的、带夜光的"小鸟"。

我并不反对使用器械，我的职业本质上就是花言巧语地向人们推荐某种器械，说着说着，自己也信了，凡能归入器械的东西，我总是出于职业本能地维护它，遇到那种特别人本主义的反器械者，我会用数据和逻辑消灭 TA，见一个消灭一个。

只是，当我使用德国小鸟的时候，我不觉得我在生活，当然更称不上性生活，我觉得我就是在工作，某个部位出了点状况，卡住了，我来疏通一下，让各部门恢复通畅，就是这样。

所以，那天早晨，当我靠在家乡的床头上得知一墙之隔的父母在六十多岁的年纪仍有性生活时（很可能昨晚就有），我的心情非常复杂。这当然不违背科学，也听过不少案例，然而他们是我的父母。那一刻，我能看到我妈的脸上带着娇羞、自豪以及明显的怂恿或示范，而我则在心里默默与她划了一条界线。

这事在我妹嘴里是另一副模样。我回上海后，她有一晚给我打来电话，说："姐，咱妈今天把我拉到楼下小公园，跟我说了一件事，我都不知道怎么跟你张口，咱爸——"我已经猜到了七八分，"那个太强了，晚上总吵着要那个，咱妈被他烦死了，然后咱爸得不到满足，白天没事就乱发脾气，我也真是醉了。"

我也成心气我妹，我说："太棒了，老爸六十多了还这么能干，我羡慕都来不及呢，你醉什么醉？"

我妹哑了半天，说："姐，跟你说正事呢，咱妈恼得不行，问我我也不知道怎么办，指望你给出个主意呢……"

"正常夫妻生活，用得着征求别人意见吗？咱妈应该正视这个问题，和咱爸商量怎么管理好性生活。"

"……一直觉得咱爸挺正经的，老了老了还这么流氓，毁三观啊。"

"你也是蒙着眼说话，这怎么就不正经了？咱爸一看就性欲旺盛，不然哪来的我和你？我和你之前之后，咱妈还流过好几个，接二连三的，就没停过，你又不是不知道。"

我还想说，我太理解在性爱上长期被拒绝被冷落的屈辱和孤独感了，但是我不能说，我妹和我，几乎不是一个性别，她刚上初中就被军训教官骗出去好几天，我使出平生所学替她圆谎，骗过爸妈、老师和同学，骗过整整一代人。大二暑假她回家待了不到俩礼拜，回去就发现怀孕了，对方是她的高中同学，高考考了三回，发挥最好的一回考了二百来分，干这事儿倒是一次命中。虽然全家反对，我妹还是一毕业就嫁给了他，他常年无业在家，繁殖力惊人，每隔一两年投下一弹，我妹就不断怀孕，保胎，怀孕，保胎，光成活下来的就俩，她把自己老公惯上天，对爸妈的"那个"事，却不知道怎么办，还毁三观，我才是醉了。

"那你去和咱妈说吧。"我妹最后说。

我也只能隔着电话、隔着我妹才这么说，真面对我妈，我也不知道怎么说，四年前那天早晨我就什么都没说出来，我妈可能正因为没从我这里听到什么，才换一副面孔去找我妹的。

小时候，我妹比我受宠，全城的人都知道，我俩一前一后从自行车上摔下来，我爸跑过来，一把捞起我妹，看都不看我一眼。我从小被我爸当男孩子养，初中起就在姑姑家寄宿上学，性格中有冷酷疏离的一面，我爸后来大概觉出亏欠，就把亏欠的这部分加倍还到我妹身上，高中时我们全家去爬山，我爸可以全程拉着我妹的手，我妹还偶尔挣脱，把整条胳膊搭在我爸肩上，哥们儿一样，但是上台阶时我爸拉了我一把，只拉了一下，两只手立刻分开，然后分别别扭了大半天。

我爸对我妹的态度逐渐恶化，发生在我妹第一次意外怀孕后，并在我妹结婚后转为公开。感觉父女俩在赌一个漫长的气。我妹对我爸晚年热衷于"那个"的恶意，仍在这气场中。

至于我妹和我妈，哈，这两个女人，真不知道怎么说她们好，她俩每隔一段时间就分别给我打一个冗长的电话，为一些小事极力控诉对方，要我主持公道。我也是，每次挂掉一个女人的电话就立刻致电另一个女人，然后才发现人家其实根本没什么，那些打给我的长途小报告，不过是两个女人迂回的调情，间接的撒娇，本质上是当着我的面秀恩爱——人家感情好着呢，隔几天，二人就脸贴着脸，联袂出现在我的视频通话屏幕上，像网红主播一样争相向我推荐一款面霜或减肥茶。而且真应了我高中班主任那句话：班里前十名都是为国家培养的，后十名才是自己人——我妹和我妈是自己人，平时一有个头疼脑热，我妈和我爸和我小姨和小区物业斗气了，我妹立刻驾上车，十分钟就赶到现场救火，我呢，两千公里外，名校毕业，外企工作，只负责光宗耀祖。

有一晚，已经过了扔垃圾的时间，厨房里还有一袋湿垃圾，我怕有味道，就把垃圾拎到门外。我给垃圾袋打结的时候，门在身后关上了，我没带钥匙，就拿出一根没被垃圾袋弄湿的手指敲门。五个女人都在家，但是没人听到，她们在说话，在看短视频，在给婴儿换纸尿裤，她们像乐高一样紧密穿插在一起，成为一个结实的整体，没人听到敲门。我穿着睡裤，趿着拖鞋，没带手机，没戴眼镜和口罩，我想我何不就这样离家出走？

我下了楼，往小区门口走。转角路灯下聚着三三两两的人，我知道自己没戴口罩还衣衫不整，有意往树影下躲，结果还是被一眼认出，"梁小姐！"身后有人唤我，是保安，

"这么晚了还出门？"他几步赶上来，"我一看背影就知道是你。"他说完呵呵憨笑两声，以免显得太轻浮。他是我相对熟识的两位保安之一，但我始终没办法分清他俩谁是谁，尤其穿着制服，在灯影下，感觉他们就是物业公司为了节约开支而一个一个复制出来的。"你怎么知道是我？"我站住，问得有些过于认真了。

"这身材，没别人了。"他又呵呵两声，快速越过我，表示对我的身材并无私人的兴趣。我们小区物业费不便宜，进进出出的业主都挺气派，车也好，保安特别懂这个，态度也跟着优雅起来，见人必是一顿恭维，"今天精神不错！""今天裙子不错！""今天包包不错！"我怀疑上岗前他们集中培训过，然后每人发一张马屁大全背下来，一天一句轮着用。"哎，对了，"他在前面站住，远远地问我，"你家前段时间登记的是六个人，你的母亲，你们姐妹俩，两个外甥女，还有一个是你姐夫还是妹夫的妹妹，是吧？其中五个人是外地户籍，然后你是上海户籍，对吧？"

"不对，"我站进一片树影中，脱口而出，"我姐是上海户籍，我，我妈，我的两个女儿，还有我老公的妹妹是外地户籍。"

"啊……？"保安愣住了，一道顶光打在他额头上，将他一劈为二，"你不是你姐……"我想此刻他的心情真当得起"晴天霹雳"这个词。还好门口有人喊他量体温，他忙不迭地逃过去了。

我觉得我和我妹一点都不像，但外人总是一眼就看出我和她本质上的雷同。进入青春期后我妹一直比我高，但我在29到32岁那三年里又长了近三公分，创造了生命的奇迹，于是我和我妹连身高也差不多了。保安刚才的恍惚并非全无道理。

有几年我和我妹热衷于这样的角色互换，我们惟妙惟肖地模拟对方，去逗那些半生不熟的人，一度非常熟练，直到有一天我们非常默契地停止了这个游戏。"世俗生活的饱食者"，我有一次读到一位作家还是诗人的这句话，莫名想到我妹，觉得她就是一个肢体瘦弱的饱食者，而我是一个强壮的营养不良者，我们再不能互为对方了。

宁娇是这个家里我唯一愿意无条件亲近的人，我总是连名带姓叫她，从不像她妈、她姥姥一样喊她娇娇，或者更肉麻的，娇。我有意叫出她的姓，可能潜意识里希望从她身上看到更多和老梁家不同的地方，虽然我公开瞧不起她爸，但宁娇真的是她爸妈的变种，她可能很早就看透了她爸妈这对组合的实质，因此努力不让自己成为他们中的任何一个。我喜欢她，她也喜欢我，我是她朋友圈里唯一没被屏蔽掉的长辈，她妈常向我求助，要我帮忙看看她女儿朋友圈最近有什么动静，我多数时间都替宁娇挡过去，有一回实在觉得太大快人心，就转了一条：美好生活 = 自己的房间 + 床和被子 + 手机 + 网络 + 充电线和插头 + 没有我妈。

她是尚未长大便已部分成熟的我妹和我，是我们永远没机会变成的那一类人，我暗地里希望她晚一些被男人染指，我可能比她爸还担心这一天的到来。说到底，我也是个变态的老姨。

我走上白莲泾桥，向河的西岸走去。我是河东的居民，河东河西虽然只隔了一条河，但是房价相差三万，我住在更贵的那一边。我平时从不去河西，偶尔晚间散步，最远走到沿河的健身步道。河西也有一条对称的健身步道，唯一的区别是灯光，河西的路灯发出一种很旧的黄黄的光，河东则是蓝幽幽的，看上去更现代也更富裕的一种光。我光着两只脚，也没带车钥匙和交通卡，我能想到的最远的去处就是这个房价相差三万的对岸。

桥很窄，只给行人留下一条细长的台阶，我走上去，像走独木桥。对面车灯晃眼，同向车擦着我的肩膀过去，桥下突然水声大作，我探身去看，一条巨大的黑船正对着我身下的桥洞而来，我惊得双肩提起，小腹收紧，尾骨高耸，好像那具梭形的大铁船正满载着泥沙开进我的体内，而我居然吞下了它。我紧握住栏杆，两条腿抖了起来。

我在健身步道上走了一段，身体才放松一些。我现在走在河西的黄色路灯下。河西真是另一个世界，这里的人都穿着松松垮垮的汗衫，趿着拖鞋，慢慢摇着自己的肚子走路，不像我们河东，河东人一般都穿紧身运动衫，戴头箍和护踝，手机绑在胳膊上，耳廓上戴着蓝牙耳机，或耳垂上夹着骨传导耳机，河东人的耳朵没有一只闲着的。不过我今晚的穿着倒是适合河西。

　　远远地，我听到球场的声音，皮球砸在地上，"嘭嘭嘭"后面还带出一丝金属质感的尾音，这是因为篮球内部气压比外部大，球拍在地上会轻微变形，内部气体被压缩，经过振动、传导后频率发生了变化，所以发出类似金属的声音，气打得越足，越会发出这样的声音——这是我上学时喜欢过的一个男生告诉我的，那是一种健康的、充满活力的声音。除了嘭嘭声，我还听到球鞋与地面摩擦发出的吱吼吱吼声，短促，响亮，进退反复，很有节奏感，有点像搓碟，听着这样的声音走路，步伐都忍不住欢快起来。

　　我听说过这个球场，我妈来了没几天，晚间散步就突破了我这些年的活动范围，常给我带来一些河西的消息，房价差三万就是她告诉我的，不然我才不关心这些。我妈第一次去河西就带回家一堆花花绿绿的房产中介小广告，被我批评。自从知道房价差三万后，她好像更喜欢去河西了，带着一种视察贫民窟的心态，顺便抄一些当地的便宜果蔬回来。

　　我妹或宁娇大概陪我妈去过河西一两次，就不肯再陪她了，这个家里唯一愿意陪她的是我妹夫的妹——她叫什么来着？我记得她名字里有好多个火字，一看就是个五行缺火的人，她迅速看明白这个家的实际主导者其实是我妈，而我不过是个夜间的住客后，便开始对我妈百般讨好。这个被火环绕的女孩，上进得可怕，哪怕是饭间谁不小心称赞了某种食材一句，说它对女性身体有利，她立刻就很警觉，将那句篾言默记在内心的小本本上，当场就开始实践。她们从我的柜子里翻出一副羽毛球拍，楼底下操练起来，我有时也参与一下，我很久没打了，但底子还在，妹夫的妹当然不是我的对手，但她学习能力超强，有仇必报，你刚做了一个反手的动作，她立刻模仿你，还没学会基本功就开始耍小花招……她从来我家的第一分钟起就在暗中观察我，她像一个偷师者将我的一举一动复刻在脑中，一遍遍回放和学习，我现在终于明白那时刻萦绕在周边的模糊而不祥的注视来自哪里——她那种异姓的目光，就像深夜回家被一个狂热的粉丝盯梢。她表面上总是文文静静的，不肯多说一句话，这让她更可怕。她由内而外地焦灼着，像一个被架在火上烘烤的人。

当然，这样的人，公司里倒是需要的，我这样说她不好，可能只是因为她是这一屋女人中唯一和我没有血缘关系的人。

这样一屋女人，沉浸在暂时摆脱男人的小小快乐中（她们分别摆脱了老公或爸爸，有的则同时摆脱了老公和爸爸）。她们的快乐还因为她们迟早要回归男人，眼下的小别只会让重逢更甜美——她们每人都有一两个男人在家里等她们。

"所以我要离开她们，去找我的男人？"这样的想法让我在两个路灯中间的暗影处连续发出嗤笑。有时候，白天做了傻事，晚上回想起来，我会用这种出声的笑来警醒自己，用只有自己听到得的音量，把那些小心掩盖起来的尴尬和不堪晒出来。"至少要离开她们，一分钟也不要和她们呆在一起……"我可能不知不觉说出了声，因为迎面走来的人像看怪物一样看我，"从现在起，我遇见的第一个男人就将是我命中注定的那个男人……"而事实上就在我念叨这句话时一个老男人就从我身前走过，我自动屏蔽了他。

我的男人在球场，那些制造出嘭嘭嘭嘭和吱吧吱吧声的男人，那些铿锵有力的男人。我循着声音走向球场。

据我妈带回来的消息，禁足期间有关部门关闭了球场，最近一段时间，附近的人憋不住了，拿大铁钳子把球场四周的菱形拉网铰开一个洞，连人带球钻进去。过几日，有关部门发现了，将那漏网补上，不出一夜，又被铰开。就这样，白天晚上两个团队，一修一铰，几个回合下来，终于有一天，菱形拉网的四周又新设了一排铁栅栏，三四米高，根根有大拇指那么粗，个个顶着锋利的尖，当天晚上，我妈亲眼看到两个小伙子攀上这高高的铁栅栏，仅靠脚尖踩住一小块横杆，将身子挪过栅栏顶端的铁尖，"万一踩空了，铁尖直接扎进……"我妈每忆起这画面，就呲出上下两排牙，吸入一口冷气，好像铁尖正深深扎进她的肉里。后来果然有人踩空了，整个人摔下去，所幸躲开了栅栏尖，没被扎伤，但是脚踝夹在两根栏杆中间，整个人倒挂在铁栅栏上，像被猎人诱捕的大型动物，嗷嗷叫了半天才被同伴救下。按说这下他们该消停了吧，不，他们很快发现铁栅栏的弱点在底盘：有人带了铲子和镐头来，在栅栏下的土里刨出一个坑，然后猫进坑里，将自己移到栅栏和拉网的中间，然后再铰开拉网……总之人民群众的智慧是无穷的，我妈说，球场上打球的声音一晚也没停过。

我的男人在球场——这样一群百折不挠、为了打球上天入地、精壮而富有智慧的男人中间，总有一个看着顺眼的吧——我带着这样的信念走向球场。这些年我看了不少婚恋的书和文章，要不是缺少亲身体验，我差不多已经是这个领域的专家了，其中有一个经典的问题：为什么有人迟迟无法恋爱，而有人下楼遛个弯都能找到男朋友？不是因为后者不挑不拣，而是因为前者为自己设限太多，只在特定场合比如相亲网站上才开启婚恋模式——像我；有人则时刻准备着，恋爱蓝牙始终保持联线，因为据说每一个小区里都有一个值得你嫁的人，所以下楼遛弯都要换身好看的衣服，按电梯的姿势都能让人看出她单身……这就是为什么有人在婚恋网站上充了那么多会费，每日收发邮件不止却仍然单身，而有人在腾讯会议和拼多多上也能谈到恋爱。

并非我对打球的男人多有好感，而是我在走去球场的路上突然想通了这个道理，完成了这种切换，"谁说出门扔垃圾不会遇见真爱？"带着这样全新的领悟，我走向那个男人密集出没的地方。

我爸还在我家时，有一晚大概十一点多，大家都睡下了，门铃响起来，我赶紧去听，一个我认识好些年的家伙在楼下问我："这是你家吗？"我心想这不废话吗？你都把我摁出来了，还能是谁家？我也不知道他怎么找到我家地址的，我记得我没告诉过他。然后他说："我能上来吗？"可恨门禁电话没法插耳机听，他大概喝醉了，带着醉汉特有的礼貌和放肆，我赶紧小声说："喂，很尴尬哎，你这时候来是要干吗？"他说："我不干吗，就是路过附近，想来看看你。"我说："抱歉，你要直接转头回去了，我爸我妈，两个门神，正在睡觉。"他停了一下，用清醒的语气说："啊，我没想到你家这么多人……"好像我爸我妈正站在他面前。我说："不止呢，还有我妹，我妹的两个女儿，我妹夫的妹……"他后来再没来过，估计觉得我在奚落他吧，只是深夜摁了一下门铃，怎么就摁出这么一大家子？

这些年我和他总有时差。一开始，对他恍惚过一下下，那时候他有女朋友，后来他分手了，反过头来开始追我，但我那时又有男朋友了，那个恍惚过去了。这家伙大学毕业后去云南支教一年，后来时不时回去看他的娃们，挤在一堆红扑扑的脸蛋当中笑得山花灿烂。有一年他大学上下铺的兄弟车祸身故，他请了三个月假，一个人骑了辆挎斗三轮摩托车从上海到拉萨，挎斗前面贴着哥们儿的照片，最后站在布达拉宫前面跟哥们儿拍了张合影，为的是大学时承诺过毕了业一起去西藏。他是那种在地铁站自动贩卖机里买饮料被吞币，就会站在那里打报修电话，然后一直守着提醒其他人这机器坏了不要投币直到维修师傅到了才走的那种人。我和他有一次走路——应该还有其他人，我们应该没有机会单独相处过——路上一个方形井盖缺了一个角，像跷跷板，踩到边角就容易翻过去，他马上打110报修，然后把停车位上的橙色路锥拿过来挡在井盖上。我喜欢这种人，但他太不安定，太浪漫英雄主义，太天下一家，一颗随时要流浪的心，我年纪逐渐大起来，觉得他可能不是一个适合结婚的男人。

认识越久，越像陌生人，平时也不联系，真联系起来极为客气。我和他确实有一些陈年旧事，但从没有捅破过，也就相当于什么事都没有。我估计他那晚也不过酒酣兴起，想上来狠狠干一下，像个迟暮的英雄，下决心把拖欠了很多年的一件事做掉，那一瞬间，对他多少还是有一些理解甚至同情的。但是当真做了，酒醒回去，估计他还是会直接勾选忽略，然后假装什么都没发生过。那样太戏剧化了，我不接受。我觉得我爸妈他们来得挺及时，好像他们就是千里迢迢来帮我堵这个枪眼的，不然一个酒气熏天的男人也真叫人皱眉，无从下手。铃声和对话如此刺耳，爸妈却没有任何动静，第二天也没人问起。是真没听到，还是选择不问，我不知道。

对了，那家伙就是当年在球场边上向我讲解拍球为什么会发出金属音的那家伙，时间太久了，间隔的事情太多，以至于有时会忘了他就是他。

我发现我已经站在球场边上，准确地说是站在这个立方体的双层金属笼子外面，我原以为有整整一笼子待售的男人呢，没想到只有一个，那些嘭嘭嘭嘭和吱吱吜吜都是他一个人制造的，此时他正叉腰站在篮球架下面喝水，光着脊梁，皮球默默滚到场边，停在一小汪水的边上，水和那人汗湿的脊梁都反射出光——我注意到球场上空的四盏大灯都没亮，应该是被有关部门关了——光来自月亮，月亮隔着千万公里，准确地照耀着这块球场。"夜晚我和一个男人在球场上决战，球场没有灯光，我和他合力升起一轮月亮……"我又想起那位作家还是诗人的这几句话，是以一个男人的语气写的，与此刻的情境倒有几分相似。我觉得今晚可能会有一个男版狐仙的故事要上演。

我盯着那人后背上两道明亮的隆起。他也许并没有在喝水，只是半仰着头，手放在胸前，像在做大屠杀前的最后一次祈祷。随后他转过身去捡球，我看到他的脸，我认识他，他是我认识很多年的一个人（不是半夜按我门铃那家伙，没那么灵验）。他也看到了我，也认出了我，我们彼此认识，但都说不出对方是谁，我们已经失联很久，久到完全可以从头认识了，这时候，我们在一个最意想不到的场合重逢了。"你怎么会在这里？我们有多少年没见了？这些年你都发生了什么？你怎么变成现在这个样子了？"我们分别向对方发出一连串无声的疑问，我们像同门师兄妹过招，每一个问题都在互相抵消。

他继续打他的球。

一个独自打球的人需要很高的演技，因为他要始终假装有一个对手，他越过他，向篮下运两步球，在他面前急停，然后舒展上身，两臂轻点，用假动作骗过他，进而一步跨前，绕过他，将球低手舔入篮筐。那个假想人一直缠着他，他把脚安插进对方胯下，他们足尖抵着足弓，胳膊肘扣住对方腰眼，他向左虚晃一下，突然向右转身起跳，将球投入。球落地后，被他用拳头狠揍一下，高高弹向空中，他用这种方式示威，让那个看不见的对手垂头认输。

他一次次向篮筐发起冲击，他起跳时身子变得很轻盈，胳膊和腿变得很长，他可以在空中做完好几个动作才落地。球场上弥漫着一层轻薄的雾，他几乎在腾云驾雾。

我意识到这样盯着他看有些不妥，我开始沿着围栏转悠，假装对这个铁笼子更感兴趣，心思却在他身上。我这样转了一两圈才意识到问题：这围栏显然又被加固过，外圈铁栅栏和地面之间的那段空隙被一截新的围栏封死了，栏杆深深扎进土里，栅栏顶端和内圈拉网的空隙也一样被封死，等于两层网连同地面全被连成一体，我看了半天也没找到漏洞，所以我的问题是："你怎么进去的？"

我忍不住问出了声，很自然地，就好像我们一直在絮絮叨叨说话。

"干吗要进来？"他把手里的球投出去才回答，"我本来就在里面啊。"

我想这话也没毛病，青海的塔尔寺也是先有塔，尔后才在塔四周建了一座寺，所以叫塔尔寺。还有一个水龙头广告是这么说的：造一座房子，配得上这款水龙头。"所以你就是传说中为篮球而生的那个人吗？"我模仿他的口气说。

他特意停下来，单手把球夹在胯部，郑重地说："你说的是科比。"

我没想到他会提到科比。我没敢接话，觉得可能是自己太轻浮了。我这种不看球的人也知道，科比刚刚遇难，我不小心看了一段关于他的短视频，然后就连着看了好几天，以至于学会了不少篮球解说术语，包括"为篮球而生"这个说法。"那你怎么出来呢？"我换了个话题。

这一次他沉默得更久了，表面上看是因为他又回到与假想敌的缠斗中，迟迟找不到出手机会，实则被我愚蠢而执拗的提问激怒了吧。果然，他最后投偏了，球生硬地砸在篮板上，连篮筐都没碰到。"干吗要出去？"他一落地就把在空中已想好的这句话说出来，听上去又像是错失投篮者的一句气话，"一直在里面不可以吗？"

他彻底堵死了在这个层面继续探讨下去的可能性。我挺没趣地往前溜达了一段，在围栏拐角处想到一个新的问法："那如果我也想进去，怎么进？"

他回答时并不看我，他的关注点始终是篮筐，而我的提问来自四面八方。"你根本就不想进来。"他说话好像带一点东南沿海一带的口音，这是我认识他时所没有的，不过谁知道呢，也许他一直这样讲话。

"一个人打球不容易啊，你得始终假装有一个对手。"我不断调适着话题和语气，希望找到一个更友好的方式，不过这可能是我能想到的最后一个方案了。

"干吗要假装呢?"他等不及停下动作就开始说了,"对手不是一直都在吗?"他在做一个漂亮的转身时把球运丢了,看上去好像真被一个对手抢断了似的。

"对手在哪?"

"我要假装有的,是,观众。"

"观众不用假装,我就是观众啊。"

"你不是观众,你根本没有在看我,"他突然停下球,向我走过来,皮球在他两手间快速切换,"你是对手。"

他总是大口大口地否定我,我觉得他句句都不讲理,但又跳不出他的逻辑,我几乎用自言自语的方式说:"我怎么会是你的对手呢?我连这个球场都进不去……"在他快速向我靠近的过程中,我想到了逃,转念又站住:我有什么好怕的?现在被关在笼子里的人可不是我。

他在我面前停下,我们隔着两道网,月光照着我们,"你现在看到了吗?"他问我。

"看到了啊,我一直都看着呢。"

"你看到我脸上身上一道一道的,你以为是网格挡住了我,其实不是。"

"那是什么?"

"我现在保持不动,你试着往左边或右边稍稍歪一下头,再看我。"

我歪一下头,"看到了,一道一道的,是网格留在你身上脸上的影子。"

"再仔细看看，真的是影子吗？"

我凑近些看，瞬间感到周身莫名地痒起来，好像被无数小手轻轻抓挠。我看到他整个人碎成了无数块，那些我以为是网格影子的地方，其实什么都没有。没有皮肤、血液、骨肉，什么都没有。我下意识地去检查自己的身体，两手互相摸索两臂、两颊，我仍是完整的，无缝衔接的，我意识到我和他本质的不同，我双手紧握住栏杆，栏杆与手，铁与肉，互不相容。

"怎么会这样呢？我刚才看你时还不是这样的。"

"因为我刚才一直在动啊。"

他仍能像完整的人一样讲话，他的每句话都在可解与不可解之间，我想冲他发火，想想算了，他都成这样了，还有什么道理可讲？

我看着他的脸，他的脸大部分隐藏在黑暗中，只有五官边角突出的部分亮出来：眉骨一侧，鼻梁，嘴角，下巴至耳廓，好像刚被画家三两笔勾画出来，用银色的墨，画在黑色的纸上。我紧紧盯着他，动也不敢动，生怕一动，发现那些暗处其实什么都没有。我整个人趴在铁栅栏上，栅栏和网格在生长，像植物的藤蔓一样越长越密，我知道，等到这些铁家伙长到密不透风时，他就彻底消失了。

午姐的空休

登机口在 574 号，现在才 37 号，我实在走累了，就从自动人行步道上下来，去找点喝的。饮水点的纸杯用光了，我又不喜欢俯下脸去张开大嘴接水喝，因为每次都对不准，感觉像被尿了一脸，就去旁边店里买了一份紫菜包饭，顺便讨了一个纸杯。刚接满一杯，手机响了，我把纸杯放在饮水池上，接了一个电话，再去拿纸杯时，纸杯居然被吸在台面上，拿不动了。

我用力拿，杯口都被我弄歪了，杯底还牢牢粘在台面上。想找人求助，张不开口，毕竟在国外，可不能因为拿不动纸杯丢了咱们国人的脸，而且我一时也想不起"粘"用英语怎么说。再买一份紫菜包饭也不可能，我看近处没人，就趴下身子，把嘴撅起来伸进杯子里吸溜了两小口。再往下就够不着了。我想起乌鸦喝水的故事，盘算着如果我把从各大酒店、火锅店前台顺的清口糖一个一个填进杯里，或许能让水位升高，又想起狗喝水时是用舌头帮忙往嘴里舔的，也可以试一试，这时旁边走过来几位空姐，都漂漂亮亮的，笑声悦耳，我就不好意思扮乌鸦啊狗啊什么的了，纸杯留在那里，跟着空姐坐到 37 号登机口的座位上，吃紫菜包饭。

一个人生活久了，吃饭时总要看点什么。今天午饭就看空姐。

37 号登机口人不多，空姐们一进来就停下说笑，四散开来，一人占领一排椅子，有人拿出饭盒吃饭，有人对着手机屏幕补妆，有人直接在椅子上躺平，准备午睡。午睡的空姐最有意思，她们脱下高跟鞋，从包里掏出一个透明浴帽，把鞋包好，紧抱在胸前，好像担心有人趁她们睡着了偷她们的鞋似的；还把腰带解下来，从座位底下掏过去，间隙处绕上来，拉拉紧，扣上扣，把一条大腿捆在座位上——她们是习惯系安全带了吗？忙完这一切，她们才捧着鞋躺下，脸冲着椅背，迅速睡过去。两只鞋在胸口，一起一伏，像有一双脚踩着她们。

原来她们是这样睡觉的啊！

紫菜包饭意外地好吃。如果用胡萝卜炒饭就着紫菜吃，估计没多少人喜欢，但是如果用紫菜包糯米，糯米里包黄瓜、鸡蛋、火腿肠、胡萝卜、肉松，圆滚滚包成一长条，切成十等份，然后像取那种稍大一点的棋子一样，一枚一枚取了送进嘴里，就超级好吃，有一种简洁而优雅的满足感，并且全程只用一只手就够了，适合一边吃饭一边玩手机。我平时坚决反对一边吃饭一边玩手机，但是此刻例外。此刻——

坐我正前方的一位空姐正把一大蓬头花盘到脑后的发髻上，这应该是机组不允许的，所以她只能趁午休时偷偷美一美，问题是她看不到自己的后脑，不确定它到底美不美——我个人认为美极了，好像停了一脑袋的妖蛾子——所以她把手机调成自拍模式，不断举到头后面拍。给自己的后脑拍照需要有较强的方位感和换位思考能力，她显然不太擅长，每一张都拍得不满意，不是拍斜了就是拍糊了，没有一张能发朋友圈的，只好摇摇头删了重拍。人看不到自己的脑后，别人反倒看得清清楚楚，这真是一件很遗憾也很奇怪的事，此刻我多么应该尽我的举手之劳帮帮她啊！

我一边吃紫菜包饭一边对着空姐后脑拍了几张照片。我英语一般，韩语更不会说，然而此时语言已经不重要了，我拿着手机走到她面前，把照片递给她。

他把照片递给我。我早看到他在偷拍我了，我很想看看他拍的效果怎么样。其实，每一次当我舒展眉眼、变换角度自拍的时候，旁边都有人在偷看或偷拍我，毕竟那是我最美好也最不设防的时刻啊。坦白讲，此时我正想找人帮我拍一拍那朵头花，最好是陌生又看上去比较可靠的人，比如他。然而这种事怎么张得开口？毕竟我穿着制服，毕竟那是一朵傻里傻气的花……但是他把照片递给了我。

"啊！"我先是吃惊，继而假装辨认了一下方才确定那是我自己的头。我说："谢谢，扎得有些歪呢。"

"我倒觉得歪一点更好看。"他很认真地说。

"像停了一脑袋的妖蛾子。"我说。

他似乎震惊于这个有些自嘲味道的比喻，又不便表露，就把张了一半的嘴又闭回去。他嘴巴有些瘪，嘴唇薄到锋利，该是个刻薄之人，然而他的声音如此温柔。

"拍得不错呢。"我说。

"摄影的真谛就是偷拍。"

"背景都虚掉了，只有一簇花开在半空中。"

"所以我要不要发给你？"他见我迟疑，马上说，"可以隔空传送。"

我们各自开了蓝牙，匹配成功。蓝牙真是现代人的伟大发明，堪比电子器材界的安全套，无接触、不留痕，适用于一切萍水相逢……其实我更想把花戴正一些，请他再帮我拍一张，然而照片已传输完成。我再次说谢谢，他说不客气，收起手机，准备离开。我们终究要走出彼此的蓝牙辐射区，我说："其实，我也有拍到你。"

他又回来，脸上表现出惊奇。他表现惊奇的方式是瞪大眼睛挑起眉毛，将额头挤出几条抬头纹。

我点亮手机，打开相册，往前翻照片，屏幕突然出现他一手举着手机一手将紫菜包饭塞进嘴里的样子，我想赶紧划过去，已经来不及了，他看到了。

照片拍得歪歪斜斜，比例失调，他的样子也有点好笑，因为正偷拍别人，连带他拿紫菜包饭的手都有些鬼鬼祟祟。我想说点什么，却掩嘴笑了。

"呃……"他做了一个包容一切的手势，说，"不怪你，吃饭时的照片是最难拍的，你知道美国有个总统在任期间先后有三个白宫摄影师都是因为不小心拍到总统或第一夫人难看的吃相而被开除的。"

"所以我要不要删掉？"

"删掉之前先传给我吧，"他举一举手机，"趁蓝牙还没断掉。"

"我不是有意要拍你，我想拍我自己的，但是忘记翻转镜头了，所以拍到了你。"我一边操作手机一边说。

他连连点头，说："嗯嗯，扯平了。"

照片传输成功。当着他的面，我按了删除键。

窗外的跑道上，一架飞机正全力加速。不敢相信一样东西哪怕生得再笨重也能仅仅因为跑得快就脱离地球引力飞到天上，成为天上小小的一个点。地面微颤，候机大厅里，座椅、窗棂、导轨、立柱，每一颗螺母松懈的部位都在细密地磕碰，仿佛无数牙齿在恐惧中打颤。我的手心有了汗意，这是每次起飞时的本能反应，为了掩饰不安，也为了在她面前多停留一会儿，我说："这个航站楼的缓震系统做得可不怎么样呢……"

她的反应让我大惊。她不止一次让我吃惊了，这一次最惊悚——她一把扯下头花，然后开始解我的腰带。根据我的经验，帮别人解腰带这件事需要有较强的方位感和换位思考能力，而她居然解得如此熟练，这一点让我惊上加惊。我还没来得及制止，她已经把我的腰带抽出来，丢给我，然后又去解自己的……

如果换一个场合，这该是多么美妙的场景，然而此时我们在航站楼，一万人看着我们。

见我呆着不动，她一边解腰带一边说："就近坐下，然后学我的样子，把自己捆在座椅上……"待要进一步解释，候机厅的广播响了，替她做了解释：

"旅客朋友们你们好，二号航站楼即将起飞，请所有人员解下腰带，将自己绑在座椅上，没有腰带的，请向机组人员索要，无法索要的，请抱紧座椅……"

广播一向是不能违背的，何况此时整个航站楼有一万人都在忙着解腰带呢。地面震颤加剧，我提着裤子坐回我的座位，把大腿系在椅子上，两手手心都出了汗。为了克服紧张，我必须干点什么，喝水或有规律的咀嚼都可以，手边没有水，我就去左手边的桌面上摸紫菜包饭，可是见了鬼了，紫菜包饭牢牢吸在桌上，怎么也拿不下来，多年前我第一次去 KTV 时，自助餐架上摆着各色食品，灯光下泛着暖光，看得人流口水，我看中了一个烤得金黄的面包，所幸还没被人拿走，就伸手去拿，拿不下来，又舍不得，就连盘子一起端走，后来被服务员追到包厢，说先生先生那是我们的展示模型，不能吃的……广播又响了，解释了一切：

"请收起桌板，挺直后背，关闭手机或将手机调至飞行模式，所有随身物品请随身携带，不要放在桌面或地板上，否则超时后将被强行锁定……"

航站楼摇晃着起身，一万人跟着它。

此刻，在航站楼的地基深处，一万根钢筋正与大地痛苦地决裂。

任何东西，哪怕生得再巨大，也能仅仅因为跑得快就脱离地球引力飞到天上，成为天上最不起眼的一个点。我想把这句话告诉他，用我们刚才用过的，无师自通的，只有我俩能懂的语言。

我紧张得手臂直抖，我只剩下最后一招：戴上耳机听歌。二号航站楼离开地面的瞬间，耳机里正传出这样一句："他孤独得像一个玩偶的国王，内心冰凉，他是个傻瓜，和别人不一样……"（木马《果冻帝国》）

他是个傻瓜，还以为我给他拍的就是那张吃饭的照片，其实不止吃饭，还有喝水呢。如今这张照片仍存在我的手机里，时不时拿出来看一眼。照片里，自动人行步道的旁边，他正俯下身子，把头伸向饮水池上的水杯。他歪着头，半闭着眼，将锋利、干渴的嘴唇伸向水源。他好像在卑微地求一个吻。

俄罗斯好朋友

1

　　说实话，我对他是未识其人，先闻其名。书记说："出去玩嘛，最重要的是安全，你看我包里背着相机，我其实是喜欢到处跑跑的人，可是这次不行，我害怕包包，其他我不怕，我就怕把包包丢了。"

　　一个男老领导，一句一个包包，听着有点怪，而且他究竟有个多么名贵的包包？

　　书记说："1988年，我们学校暑期疗养——那时候管得松，现在不允许了——去了神农架，一个男老师走丢了，到现在都没找到，二十九年了，我们这所985，到现在还没破案。出去玩嘛最怕出意外，这次我们是几家大学联合组团，团长更不好当啊，不管了，反正我这次的任务就是看好包包。"

过了安检，我们在免税店那里散开，约好十二点十分登机口集合。十二点不到，书记开始焦虑，央人给包包发消息，我才慢慢明白包包是个人，姓鲍（副教授，法学博士，研究方向是法律史），"包包"是大家对他的爱称。包包不回消息，打电话也不接，其他人陆续到了，登机口开始排队，书记说："我们先不排吧，等包包来。"结果包包来电，问我们在哪，他已经在排队了，让我们快点。

登机后我和他邻座，他一坐下来就掏出一袋切片面包，嵌葡萄干的那种，拿保鲜袋捏着，将其中一片转出一些，左左右右的让人。"你吃你吃，你吃嘛，大家都是兄弟，吃嘛。"直到有人答应吃，他才停止让，然后就将剩下的所有面包卷在一起，凶狠地咬下一大口。他今天出门早，没吃早饭。

是我答应吃的，我怕我再不答应，他会把整个飞机上的人都让一遍。

吃了几口后，他放松下来，开始问我一些问题，比如哪年生的，来学校多少年了，过去做什么，副高有没有解决，老婆做什么的，孩子谁带之类的。我有点警惕。

一直等到平流层，飞机飞直了，乘客的肠胃平衡到适合进食的角度，空姐才开始上菜。我们都饿了，包包则第二次饿了，早早放下小桌板，搓着两手手指，饭盒一到手，他就比赛似的吃起来，然而还能腾出一只手拿起一小盒黄油，语气很硬地问我："这个（咽下一口饭），这个怎么吃?"好像这是一件很重要的事而整个飞机上的人都瞒着他。我告诉他可以抹在面包上吃，然而现场并无面包，他从此恨恨地一直举着那盒黄油想等一个解释，像举着一根无辜受伤的手指。他大概懊悔刚才不该将自带的面包吃光，然而他一边懊悔着，一边就将那黄油吃净了。

然后空姐开始上面包，一人一块热腾腾、香喷喷的面包。这时候包包似乎在恨我，因为我感觉他一直朝我这边看。最后我把我的黄油给了他。

吃完这一切，他就傻在那里，眼神涣散，不时空咽一下，好像整个人仍被食物由内而外地掌控着。空姐来收餐具，他很厌弃地将那些包装盒统统拿给她，纯净水还剩一个碗底，他从空姐手里要了回来。

飞机降落在圣彼得堡国际机场，我们每人拎一个拉杆箱往外走，只有包包一手一个拎了两个拉杆箱。俄方派了一名翻译来接我们，同时转达一些相关事项，这名翻译的特点是不懂汉语，所谓翻译，就是双方都讲英语——双方的英语都有点蹩脚。我们这边派出的是钝夫（心理学博士，专职科研岗副研究员，国家二级心理咨询师，研究方向是社会心理与定量研究方法）。钝夫年纪最小，瘦高个，蓄须，手指和眉眼都细长，眼镜片是全身最厚重的部位。钝夫作为翻译的特点是汉语比英语糟，常常将汉语句子结构搞得很复杂，让我们听不懂，另外他天生对没有证据的事情不信任，因此不肯直译，总要加上许多自己的见解，所以我们也搞不懂到底是俄方的意见还是钝夫的意见。

车子行驶在彼得大帝兴造的城市里，厚重又蓬松的楼群、被雨水擦得油亮的路面、路边少女大衣短裙下露出的光洁小腿，无不反射着橙黄色的路灯光，我们好像穿行在一座由烤熟的面包做成的城市里——可能因为饿了，我们看什么都像吃的。

翻译把我们送到酒店就走了，我们安顿好，六个人轰隆隆涌到底楼餐厅吃饭，钝夫和易玲负责点菜，他们刚说了一句，服务员就用清晰的英语说："我不说英语。"我们只好拿菜单比划，又说俄罗斯人块头大，菜量肯定也大，一人一份怕是吃不了，包包就坐不住了，缓缓地说："不要吧，还是一人一份吧。"易玲和书记都说："大晚上的，吃不了多少，先点三份，估计够了，不够再要。"下了单，坐等上菜。

上菜了，居然是三个小碟子，摆了三小片面包，面包上抹点奶油和果酱，我们还以为这是餐前开胃小点，大菜在后头，不想这就是全部。我们喊来服务员，纷纷打手势，"双倍！""再来仨！"服务员指指厨房又指指墙上的钟，连连摆手，表示厨师下班了，不伺候了。桌子另一侧，包包已经把钱包拍在桌上，"为什么不给做？我给钱！"服务员看都没看就走了。

六个人分吃三片面包，然后免费柠檬茶每人来了两大杯，包包又把柜台上几种免费的方糖各放了一块。钝夫沉思后说："俄罗斯人连欧洲人都看不起，何况中国人？刚才服务员肯定是嫌我们烦，他说厨师下班了，怎么还给那个人点餐？"我们顺着钝夫的视线看过去，果然服务员正给另一侧刚落座的一个俄罗斯人殷勤点菜。最后算账，六个人吃了一百四十卢布，大概合十五块人民币。大家都说："谁先付了，记好账，回头一起算了给他。"包包立刻说："给什么给，我请大家吃了，兄弟嘛……"手就按在钱包上不动了。那边建设要付，但银联卡似乎不好操作，正交涉，书记拿出master卡付了，说："这点钱还要算，我付了——喂，建设你烦吧？说了不要给的，你动作倒快嘛，红包都发好了，好吧好吧，被他坏了规矩，那你们每人给我两块五吧。"我们每人用微信红包发给书记2.5元，说："这顿饭吃的，太节俭了，让俄罗斯人笑话，有失大国风范。"

2

第二天早餐还在这家餐厅，七点半，餐厅已经挤满了人，座位很紧张，书记第一个来的，等我来了，他就把位子传给我，我一边吃，一边伺机把左右两个位子也占了，一会儿易玲和钝夫也来了，我们三个正吃，一阵冷风吹来，餐厅门被人推开，我们一看，正是包包。包包拿肩膀顶着门，平举着一只手掌，头探进来，眉毛拧作一团，说："钝夫，钝夫，你来。"钝夫公然摇头叹气，说："你又怎么了？"包包说："你快过来帮我，你英语好。"钝夫不动，说："你到底怎么了？"包包说："我刚才刷牙把房间的杯子摔碎了，我要赔，你知道吗？我要赔，你英语好，你帮我和前台说我赔。"我们才发现包包手掌上托着一只透明玻璃杯，杯底还在，杯身已碎了一半。钝夫对我苦笑，又对包包说："我马上吃完了，等我吃完，你先把杯子拿过去。"包包继续顶着门，"不行，我要马上赔……"我看不下去了，说："我们马上就退房了，退房的时候人家会检查的，要赔退房时赔就是，快先进来吃饭。"易玲（法学博士，讲师，研究方向是诉讼法）突然吼："你快闪开，你挡着人家路了——喂！当心杯子扎到人！"整个餐厅的人都看我们。

包包进门，将那碎杯子宝贝一样放在餐桌上，说："你们帮我用餐巾纸把碎玻璃边缘包起来，免得扎到手，我先去拿吃的。"然后就去拿吃的了。我拿纸巾试了一下，杯口参差不平，很难包。钝夫眼皮垂着，摆弄着手里的刀叉，说："越是危险的事物，越要醒目地露出来，而不是包起来——让它去！"我听了钝夫的话，就没再包。碎杯子摆在桌上，来往的人都躲着它，那张桌子一直没人敢坐，后来就被包包和建设坐了。

吃完早饭，前台正忙，包包又托着碎杯子回房间，整个电梯上的人都躲着他。退房时，昨天的翻译又来了，包包一直守在翻译身后，留神听他与前台对话，以防任何人口中发出与"杯子"有关的音节；钱包一直擎在手里，拉链拉开一些，露出一点纸币（就像飞机上转出一片面包一样），一副随时可以赔、要多少赔多少的样子。结果前台根本没提这事。

　　上了车，大家打趣他："包包，怎么摔的？碎成那样。"包包这时脸色轻快一些，大方地说："我摔了两次，真的，第一次是刷牙时手上滑，掉地上，摔裂了，但是没碎，我赶紧拿着下楼想给前台看，结果走得太急，路上又摔一次……"我们都笑得不行了，钝夫突然问："包包，你儿子今年几岁了？"包包说："七岁了。"钝夫说："你儿子还摔杯子吗？"大家又笑成一团，没听清包包的回答。易玲又说："你知道刚才前台是怎么说的吗？虽然不用赔钱，但会录入个人信用系统，你信不信你这几天只要再摔一个杯子，你的护照上就会有记录，你就别想回国了。"大家又笑，包包也跟着笑。下车的时候，书记和易玲走在后面，书记说："别人可以吓，包包不能吓的，你看我，其实是爱开玩笑的人，但是包包的玩笑我不敢开，包包会当真。"

　　冬宫广场欺生，风像一头被饲养了上百年的巨兽顶撞着我们，要把我们赶出去，我们互相搀扶着走在广场上，每人侧后方拖出一条长影，与风向一致，好像那影子是被风吹长的。开阔的广场、庄严的建筑、浩荡的风声、沉重的历史感，无一不将现场气氛烘托得激昂起来，让我们有一股子想聚众干点什么的冲动。我们能干的不过是拍照：每个人和每个人都拍了合影，穷尽了各种组合，只有钝夫一个人对着广场中央的卫国战争纪念柱陷入深思，我过去喊他时，他早有准备地说："四十七点五米，六百吨，安装时用了三千人，未使用任何加固和支撑，完全依靠自重保持平衡，巍然屹立二百年——这就是伟大的俄罗斯啊。"包包从他身边飞过去，嘴里轻呼："同志们，攻占冬宫啦……"

书记在一边喊我们："差点忘了最重要的事，你们都过来——建设，横幅在你包里吗？"我们才想起那重要的事，嘴里念叨着"一百周年一百周年"凑过来，站成严肃的一排，我和建设在两侧扯起横幅，导游为我们拍了合影。合影里，大家都有点嘴歪眼斜，冻的。

进了艾尔米塔什博物馆，大家都做出一副对艺术品很感兴趣的样子，书记久久地调着焦，易玲久久地与一幅肖像对视，钝夫专门研究画框下面的文字，只有建设，看了两个馆就嚷累，说"没意思，都差不多"，早早坐到前面台阶上等大家。包包则走得飞快，把尽可能多的世界名画拍进手机里，尤其许多人围观的那种，他一定踮起脚尖拍一张，将许多人的后脑勺拍进画面。后来他嫌这样效率太低，干脆打起了视频电话，他举着手机在叶卡婕琳娜大帝当年的舞厅里转着圈，像搂着他隐形的舞伴翩翩起舞，一边说："老婆，你看这幅画大不大？大不大？"但是不知道谁起的头，由国立博物馆说到了国家社科，几个人立刻凑作一团，交流起 A 刊 B 刊、SCI、SSCI、CSSCI（"中文社会科学引文索引"的简称，是高校人文社科专业老师评职称最重要的依据），绕口令似的，普遍的共识是论文难发，职称难评，副高竞争惨烈，正高九死一生，因为声气过于一致，闹得动静有点大，引得游客和保安纷纷侧目。后来，因为在展厅里聊得不尽兴，导游约定的参观时间还没到，我们就提早回到了广场。

包包喜欢拍照，一到俄罗斯他就暗中考察，很快认定我是那个值得托付的人——书记的单反固然专业，毕竟不能总麻烦书记，而且书记早早宣布过："我喜欢拍景，不喜欢拍人。"包包认定这里说的"人"主要是他，所以不肯劳动书记拍照。刚下飞机在车库等车时，因为钝夫不肯帮他装上网卡，他一个人赌气躲在一边，但是看到我要给大家拍照，他就几步赶回来，叉开两腿，脸上快速做出乐观向上的表情，拍完以后，其他人都懒懒地原地站着，他立刻上来检查我的手机，对着其中一张说："这张删掉，这张我闭眼了。"

从此他就盯上了我，将我发展成他的御用摄影师，每到一个地方，书记总要问："这里还有人要单独拍吗？不拍我们走了？"不问还好，一问包包就跳出去，一路将背包、雨伞、水杯什么的丢在地上，清清爽爽站成一个很威武的姿势，然后隔着一段距离问我："能拍到那几个字吗？一定要拍到那几个字啊。"又怕被我拍到说话的样子，忙不迭地抿上嘴，换回拍照用的表情。他穿一身黑色正装，黑皮鞋，但是砖红色条纹毛衣的竖领及黄铜色拉链特别不严肃地从黑大衣领口露出来。后来因为天冷，易玲将自己的一顶黄色圆顶翻毛棉帽扣在他头上——她自己还有一顶绒线帽，她每个东西都带了两样——倒十分贴切。我们笑他像普京，因为印象中普京也有一顶同款帽子。

去彼得保罗大教堂的路上，我和包包坐在车尾，他向我请教全景模式怎么拍，我告诉他，他立刻啧啧称奇，将手机交到我手里，要我指点他每张照片的成败，我敷衍他几句，他就用全车人都听得到的音量说："哎呦，了不得，你们都知道吧，他懂的好多，他可以给我们上课了——你要教我，我要一直跟着你。"我一面烦，一面又很受用。后来我发现包包对谁都这样，有时你都能感觉到为了想一个新的恭维点，包包在向你走来的短短几步路中怎样用力地思考——几乎让人心疼。然而恭维总是需要的，谁会特别计较它的技术含量呢。"拍风景一定要有人，"我对包包说，"就像古人画山水，一定在亭子里、溪水边、山脚下，小小的点缀上人，或独钓，或对弈，这山水才有了灵气，才有了人的视角……"我每说一句，包包就应一句，"……即使画中无人，心中也要有人……"易玲在前排说："听听啊，包包的美人计又得逞了。"

易玲一直公开讨厌包包，将鄙视写在脸上，说在口里。但是依我看，他二人还算是好相处的，因为是同门博士，彼此太知根知底，又都拿对方没办法，一个喜欢奚落，一个甘于被奚落，反而无事。不管吃饭乘车，只要落座，易玲必定大喊："我不和包包坐一起！"但真坐到一起了，易玲也并不比其他时间更刻薄，包包神情也放松，好像那嘲弄终于落到实处，不用再提心吊胆，倒是和其他人并排时，他要时时留意对方眼色。

书记之前说不要随便吓唬包包，虽是对着易玲说，也是说给我们听的。我和钝夫是外校的，但是为了更快地融入团队，我们也跟着一起笑笑包包，因为这个团队的主要娱乐活动就是笑包包。现在书记发话了，我们虽然觉得旅途少了些乐趣，总还要有所顾忌，况且和包包也没那么熟——但这是前几天，后面几天我们有些忍不住了，也因为越来越熟，言辞就有些放肆，再后来，连书记也放松警惕加入了我们，终于就出了事。

3

第三天早晨我下楼晚了一些，他们都快吃完早饭了，仍围坐在一起，其中包包面前叠放的空盘空杯最多，他一边吃一边说："今天的早饭好像不新鲜，吃得我有点胃疼。"易玲说："我们怎么都没事？谁叫你早饭吃那么快，跟抢似的，而且每样都要吃，凉牛奶也要喝，不胃疼才怪。"包包听了，就放慢咀嚼速度，但叉子仍不停。发现服务员新上了炒蛋和水果，他立刻起身，每样都弄一碟。包包离开时，钝夫点评道："典型的储蓄型人格，这种人格的特点是没有安全感，哪怕他占有的再多……"包包回来了，嘴里还嚼着，说："吃嘛吃嘛，我是给大家拿的，大家一起吃嘛。"他将碟子在众人眼前晃一圈，就放回身前吃起来，吃到高兴处，他突然掀起毛衣将肚子圆滚滚挺出来，拿手拍打着。他掀毛衣时我们都一惊，心想今天怕是少不了一场尴尬，结果他毛衣下面竟然还有一件毛衣，那毛衣束在裤子里，不那么容易揪出来，所以他其实并未露出真实的肚皮。易玲已经忍无可忍了，说："喂，这可是在国外，注意大国形象啊。"包包就将毛衣拉下一角，另一角仍吊着，一只手还揉着肚皮，说："坏了，楼下有卫生间吗？我可能要拉肚子。"大家虽然早扔了碗筷，这时也都纷纷撇嘴。易玲突然尖叫着起身，将身后的椅子撞倒，整个餐厅的人都一惊。易玲说："你刚才溅到我身上了，你知道吗？你怎么吃橙子的？你看看我们吃完的橙子皮都干干净净皮是皮肉是肉的，你的怎么嚼得……太恶心了，你这不是吃橙子，你这是榨橙汁！"

从这天起，包包走到哪里都先找公厕。后来，只要遇到厕所，我们就先找包包："包包呢，快去上厕所。"包包抗议说："刚上过，上不出来。"大家说："再上一次，有厕所就上。"包包就四处邀请人："你和我去，要么你，你……"

有一天，包包从厕所出来，满脸慌张地说："尿血了，刚才我又尿血了。"易玲也在场，大家顾不上尴尬，问他怎么回事，才知道他出国前刚查出肾结石，没好利索就出来了。包包拉住建设说："建设你不是带了药来吗？你带了什么药？"建设很耿直地说："我带了板蓝根和感冒冲剂，可不治尿血啊……"又一次，我们在厕所外面等包包，书记说："这小子，难怪变来变去的，一会儿说来，一会儿又说不来，你们知道第一晚俄罗斯人招待我们住的宾馆，为什么我们都不用付钱，单单包包自己掏钱？摔个杯子也那么紧张？就是因为他说了不来的，所以俄方接待计划里把他的名字去掉了，结果出发前他又说来……"我们哦哦哦地点一阵头，互相看一看眼睛。书记则看一眼公厕，自言自语道："出来玩嘛最重要的是顺利，早知道就不让他出来了，又是尿频又是尿血的，出什么国！"

是啊，谁想到最后事情会变成那样呢？早知道我们都不出这趟国了。

我们是乘火车卧铺去莫斯科的。我和包包一个包厢，其他四人一个包厢，票是导游帮买好的，应该没动过手脚，易玲和钝夫一进包厢就互相祝贺，并用同情的眼光看着我。火车出发前，我们包厢又进来了一位俄罗斯小伙子，高头大马，一脸厌世的样子，一进来就钻进上铺的被窝里，将后背留给我们。然后又进来一位俄罗斯小姑娘，生着精巧的五官，苗条的身段，一头金黄的头发垂晃在腰间。她一来包包就坐不住了，整个人都庄重起来，眼睛不知道往哪搁，将下铺被单扯了又扯，还时时清清嗓子，好像随时预备姑娘问他话。姑娘快速和我们打个招呼就安静坐到门口一角去，乘务员过来发水，整个包厢里，包包离乘务员最远，他却突然跃起，将四瓶水全接过来，然后将其中一瓶递给姑娘，嘴里含混了一句，因为过于小心，反显得有些粗鲁。姑娘用英语谢过他，他看都不看人家，就扒着我的胳膊连问："她谢谢我了，我应该怎么说？"我告诉他，然而姑娘已经把脸别到另一侧了。整个晚上包包都坐立不安，姑娘抬一下头，或是起身寻找衣钩，随便一个小举动都能引起包包的连锁反应，而事实上姑娘熟络得很，根本没什么事需要麻烦包包。

这列火车设有浴室，我图新鲜，去洗了个移动的澡，回来见包包和那姑娘一头一个坐在包厢对角线的两端，仍在僵持着。我和那姑娘用英语简单聊了几句，她在读研究生，居然去过北京，目前正在做一个亚洲史的研究。包包在旁边急得不行，问我姑娘说了什么，我又说了什么，然后说："那你告诉她，欢迎她来上海。"我没办法，只好对姑娘说了。这话说得好像一句客套的结束语，这句话后，我和姑娘也没话了。

后来我才听说，我去洗澡期间，包包给隔壁钝夫连发信息，求他过来做翻译。自然地，钝夫拒绝了他。包包又发一条：那你告诉我，"对不起，我想出去一下，请把你的腿拿开"应该怎么说？钝夫回他：下个有道词典，自己查去。

直到姑娘爬到上铺，包包才敢下地活动。这时候他老婆的什么表弟打来视频电话，包包兴奋起来，把手机举来举去，说："喏喏你看，这就是俄罗斯的火车卧铺，神气吧？你看这个下铺，翻下来就是床，翻上去就是沙发靠背，厉害吧？"又说："我告诉你，现在上铺就躺了一个俄罗斯小美妞儿，你想不想看看，嘿嘿嘿……"表弟大概喝了酒，笑声从手机传出来，姑娘在上铺咳了一声，包包听懂了，声音压低下去。姑娘去过北京，又是研究亚洲史的，我怀疑她懂点汉语。

熄灯了，我们摸索着脱衣服，包包问我："我们头朝哪睡？"语气和在飞机上问我黄油怎么吃一样郑重。我有点烦，就说随便。包包很为难地说："这样不好吧？我们头朝一边睡比较好吧？"我服了他，也觉得他黑暗中瘦弱的身影有点可怜，又有点好笑，就笑说："当然头朝里睡了，头朝外，不怕那个俄罗斯壮小伙半夜起来上厕所没轻没重地——踩到你头？"包包赶紧点头认同，好像生怕我又改了主意。我们睡下去，他又起来，衣服里掏弄半天，说："我要先数好……你也是啊，晚上起来上厕所，随身带个五十卢布。"我以为俄罗斯火车晚上上厕所要收费，不料他说："你想啊，这个包厢的门会反锁的，你上完厕所万一进不来，就要找乘务员帮忙开锁，就要给人家点小费，五十卢布应该足够了，你说呢，五十卢布够不够？"我说够了！倒头睡过去。刚要睡着，蒙胧中见他又起身，哗啦啦从包里摸出一些东西，自语道："可千万别感冒了。"仰头吞下一把药片。

安静下来，我却有点睡不着了。列车行驶在俄罗斯的黑夜里，身边是熟悉又陌生的人，心一点点荒凉起来。我默算这里离家的距离，差不多算地球两端，近万公里，不知道为什么要舟车劳顿，跑到这极寒之地，又与这样一群奇怪的人在一起。"我来到如此不同的地方，我却还是原来的我……"一句话在我脑中反复吟诵，慢慢接近于真理。迎面有列车驶来，会车时声音震耳，车灯被窗棂隔得一闪一闪，似乎漫无尽头，想起来拉上窗帘，但不确定有没有，又怕操作不熟，反惊扰了室友，就闭眼忍过去。明天在莫斯科待一天，晚上就乘飞机回去了，一定要去红场和克里姆林宫看看，还要去超市买些东西。这样想着，就沉沉睡去了。

半夜被咣当咣当的声音吵醒，确定不是整列车身发出的，是身边某两个坚硬小物件专为我们包厢发出的。那姑娘应该也听到了，上铺亮起手机照明的光，连那个厌世的小伙子也听到了，脸转过来，更加厌世地瞪着包厢的门。我反应过来，去看包包的床，果然没有人。我只好起身，见包厢门上的锁舌伸在外面，与门框一晃一碰，一声声应和——肯定是包包去上厕所，担心门被反锁，所以将锁舌转出来。我等了一会儿，脑子一团糨糊，想不出更好的办法，索性先将锁舌收回，将门关起来，等他敲门了再帮他开。结果就睡过去了。

我是被书记硬晃醒的。书记用一张长脸遮住我的整个上空，说："快起来，包包出事了。"我说："谁？什么？"书记说："包包！包包出事了！"

4

很多人围住我们说话，俄语英语汉语都有，我们大概拼凑起事情的经过：包包半夜起来上厕所，回来找不到包厢了，包厢都一个样，他可能忘了包厢号，就一个个看下去。监控拍到了他，他鬼鬼祟祟的，专看包厢的门锁，猫着腰一个个看过去，好像他倒认得门锁似的。乘务员说，他这样是不可能找回自己包厢的，因为他一出厕所就走反了方向，只能越走越远（知道这一点后我稍稍松了口气）。后来，不知道为什么包包回到两截车厢交界的地方，然后迈开方步，很滑稽地来回走了好几趟。过道窄，胳膊甩不开，他走得有些顺拐。我们分析，他应该是在模拟刚上车时的情景，以便帮他记起他是在第几个包厢转弯的。总之他在那条狭长的过道上演独角戏似的折腾了很久，最后不知道基于什么原因，他认定了一间包厢，坚定地将手伸向门把手——他之前虽然详细考察了每个包厢门，但只是看，从未伸过手，俄方人员认为这是他良好公德的体现——门打开了。是的，门被他打开了，因为如果门只是随手带上，里面人不加反锁的话，外面人是可以打开的（知道这一点后我又松了一口气）。自然，这是一个错误的门，他进了一个错误的包厢，摸向一张错误的床……后面的情节有点乱，可以肯定的是他摸到了一位俄罗斯美女的腿，赤裸的腿，然后是尖叫，男女一起尖叫，中俄两种语言尖叫，中方比俄方的还大声。然后是混乱，厮打，各种语言不通的争吵与辩解，更多人加入进来，局面更加混乱。有人打了包包，包包逃进了卫生间，将卫生间门反锁，乘务员找来钥匙，开了门，里面却没人，窗户大开，马

100

桶边沿有几滴血……

我们五个堵在卫生间门口，确认了这一事实：易玲的翻毛帽子丢在地上，毛沾了水——也许还有别的液体——一绺一绺的。我们看一眼易玲，她哇的一声哭了。

翻遍整列火车也没找到包包，乘警联系了沿途地面警方也没找到包包。包包丢了，丢在俄罗斯广袤无垠的黑夜里。列车一刻不停，包包被丢得越来越远。

整列车上的俄罗斯人都对我们特别客气，好像是他们闯了祸，搞丢了我们心爱的玩具。我听到书记捂着一只耳朵大声打电话："喂？我听不清……这边现在是半夜，我们也刚知道……怎么要等到明天上班吗……我没有大使馆电话啊……不对不对，是二十九年来第二例，远低于同期全国高校外出考察失踪率……你现在怪我也没用咯，我和他不是一个包厢，我不可能二十四小时都看着他……我说了不让他来的！"

比较有意思的是这期间俄罗斯人也学会了一句汉语并且说得十分地道："baobao，baobao……"

比较奇怪的是那个俄罗斯美少女——就是被包包摸腿的那位——居然是去过北京的研究亚洲史的那位，可她明明睡在我上铺啊？还有打包包的那个俄罗斯人，居然长了一脸厌世的横肉……

我就是这时候被包包摇醒的。不是被书记，是被包包。

包包凑在我脸上，小声说："我好了，你快去吧。"我说："什么？你……你没事吧？"包包说："我已经洗漱好了，厕

101

所也上了，你快去，晚了要排队。"我说："几点了？"包包看一眼手机，说："差三分钟四点半。"我说："靠，四点半你就洗脸刷牙，有病吧你？"包包说："趁没人早点弄好，等吃早饭。"我说："几点吃早饭？"他说："不是六点半吗——嘿嘿，好像是早了点啊。"车厢黑黢黢的，夜还深，列车摇晃得人身心松软，硬不下心来骂人。我坐起来一点，尽量把声音压低在火车咣当声以下，说："包包，我刚才梦见你了。"他似乎害怕被说到，抢着说："我也做梦了，我梦见……"他抬头确认一下上方，"梦见上铺那个小美妞儿了哈哈，我和她用一种我们都懂的语言，正聊得开心呢，我被吵醒了，外头突然电闪雷鸣的，你听见了吧，俄罗斯天气真是坏，一直打雷，吓人！"我说："你又发神经，好好的天，哪来的雷？"他说："刚才啊，一小时前？外面一直有闪电，一个接一个的，怎么你睡得这么死吗？"我想一想，说："我看到了，那不是闪电，是对面火车的灯光，真是被你气晕了，现在你别和我说话了，你坐那等你的早饭吧，我要继续睡觉。"我重新躺下，包包也躺回去，在被窝里左右开弓脱衣服，自言道："哎，刚才又尿血了，弄得马桶上都是，要不要和乘务员说……"我翻身朝里，不理他。

也没有马上睡着，想起在圣彼得堡时，有一天正好是中秋节，晚上我们满大街找中餐馆，路上不知道谁又提到了CSSCI——这个词真是提不得，它就像一个开关，吧嗒一声摁开，几个人立刻像上了弦，一路聊个不停，好几次过马路差点被车擦到，连钝夫都在这个话题下变得很合群了。后来进了一家中餐馆，他们还在聊，我也插不上话，正无趣，老板用盘子端上来圆圆一个月饼，一动，裂成了六等份——他们才停下那个话题。点了一瓶伏特加，除包包外，每人都喝了一点。第一口下去，钝夫眼球就突出一些，有了亮晶晶的东西，他清一清嗓子，聊起俄罗斯历史、中俄关系与俄国知识分子命运，我们稍微接了几句，不知怎么话题又转到各自的家庭和成长上，搞得钝夫很不高兴，一度不想说话。不过这样一来，我对他们倒有了更多了解，比如建设新婚，岳父爱喝酒；钝夫即将做爸爸，上学时拉过小提琴，至今脖子还歪；易玲老公爱玩车，自己动手改装，最近又迷上红酒，想考红酒品鉴师；书记是老上海，最受不了别人洗碗洗不干净，夫人是卫生系统的领导，职级比他略高，岳父母从安徽迁过来，"但是不管那些，"书记特别强调，"她（夫人）反正生生在上海"，然后就问每个人生在城市还是农村，建设、包包生在农村，易玲、钝夫生在城市，我（社会学硕士，讲师，研究方向不明）其实生在农村，三岁进县，次年县改市，六岁时户口迁入市西南关，仍是个"吃农业粮"的，十岁时随城四关并入市区，才算彻底完成"农转非"，成为城市人口，讲起来太复杂，就说生在城市。包包没喝酒，神情却有些恍惚，像是现场最醉的一个人，他最后说："到底不一样啊，我是生在农村长在农村，说出来你们都不信，我十六岁之前没吃过鸡蛋——上面有老的，下面还有更小的，轮得到我吃？"

　　我梦见了未来。那时我们已把经历与学识还尽，时间、自我警醒、与各种蛮横力量的反复磋商，终于把我们变得一样衰老，连相貌都趋同。但是退休前一年，大学城还是要为我们一一体检，从生物层面上分出优、良、中与不及格，好为我们分别办理养老保险。我去得有点晚，好像是在 B 超室，我躺着，医生一边往我肚子上抹凉凉的果冻一样的耦合剂，一边和同事说笑："昨天厂里那帮人吵得要死，今天这帮大学的倒不吵。"另一个医生说："吵是不吵，可是刚才一个老头，傻的来，笑死人，动作嘛慢得要死，外套嘛穿了一件又一件，总也掀不到肚皮，跟他说了四遍不用脱鞋不用脱鞋，他还是脱了，连袜子也要脱，搞得好像要上床睡觉一样……"我突然起身，问："刚才是谁？是不是叫鲍得宝？"医生说："躺下！谁叫你起来的？——名字嘛我又记不住的，长得又一个样，就记得腰这里有个疤。"我说："是不是子弹打过的……"医生丢两张纸在我肚皮上，说："你好了，起来擦擦，下一个！"

5

　　我第二次醒过来是被易玲吼醒的——易玲刷牙回来经过我们包厢，瞥了一眼包包的床，带着哭腔喊："包包！你个死包包！你赔我一顶新帽子！"原来包包不知怎么把易玲的宝贝帽子放到了被窝里，压在身子底下一夜，已被蹂躏得不成样子，而且包包不知用什么方式让同事们事先都知道了：他喜欢裸睡。易玲因此失声痛斥，好像当场失了身，可惜那时包包第二次去刷牙，没听到。

我们从圣彼得堡来到莫斯科，像从沙俄来到苏联。苏联的早晨真冷，比沙俄时代还冷，我们一出车站就被风吹得没了声，个个将脖子缩进衣领。我们开始想念今晚的一架飞机，它将带我们穿越回温暖的当代上海。接我们的中巴开不进来，我们只能走很远出站。才走出几步，几个人互相看一眼，都说："不行不行，先回去加衣服。"

我们拖着行李箱回到车站的大玻璃门后面，就地打开箱子，胡乱往身上套衣服，恨不得把箱子也穿在身上。包包原本穿得比我们多，这时候就坐在一边笑我们，笑着笑着，也有些坐不住，但他难得比我们从容一次，不肯轻易放弃。我从卫生间回来，说："包包，你也加条裤子吧，你还病着，不能受凉。"他沉吟一下，说："我没事，我箱子里其实还有一条保暖裤——那你们等我啊。"从箱子里翻出来衣服，跑去了卫生间。过一会儿跑回来，说："又要被你们嘲笑了，我进去脱光了才发现拿错了，居然拿的是上衣……"我们反倒不便笑他了，只说正常正常，不拿错才怪。

这天刚好是普京生日，普京生日也上班，克里姆林宫门前堵了很多碰运气的游客，想试试能不能在宫里见着他。

人群中不断有人蹦起来看排队的进度，也为取暖。这天的安保升级，到处是西装墨镜耳朵眼里塞着耳机的彪形大汉，普京办公楼前停了很多一模一样的黑色奔驰，据导游说个个防弹，之所以那么多，为的是迷惑杀手，浪费他们的子弹。就在去年，克里姆林宫南面不到五百米的莫斯科河的桥上，一位俄罗斯前副总理与女伴散步时被枪击，当场毙命。

正赶上换岗，卫兵们身穿墨绿色军呢大衣，腰系黄色武装带，手戴白手套，昂首站在门岗的透明亭子间里，鼻孔朝天翻着，右手拇指食指扣住步枪枪管底部，中指抵在枪托上，十分威武。我们壮着胆子凑上前去给他拍照，担心被呵斥，结果他一动不动像具蜡像。我们大了胆，怂恿最爱拍照的包包站到卫兵边上，和卫兵合影。包包清醒得很，连连摇头，只站在远处，快速为卫兵拍张照，然后发给老婆以及老婆的表弟看。这一天俄罗斯的天终于放晴，我们几个心情不错，我们几个心情不错的表达方式就是拿包包说笑，易玲说："包包，刚才红场上那个俄罗斯美女为什么单单追着你求合影还用中国话大喊帅哥我爱你？"钝夫说："包包，你戴着普京的帽子到红场上，肯定找你合影的人更多，你可以一人收个一百卢布。"连书记也说："包包，你知道吗，那边普京办公室的窗户里，还有伊凡大帝的钟楼上，到处都有狙击手，俄罗斯的狙击手个个都像瓦西里，百步穿杨，所以你不要东摸摸西拍拍的，当心被狙击手看到，一枪就狙击了你。"

　　我们逛完几个教堂，在普京办公楼前面等了一阵，然而普京忙得很，不像要出来的样子。因为想喝口热水，我们被导游巧妙地带去一间琥珀馆，每人消费几百到几万不等。时间不早了，去机场的路上还要去一家超市，我们准备离开，出门时正赶上卫兵第二次换岗，不知道为什么，这一次有一间岗亭里没人了，也许是普京已经下班所以安保减半，我们兴致又来了，互相推让："包包，你站进去拍个照，建设，你去……钝夫……易玲……女的怎么了，俄罗斯女卫兵也很帅啊……都不去？怎么办包包？还是你去，总不能叫书记去，而且易玲，你和包包说好，如果包包站进去拍照，你就把帽子送给他，他回去就不用赔你一顶新帽子了，好不好？好，一言为定，包包，上！"包包站进岗亭里，戴着普京的帽子，瞪起眼来，人一下精神不少，我们每人举起一个手机或相机，咔嚓，咔嚓，岗亭的玻璃碎了一个洞，包包捂着腰蹲下去，我们看到包包捂着腰蹲下去，越蹲越小，快要蹲回一个婴儿，我们还在拍照，或者录视频，包包腾出一只手扶住玻璃门，玻璃门上一个血红手印……

　　包包就是这时候被我们晃醒的。书记坐在中巴车前排，回头说："起来了起来了，克里姆林宫到了。"

　　包包一脸恍惚，拿手擦一把嘴，咽一口口水，说："居然睡着了，昨晚一路上又打雷又打闪的，没睡好。"我们说："你又来了，俄罗斯今天难得晴天，哪来的打雷打闪？"包包

107

说："做了一个很吓人的梦，梦见普京今天来上班……"我们说："别做梦了，赶紧下车排队吧。"包包一下车就去了厕所，回来如实禀告我们：他梦遗了，染红了裤子。

6

当天克里姆林宫人很多，门前堵了很多碰运气的游客，根本就没看到什么普京。去机场的路上堵车堵得厉害，留给逛超市的时间越来越少。建设（人口学博士，师资博士后，研究方向：人口统计与人口政策）最着急，他还没为新娘和岳父选好礼物，他在每一个购物点都很努力，但他贵的嫌贵，便宜的嫌便宜，而且他谁的建议都听，有人说好，他就摸钱包，有人说不好，他立刻犹豫，最后他什么也没买到，就等最后一站超市了。超市终于到了，停车场停满了车，司机找不到车位，叫我们先下车抢购，他在外面溜达着随时待命。下了车，正四处找超市入口，后背被人猛拍一巴掌，回头看，从天而降几个警察，荷枪实弹，冲我们大叫，我们一开始以为此处不准下车，心想这点小事也值当动枪？然后才搞懂，事情搞大了：警方刚接到恐怖分子电话，说给普京准备了一份生日礼物，无奈克里姆林宫安保太严，送不进去，听说这家超市人多，就转送到这里（2017年俄罗斯共发生两起大型恐怖袭击案，另有十八起被成功阻止）。警方宁信其有不信其无，开始紧急疏散——我们一回头，偌大的停车场空空荡荡，车子全跑光了。

　　我们后来是翻过高速公路的护栏才在一堆嗷嗷鸣叫的车中追上那辆急于逃命的叛徒中巴的。在车上，我们每人匀出一到两块俄罗斯大头娃娃巧克力给建设，以安抚他受伤的心灵。在机场，我们几乎包下一整片候机区，然后站在那里一件一件脱衣服，脱成我们来前的样子。七个行李箱摊开在地上，像七个死去的巨蚌。

雪事

　　北方普降大雪，雪落在山东省济南市千佛山公园的一朵梅花上，化成水，沿花骨朵滴下。阳光阿姨一早拍了照片，做成"美篇"，发到晨练群里，赋诗曰：梅花流泪啦，那是因为温朗的阳光为你照耀，晶莹的雪花为你梳洗……姐妹们看到，纷纷应和，舒心阿姨写：阳光情深花落泪，诗情画意抒情怀……秧歌阿姨写：北风吹，雪纷纷，碧琼浆，洗凡尘，雪初霁，情致深……梅兰竹菊阿姨写：不畏三九严寒，花朵成开美丽……大海——也就是我妈——在上海看到群里消息，也发了一首：曾记当年，银装素裹，百草戴孝……

　　当年，我妈二十三岁，我爸二十四岁，我姐刚满一岁，没有我。我爸进城上班去了，我姐寄放在姥娘家，我妈一早醒过来，想她娘，也想女儿，想得心豁豁地疼，就穿衣起床，要回娘家。一开门，院里落满雪，寒气逼人，然而要回家的

110

念头再怎样也摁不下去了，我妈背上黄书包，包里放上一支笔和一本书，出了门，去村卫生所请假。书有《烈火金刚》《林海雪原》《野火春风斗古城》《钢铁是怎样炼成的》，我妈为了应景，选了《林海雪原》。

我妈一出门，包里就放笔和书，有点像现在的我。有一次我妈从娘家回来，姥爷送她一程，送到村头，我妈发现忘带笔了，回去拿，被姥爷骂："你看看你，出嫁的人了，来来回回像个赶考的，下回可别放笔和书了，让你娘给你放上针和线，回家纳鞋底去！"

出了村，雪更大了，好像雪也是有方向的，专捡无人的开阔地，一层层盖死。眼力所及的原野上，尽是莽莽苍苍的白。在那个还没有我的世界里，雪如此白，白到近乎虚无。

我妈一出村，就嗷嗷嗷地唱起《朝阳沟》，"我小步跑来大步走，恨不能一步离开朝阳沟……"她在家憋屈，婆婆面前不敢大声说话，现在逃出来，投奔亲娘而去，人自然欢脱。我妈回娘家，二十里地，去时心急，走两小时，回来可就不急了，边走边玩，要走大半天。

路被遮住，天地的界限被抹平，连远近的纵深感都看不太出，我妈昂着头走，像是原地走，又好像一步步要走到天上去。

雪已经下了好些天，下下停停，雪停时，上层的雪先化了，蒸发到天上，又降下来，叫做霜雪。霜雪不比初雪蓬松，更生硬些，是二次加工的结果，就像日后那些从微波炉里端出来的干瘪食物。脚踩在霜雪上，咔嚓咔嚓地脆响，真解气。

雪地里落着一个白色块状物，走近了看，居然是一块豆腐。我妈掏出一块干净手绢包了，像搭救一只小动物似的，小心翼翼放进黄书包里，当心别被《林海雪原》压了。豆腐软软的，尚有余温，拂去雪粒，算是一尘不染，泛着豆香，恨不能当场咬一口。我妈想起来，刚才迎面一辆小推车，远远就看到推车的大哥一路疾走，嘴里呵出的白气快要罩住头脸，走近了，大哥和她打招呼，说是一早去煤矿食堂送豆腐的。往公家送豆腐，不比村里零售，豆腐水分大，分量重，可以多卖点钱，但也导致豆腐太软，不紧实，包角又漏，车一颠，就掉出来了。贪小便宜的人，最后总是亏了自己，我妈一边想，一边回头喊："卖豆腐的！"口舌僵硬，连声音也好像被冻住。小推车早已没了影，我妈沿着车辙往前走一段，豆腐倒是又遇到一块，拿手绢包了，再走，又一块……走到娘家时，包里已经码了二斤豆腐。

莫急啊，娘家不是那么好回的，大汶河横摆在村前，是每次回娘家的一道坎。从娘家回来时，姥爷或舅舅总要护送我妈过河，回娘家可就只有我妈一人。大汶河常年咆哮，是一条不冻河，河上有一座木桥，夏天时，四类分子们将桥拆了，免得汛期到来，水势过大，拱了桥，早点拆，还能保住些木材。没了桥，人们只能蹚水过河，到了冬天，水势平缓，但是冰冷刺骨，人又穿着棉衣棉裤，不可能蹚水了，四类分子们就重整木料，把桥再搭起来。村里有什么脏活累活，都找四类分子，铺路架桥，卸石杀树，每天早晨在村里扫大街的，都是他们。我妈的姥爷当年是富农，"地富反坏右"，占一个"富"，因此也被划为四类分子。我妈眼见她姥爷弓着腰扛木头，再过桥，心里就不舒服。

雪后的大汶河，天地间最壮阔的一条黑，黑得让人一时忘了白。桥上的霜雪沾了水，凝成冰凌，颗颗倒竖，脚踩上去，嘎嘣嘎嘣裂开，听得人心惊，好像一不小心就踩破了桥。桥没有栏杆，手无处扶，身子就有些飘，眼睛也不争气，偏要往脚底下看一眼，一眼就腿软。桥面紧贴着河面，搁板空隙大，露出底下奔涌的黑水，眼睛生出错觉，好像河水不动，人正驾着一个木筏在天上飞，不怕水，倒有些恐高，生怕被风吹落了，摔死在人间。我妈乍着两臂，一脚一脚地在冰桥上挪，前面有爹娘，有女儿，包里有豆腐，有《林海雪原》，她可不能一跤摔倒，被黑冷的汶河水带走。

过了桥，翻过河坝，我妈小跑着进村。她是家中老大，自小要强，上学时奖状贴满山墙，梦想着北京、上海和北大、清华，然而读完小学就被迫辍了学，只因为姥爷是富农，她是富农的后代。她十四五岁就去生产队干活挣工分，队长看她会过秤，能记账，让她管着一帮半大孩子拾麦穗，帮会计记工，还有人提意见，"怎么能让四类分子的子女管账？"我妈后来学裁剪，学绣花，远嫁，进城，怀着我姐去赤脚医生大学学医，把一套中医书翻烂，都是为了对抗这命定的安排。她有好几年不愿意回乡，直到考了医师证，做了乡村医生，才三天两头跑回娘家去，看看爹娘，也让当年排挤她的人看看她。

这一天的村子和往日不同，天刚放晴，空气又腥又鲜，是咬破嘴唇，血咽进肚子里的味道，道路萧索，房屋和树木披挂着肃杀之气，万物垂首而立，静待命运铺天盖地地降临。村中心，树头上，大喇叭里，一条消息正等着我妈，早前听到这广播的人，个个惊愕不语，脸上酝酿着大悲凉，四类分子及其子女们则躲进角落，连伤心的权利都没有。这消息比大汶河更宏大更黑暗，更不可逆转，"中国共产党中央委员会委员、中央政治局委员、中央政治局常务委员会委员……"我妈慢下步子，怕走得太快，与这沉缓的语调不相称，"伟大的无产阶级革命家、忠诚的革命战士……"她走在这长长的称谓中，预感大事将近，"……周恩来同志，因患癌症，于一九七六年一月八日九时五十七分在北京逝世……"她走到姥娘家，姥娘正在饭棚里摊煎饼，她没想哭，但是饭棚里太暖和，煎饼鏊子烘烤着她，眼睛鼻子还有口舌——融化，眼泪就掉下来。

我的刚满周岁的小姐姐，那时尚未成为任何人的姐姐，她穿得像个棉球，头上戴着棉帽，棉帽上挂着铃铛，一步一响，两手各握着一个新出炉的煎饼，不为吃，只为暖手。面对着突然站到面前，又突然哭起来的妈妈，她起初生分，继而熟稔，最后，也随便找了一个什么引子，大哭一场。

艾玲

1

"年轻时太狂，觉得所有姑娘都是我的，"他说，"后来才发现不是这样的——也就一半是我的吧。"他叫木马，本名谢强（有人当场喊他强哥，他沉吟一下，并未认领），大我一岁。年轻时他阴郁，妖冶，会穿衣服，声音中有一股冷暴力，如今多年不见，他的脸向各个方向扩出去一圈，长发剪短，代之以一顶帽子，马戏团小丑戴的那种滑稽的宽边高帽，红色帽箍露在额头。这符合他在台上招摇的形象，与欧珈源不同。欧珈源一上台就先把自己的话筒拧向一边，冲着贝斯手而不是台下听众的方向，此后一整个晚上，他果然一直侧着身，不是看着吉他手就是看着贝斯手，总之不看台下，好像只有看着自己人才能放开来唱，不得不转身时也尽量迅速，以缩短和台下目光接触的时间。欧珈源个子瘦小，小时常被同龄人欺负，至今仍有自卑和自闭的倾向，大热的天，他戴一顶绒线帽，帽沿拉得很低，是自我包裹的表现，可能也为了增加点身高。然而绒线帽又红绿相间，该是他那闷骚的小心思在作怪。和他比，木马真就是一匹高头大马了，他完全是敞开的，自我暴露的，恨不能把每句歌词都演出来（比如唱到"但见泥沼／纵身一跳"时，他就像够东西一样踮脚跳一下，唱完"我们没有解药／只好猛喝糖浆"，就拿话筒当瓶子，做仰头喝水状）。欧珈源的歌词中没有那么多实物与画面感，他多数时间都背光而立，躲在声音中，不让我们看到表情，假声时手臂用力挺开一下，即刻收回。我猜如果台下没人看着，他宁肯抱住自己，闭着眼唱。他是扭捏的闭合的拒绝交流的，只有在大段的 SOLO 中他才显出少有的放松与惬意，将正面赏赐给观众几秒钟，随着节奏谨慎地摇摆几下，很快又退回到舒适的侧身位，以避免陷入任何被视作习惯性动作的动作中。相比之下，木马阳光得有点莽撞了，舞台灯光也识趣地给了他更多的正面强光，他整晚迎光绽放，在第一首歌的副歌部分就忍不住发动台下，"让我们开始今晚的第一次跳跃好吗！"随后鼓点加重，全场都跟着他跳起来，因为人实在太多，没有多余空间，大家都能夹紧或高举两臂，原地跳起，原地落下，如果撤掉音乐，单独拎出一个人来看，这样连续的僵尸跳真是傻得要死，但放在一起配上音乐，就是一个壮观的整体，如一颗黑压压的巨型心脏在搏动。木马的第一首歌暗含了一个叫"阮菲菲"的女性名字。

2

歌迷们至今仍在百度这位阮菲菲与谢强有何恩怨，是否结婚生子，如今是离婚或是圆满。那些以女性名字命名的歌、小说、电影，尤其当它的作者是男性时，总能引起人们更大的兴趣，作者们也乐于利用人的八卦欲来促成一些误解。欧珈源也有一首以女性命名的老歌，然而他整晚不肯唱它，返场时台下人各自喊着自己钟爱的歌曲的名字，希望有幸被采纳，有人喊《时间》，有人喊《不朽》，欧珈源都不为所动，只有喊到这个女性的名字时，能明显看出他思考了一下，随后才将它放弃。他们后来谁的话都没听，而是演奏了一个早就排练好的纯乐曲就退场，再没有开口。我清楚记得当这个女性的名字被喊起时，我的右前方，一个女孩的身体突然亮了一下。

3

没错就是突然"亮"了一下，不是比喻，是真的发了一下光。你当然可以给出很多解释，比方说这女孩刚好被一束追光扫到，比方说她衣服口袋里的手机刚好闪了一下，甚至根本就是我的错觉，然而我不接受这些方便且廉价的解释，我坚持认为她就是在我眼前活生生地亮了一下，是那个名字被唤起——准确地说那个名字就是我本人喊的——后，如声控灯一般自内而外地亮了一下。那一刻她通体透明，骨骼和经络如被 X 光照过一般清晰可见。就那么一下，咔嚓一声，又沉进黑暗。我于是奋力挤到这位女孩的身后——这个故事此刻才算真正开始。

4

而之前的一切不妨都可看作漫长的序曲，这序曲由两位超过四十岁的老男人合奏，他们是木马和声玩，我年轻时最热爱的两支乐队，今晚我竟将他们一网打尽。他们处处不同，然而又如此相像：他们年龄相仿，早早玩起摇滚，继而沉寂多年，然后中年复出；年轻时他们一个阴郁，一个阴柔，一样的沉溺、颓唐，才华横溢，再出现时，他们多少都变得更清亮更"流行"了一些。年轻时他们喜欢大段地演奏，人声淹没在器乐中。木玛（那时还叫木玛，将"木马"用作乐队名，后来乐队解散，他将木马收归己用）的嗓音，根本就是乐队的第五或第六件乐器——中年之后，人突然从一堆器械中区分出来，能听得到肉嗓的声音。是的，就是肉的声音（你可以去对比 1999 年的专辑《MUMA》里的《纯洁》与后来的《纯洁 2016》）。至于声玩（名字超过三个字的乐队，看他们混得好不好，就看他们有没有简称，声玩是"声音玩具"的简称，说明他们混得还不错），他们又何尝不是如此？中年欧珈源几乎开创了一个全新的唱腔，那样的发音方式与吐字节奏，被他拿捏得刚刚好，听他唱歌你会发现，那些原本发音方方正正的汉语原来也可以流动起来，或轻或重地跳动起来，每一个汉字都被他的唇齿善待了，充满爱意地把玩了，叫人听了上瘾，又模仿不来。木马说，他的歌唱给"所有不喜欢大声说话的人"，而欧珈源根本就不说话！这个晚上，他连感谢主办方和歌迷的话都差点忘记讲，对台下一次次的挑逗更是充耳不闻。*"和那些人一样 / 我无言以答 / 无言以答……"*我并非有意挤到那个女孩的身后。

5

　　而是因为在这个黑压压的连体大心脏中，每个人和每个人的关系时刻发生着位移，人们原本直上直下地跳着，心思稍有倾斜，身体就跟着滑过去，如同操控自如、反馈积极的一部车，你都不用明显地踩下油门，"哪怕脚筋下意识动一下，"试驾员说，"油门也能马上心领神会，将车身提到你想要的速度。"这里是 MUBA Livehouse 的现场，台下几百人马，前半场已被木马这小子充分调动起来，纵使下半场的声玩再阴柔再内敛，人群也早就按捺不住，找个机会就自动跳起来，互相拿身体撞向另一具身体，那些相对瘦弱的人被撞得险些摔倒，然而密度如此高的人群里，摔倒又何尝容易？谁肯让出一个供人摔下去的空间呢？于是在将倒的一瞬又被撞起来。不断有人扑到我身上，我一边跳一边拿一条胳膊挡在身前，将那些富于弹性的身体再回弹出去，现场越来越像一场拥挤的橄榄球赛，我怀着竞技体育才有的热情将那些陌生的身体像球一样推来挡去，另一只手还高举着手机，要把这场面拍下来，回家好发朋友圈——手机也差点被撞飞。地面满是起起落落的脚，分不清谁是谁的，有好心人从地上捡起一串钥匙，到处举着失物招领（今晚或将有一位无家可归者）。电吉他声像警报，人群危险地耸动着，性别似乎错乱，人们一点点抖掉身上的盔甲，变得越来越像，连身高都趋同。一个胖姑娘不知怎么平躺着升到了半空中，被手递手托举向场边，经过我上空时，我担心她太重，就伸手帮了一把，也没帮上，因为手太多，多一个少一个都没关系。她似乎失去了体重，像一块浮肿的上好木料漂在水面上。她最后是头朝下被放回地面的，此后便再没见到她的头露出来，也许拿大顶听到终场也未可知。终场到来时，所有人都没预料到——

6

有人还高高跃在空中，脸上悲喜莫名，音乐突然停了，那些被骗到空中的人纷纷掉下来，砸在周围人的脚面上。灯光转暗，台上几个人鬼影般躲进帐内，并未带走家伙，台下很有经验地喊着返场，直到乐队再次出来。吉他、贝斯和鼓仍虚张着，保持着离开时的样子，等他们一个个钻进去。人们开始喊出自己钟爱的最后一首歌的歌名，我喊了那个女孩的名字，音乐柔软下来，乐手们丢掉拨片，拿指肚上最肥厚的那块肉，一丝一毫地拨弄琴弦。我循着光源来到她的身后，她已经冷却下来，似乎被刚才的光芒透支了能量，她的头尽力向后仰着，好像希望不转身就能看到身后，两臂无规则地小幅摆动，眼看要碰到我。她穿一身黑衣服，上衣很短，露着肚脐（当然我并未看到她的肚脐，只是根据她裸露的一截腰身推测），我想不出这样黑的一具身体刚才是怎样发出那样的强光的。她似乎感觉到身后的疑问，小臂摆过来，手碰到了我，一下，两下……我想躲开，身体却迎了上去。"*百合花少女张开双臂 / 怀中的虚空里没有边际 / 不清晰的词语构成了世界 / 年轻的士兵从梦中惊醒……*"她随着旋律摇摆，好像在用看不见的水清洗周身，那些美好却触不可及的部位，她多么需要一个人帮忙啊，我一面恫吓自己：如果错过，此生怕是再难原谅自己，一面又在心里大声呵斥自己：怎么可以这样？怎么可以这样……我不想把我最终的

121

选择完全归咎于音乐的蛊惑。

7

或是归咎于迷醉的头脑和此消彼长、无限壮大起来的身体。"我已经不年轻了，今晚只有一个姑娘是我的"，我这样怂恿也激怒着自己，手搭上她裸露的肩膀，她的肩膀是粘的，不是出汗那种粘，是手指再不拿下来就要与她合为一体的那种粘，类似镁合金的搅拌焊接技术，两块熔化的金属被搅拌在一起，形成致密的固相焊缝，甚至比未焊接的部位更牢固无痕，浑然一体。我把手从她肩上取下来时，她也跟着回头看了我，光影飞溅，我只看到她发梢上跳动的光斑，看不到她的脸，我低眉接受她的审视，她却很快把头转回去，手向后伸展，扭转，像在搅动空气，我把手伸过去，触到她指间某一个最突出的点，借着这一个冰凉的尖角，一点点攀附上她，世上可还有比这更动人的时刻？她让我握着，贴着，上身更大幅度地后仰，将头抵在我身上，说不清是贴合还是抵制。我们仍维持着礼节所允许的最小距离，然而身体不愿意，裸露出的皮肤迅速向对方融化过去，人像穿过一个影子一样无阻抗地穿向彼此。"**一个男孩带着暴力／完美地进入了你**"，最后那决定性的一瞬间我无法向你描述，我好像丢掉了自己，然而眼前的事实却是她不见了。一个男孩从人丛中伸过一只手，推搡了我一下，"她呢？你你你把她弄哪去了？"他以少年特有的正义感质问我，我无言以答，语言多么无力，人类还没有发明一种足以匹配那一瞬间的文字。男孩也未再深究，常识迅速主宰了他，他为自己的明知故问而羞愧，毕竟在这样的众目睽睽之下，我能把她怎样？然而事实是——如果非要用语言来勉强形容的话，我想用一个比喻：我好像穿上了她，像穿一件贴身衣物一样穿上了她，那种款式合身然而尺码略小的衣服，从内部包裹了我，与我如亲生骨肉般切合，以至于无法再拿出来示人。或者你也可以说她穿上了我，我是她的超大码，XXXL，因此外界看不见她，只看见我。这时我看到刚才那个男孩的身边聚起几个男人。

8

互相交换过眼色后，男人们从各个方向向我围拢过来。我借着涌动的人群与他们周旋。我知道我要为一个女孩的失踪负责，我已经想好怎样向他们解释，但我不确定他们能否接受。他们像黑衣保镖一样四肢发达，不解风情。不管怎样，现场少了一个人（事后我才看到新闻，据 MUBA 工作人员反映，当天扫码入场共计 814 人，而出口处的人脸识别监控系统显示，当晚共计 798 人离场，16 人失踪，其中有男有女)。"该如何向她的父母和公司人事部门交待？公安局如何注销……"不知道为何这类问题当时一点都没有困扰到我，我的心里只有虚空，一种当场从体内挖去一个星球般的巨大虚空。"*亲爱的谁会永远爱你 / 我们爱的人永远只是自己……*"MUBA 像一艘失事的船，我奋力游向出口，他们仍紧追着我。慌乱中我看到地面上，脚丛间，从人身上掉落的各种物件，如今已被踩得扁扁的。我捡起一个锋利的锯齿状凶器，揣进兜里。"*他拿到那片钥匙了吗 / 能不能及时离开呢？*"我后来是从消防通道下到重庆南路，跳上车，经南北高架和内环高架回到浦东的。我好像又看到了她。

注：文中引用的楷体字歌词来自木马《feifei run》《果冻帝国》《旧城之王》，声音玩具《和那些人一样》《艾玲》。

天涯

1

第三十一天，喝了点酒，一家人开始轮流讲故事，姥爷第一个讲。

酒各式各样，一家七口，倒了五六种，五颜六色。姥爷是真正馋酒的人，早早就掐住金六福的脖子不放；爸爸看姥爷瓶里的酒不多了，不知从哪翻出一瓶喝剩的宁夏红陪姥爷；舅舅只喝他自己带回来的贺茂鹤一滴入魂，冲这名字，第一天大家都尝了一口，以后就再没人肯喝；姥娘和妈妈也跟着凑热闹，姥娘先喝了两盅金六福，又和妈妈各倒了大半杯张裕解百纳，妈妈喝到最后也没喝完，最后一口倒给了爸爸，颜色跟宁夏红倒接近；大丫、二丫原本坚决不喝，但是大丫话多，说漏了嘴，说她班上有个男生一杯就上头，抢着替隔壁桌买了单，还不如她，她和室友吃火锅时最多喝过两瓶，啤的——就给她开了一瓶青岛原浆；二丫额头又发痘，倒好的一杯原浆又推给大丫，自己开了一瓶可乐，就好像可乐不发痘似的。

"谁先讲谁先讲？"

"让我舅舅先讲吧，我舅舅不是专门写故事的吗？"

"让你姥娘先讲吧，你姥娘讲故事最好玩，自带表演的，还会模仿每个人说话的口音，比较热闹，适合开场，你舅舅的故事嘛，说实话我都听不大明白，让他后面讲。"

"反正别让我姐讲，我姐一讲就是穿越啊男生女生互换身体啊，一听就知道看剧看多了。"

"哼，你这么说我，我不讲了——让姥爷讲！姥爷也经常看剧，看野史，姥爷故事最多了。"

"你姥爷最恨的就是蒋介石，要不就是座山雕、黄世仁、南霸天，一群历史反动派。"

"姥娘你也差不多啊——你们知道姥娘是谁的黑粉吗？"

"宋美龄！"

"武则天！"

"咳，咳，我提议啊，咱们按每人喝的酒的度数来排顺序，度数高的先进入状态了，先讲，让度数低的酝酿一下。"

"我同意！我的没度数，我是不是不用讲了？哈哈至少最后一个讲。"

"我也同意，我倒数第二个讲，姥爷你就别客气了，你度数高你先讲。"

"那好，"姥爷闭眼将一盅酒吸溜进去，再睁开，眼睛立刻亮晶晶地鼓起来，好像一个故事已经冒出泡来，"那我就讲一个历史反动派的故事。"

2

1900 年——大丫别皱眉——八国联军进了北京，此前慈禧先是纵容义和团滋事，又对万国宣战，被几大帝国定为头号战犯，要拿她是问。联军从天津登陆，直奔北京，慈禧连夜带着光绪和皇后逃出北京，就跟了几个贴身的太监宫女，御林军都被派上前线了，他们连个护驾的都没有。光绪本想带上他最宠爱的珍妃，慈禧不愿意，她安插在光绪身旁的皇后备受冷落，慈禧原本就不高兴，看光绪独宠珍妃，更是气不打一处来，索性借着这事，叫人把珍妃投到井里淹死——想想吧，当天晚上皇宫是一幅什么景象？鬼子要进城，主子要逃跑，妃子被投了井，皇宫上下真是哭天喊地，人心惶惶，逃出去的，生死不定，留下来的，洋人打进来，多半也是个死，很多留下的宫女都做好自杀的准备了。皇城外面，北方几省，早叫洋人闹得乌烟瘴气，民不聊生，洋鬼子一来，老百姓和地方官更是逃的逃，散的散，整个都瘫痪

127

了。这就是 1900 年，上上个庚子年，整整一百二十年前。

咱们单说慈禧他们，一行人换上老百姓的粗布衣裳，赶着几辆车，出了京城，先往北走，想实在不行就出关，回东北老家，打哪来，回哪去，天下从此就归了洋人，但是屈指一算，等他们到了东北，东北只怕已被俄国占领，去了就是自投罗网，被俄国一国弄死，被八国十一国弄死，被万国弄死，都是一个死，所以东北不能去。东南更不能去，联军就从东南方海上来的，而且东南各省的大员们刚和列强签订了东南互保协议，表示不执行朝廷对各国宣战的诏书，只求自保，这叫慈禧很没面子——其实也是朝廷和地方合演的一出戏，半真半假，把最富裕、人口最多的东南诸省保住，大清就还有得救——那就只能往西，再往西南，长途跋涉四千多里，到了西安。可不叫西逃，叫西狩，满族人是骑马射箭起家的，你看电视里皇帝皇后们手上戴的扳指，鹿角的，玉的，翡翠的，象牙的，好像装饰品，其实最初就是拉弓弦时戴的，免得伤了手指，后来腐败了，战斗力不行了，还保留着狩猎的习惯，也是显示皇家排场的好机会，只不过这一回慈禧西狩，不是她追猎物——她就是猎物。

慈禧这一路，尤其刚出发时，河北、山西北部这一段，真是破衣烂衫，饥寒交迫，这些人，平日里娇纵惯了，哪见过这阵仗？路上不少拖家带口逃难的，也有那大户人家驾着马车的，互相抢道，把皇家车队挤到路边，慈禧他们也不敢声张，怕暴露身份。慈禧要方便——饭桌上不该讲这个啊，反正饭都吃完了，就剩下喝酒了——叫太监宫女们在野地里围成一圈，脸朝外，她和皇帝皇后蹲中间，轮着来，她第一个——满族皇室内部都称皇帝，不懂行的老百姓才叫皇上，电视剧净瞎演——老太后那年也 65 岁了，快赶上我和你姥娘的年纪了，大白天蹲在野外上厕所，没手纸，就用麻叶，也真难为她了。

荒野里赶上大暴雨，车轮陷进泥地里，动也动不了，躲又没处躲，只能淋着。那时的车窗，密闭性没那么好，雨简直就是直接往车里泼，皇帝皇后还年轻，老佛爷可不行啊，这么淋下去，只怕等不到洋人来，自己就先交待了。没办法，太监宫女们都钻到车里，跟上厕所一样围成一圈，给慈禧挡雨。四周的雨挡住了，车顶还漏，太监们脱了衣服盖在顶棚上，自己光着。就是这样，雨下几个时辰，他们就挡几个时辰，你说他们是忠心吗？忠心也真是忠心，但也是习惯，人一旦习惯了，什么事都不在话下。

有一天，雨刚过，经过一个村寨，三三两两的茅草房，一个人都没有——人都被拳民吓跑了。正走着，突然响起几声冷枪，赶车的赶紧把马勒住，车里车外的人都提溜着耳朵听，大气不敢喘一声——其实也是傻，你定在那里不动，人家不是打得更准吗？可当时人真是吓傻了，就这么干站着，然后你就看到了，甭管是习惯还是忠心吧，那些下人们反应过来，立刻又围在老佛爷的车四周，围成人墙——他们挡什么都用人挡，挡视线，挡风雨，挡子弹。李莲英那时也在队伍里，他年纪大了，身体又不好，慈禧体恤他，赐他一辆车坐，要说这个李莲英，真也是个人物，听到枪声，他第一个从车里跳出来，奔到慈禧的车跟前，挡在车前面。枪要再响，他可能就是第一个倒下的，真是护主心切，其他人看到他跑过去了，才有样学样，都围到慈禧的车前——可没人管皇帝皇后。

下人最知轻重，谁是老大，谁提溜着他们的小命，一清二楚。

还好，枪没再响，好像刚才那一枪就为了吓唬吓唬他们似的。放冷枪的人出来了，可真不少，用现在的话说，怎么也得一个排的兵力，个个拿着枪，兵不兵匪不匪的，把他们围上了。慈禧身边当然有高手护卫，也请了民间的镖局护镖，可是这些高人靠的是拳脚和冷兵器，在西洋人的枪炮面前，他们还是知道自己几斤几两的，他们可不是义和团，于是全都认了怂，皇家车队眨眼就落到这群兵匪手里。

出宫前，慈禧下了死命令，决不能透露身份，一怕招来杀身之祸，二来急于逃命，出宫时竟然没带玉玺，没玉玺，你说你是皇帝，谁信？所以干脆别说。后来是七十一岁的军机大臣王文韶连滚带爬追了几天几夜，给慈禧送来了军机处的大印，慈禧才开始重新发号施令，又是下令剿灭义和团，又是让沿途地方官员上贡、接待、护驾。当然这都是后话。

老百姓也不认识慈禧，那时候不像现在信息发达，电视上手机上天天见，照相术虽然早就发明了，慈禧晚年据说也很迷照相，但历史留下来的慈禧第一张照片是 1903 年才拍的，她并且只拍全身照，因为她认为半身照缺胳膊少腿的，不吉利，她还喜欢把自己扮成观音菩萨拍照，拉着格格们站在左右扮善财童子和龙女。总之吧，1900 年一般人真不知道慈禧长啥样，出宫这几日，泥地里爬过来的，更没个人样了，所以那些兵匪就把他们当成逃难的一户人家了，反正一路上都是逃难的。兵匪把慈禧一伙人都拢在一起，打头的说——我也不知道他们具体怎么说的，我反正就用山东话说了："你们家，谁是说话的人？"

慈禧说："这位军爷，一家老少逃难，走得急，也没带什么值钱东西，这点碎银子拿去买酒。"

军爷说："钱的事等会儿再说，拿多拿少的，咱说了也不算，我只问你们家谁是当家的，跟我们走一趟。"

慈禧说："往哪走？"

军爷很爱惜地把弄着手里一杆汉阳造 88 式毛瑟步枪，说："不告诉你。"

慈禧："你不告诉去哪，我们……"

军爷："再问一遍，谁是当家的？"

一众人都不吭声。

军爷说："不做声也白搭，都得出一个，来往这么多人家，不能坏了规矩，你们出一个当家的，去和我们当家的见个面，谈什么我不知道，也管不着，反正得出个人，要是不出……"

一群兵痞都握一握手里的兵器。

慈禧说："老李，你去！"

被慈禧称作老李的，其实是平时被唤作小李子的李莲英。李莲英多精的人啊，马上挺身站出来，说："我是当家的，麻烦这位军爷带路。"

军爷上下打量李莲英，说："你是当家的？"

李莲英："正是。"

军爷又打量慈禧和皇帝皇后，说："他们是你什么人？"

李莲英："老伴，儿子，媳妇。"

军爷："听到枪响，你第一个打车里跳出来，护着她的车，真不愧是老伴啊。"

江湖经验，开枪不一定为杀人，也为试探。冷枪最试探人，人在惊恐下的第一反应，最暴露人的本心，也暴露人和人的关系。打草惊蛇，不一定是坏事。

果然，军爷又说了："我看得清清的，老太太坐头一辆车，儿子第二辆，媳妇第三辆，你一个当家的，坐最后一辆，合适吗？"

李莲英也不是吃素的："其他人压阵，我不放心。"

军爷："这回放心了？"

李莲英："还是失了算，防了后面，没防了前面，明枪易躲，暗箭难防。"

军爷："说话倒是敞亮，人也像是见过世面的，可还是有一样，你自己都不一定意识到——刚才和他们几位站一起，您可是连腰都没直过，眼睛都没敢抬过！"

李莲英不说话。

宫里规矩，主子面前，下人不准抬眼皮，主子坐着，下人们或跪着或躬着，低头垂眼，正对上主子的眼神，出宫这几日，这规矩着实有点不适用了，因为慈禧临时征用的几辆押镖的车太高大，下人站在地上，仰着头才能看到主子的小腿，再低头垂眼，车上的主子就只能看到下人的后脑勺，下命令都别扭，总觉得上情不能下达，慈禧这几天还想呢，特殊时期，要不要暂时废了这规矩？

军爷盯着慈禧："老太太，我看你倒是个事事挑头，说话有分量的人。"

所有人都听着，拿枪的，被枪指着的，都在想同一件事。

慈禧面不改色："妇道人家，只会窝里横，军爷面前，不敢造次。"

军爷挨到慈禧身前："要不就劳烦您走一趟？"说着就要伸手拉人。

众人一看，护驾心切，都往慈禧身旁偎。一个贴身宫女说："我家老太太不能去，我家老太太身体不好……"右脸挨了一枪托，当场倒翻在地。

军爷收起毛瑟枪，又要拉慈禧，忽听到一声："住手！"声音柔和，却也柔中带刚，众人循声望去，竟是光绪。

光绪虽说是个废帝，那也是皇帝，自小受的教养、见过的排场摆在那里，一般人装也装不来，他呢，想盖也盖不住，这一声断喝，倒真能把人吓住。军爷放了慈禧，回脸看光绪。

光绪说："我是当家的，我跟你们走。"

军爷已把光绪从头到脚看个遍，笑一笑，说："您说这话，我倒信，这样吧，老太太，少爷，你们二人出一个，随便哪个，我都能交差——怎么样，娘俩儿商量商量？"

光绪走到慈禧跟前，看着她。

慈禧脸色铁青，不说话，也不看人。

光绪略一沉吟，拱手道："母亲大人身体要紧，孩儿去去就来。"手朝皇后方向歪一下，转身就走，军爷都被甩在后头。

"慢着！"慈禧忽然说话。

光绪站住。慈禧却是对着军爷，也像是对着众人朗声说道："我可告诉你，我的儿交给你，怎样去的，怎样回来，要是少了一根毫毛，老太婆饶不了你！"

军爷嬉皮笑脸："有去有回，原样奉还！"

众兵匪收了枪，押着光绪骑上一匹快马，绝尘而去。

3

"姥爷，光绪后来回来了吗？"大丫说。

"亏你还是个文科生，光绪不回来，后面的历史怎么写？"二丫说。

姥爷说："回是回来了，可是……"

可是回来的不是光绪。是一个长得很像光绪的人。

所有人都看出来了，虽然过了几个时辰，天已擦黑，可是那个人下了马，刚落地，走了没两步，所有人就看出来了，这人不是光绪，哪怕长得再像，哪怕骑着光绪走时骑的那匹马，穿着光绪走时穿的那身破衣裳。

老太婆当然第一眼就看出来了。

众人一时愣在那里，不知道该不该叫、叫的话该叫什么的时候，光绪——假光绪已经几步赶到老太婆跟前，好像看了老太婆一眼，其实更像是叫老太婆看他一眼，然后就径直坐进老太婆的车里，半开着车门。

所有人都知道，这几天里，慈禧每有大事要商议，或者做出要商议的样子时，就把皇帝皇后召到她的车里，关起门来开会。慈禧的车最大，坐得最宽敞，当然，也是权力的象征：是你们找我定夺，可不是我去征求你们意见。

假光绪坐进真慈禧的车里，这是主动要求开会啊。

下人们都偎到慈禧身旁，嘴上不说话，眼神里可满是狐疑和担心，不想让慈禧去开这个会，要开也到外面来开，和一个陌生人关在车里，多吓人！

从众人到车，慈禧缓缓地扫了一眼，可是所有人都看出来了，她眼里没有人也没有车，她在密集地思考，她借这缓缓的一眼尽量延长思考时间，免得想错了，这一眼过后，再说什么都晚了。

然后她猛地看向众人，这一眼，眼里全是人，她在向众人下一道无声的指令：我不怕他，开玩笑呢？真的我都不怕，我怕假的？我要去开会，这是我和此人的私人恩怨，和你们无关。

慈禧进了车，关上车门。

这就是历史啊，永远的谜啊，没人听见慈禧和假光绪在车里聊了什么，下人们自动和车离开一点距离，围成一大圈，保卫着会场，就像一开始围起来让他们上厕所一样，但同时每个人心里都明白，现在不会再有兵匪来打扰，现在最危险的人在车内。

"哎哟妈呀，姥爷你说得跟真的似的，假光绪真的是假的吗？"

"你姥爷酒劲儿上来了，再喝两盅，更没边儿没沿儿了。"

"你们甭管真的假的，"姥爷说，"你们要不要听吧，听，我就继续讲，不听咱就换下一个人讲。"

两年前戊戌政变，慈禧刚给光绪还了政，又收回来，把光绪软禁在颐和园和瀛台，还张罗着立新皇帝，彻底废了光绪。光绪的维新运动没搞成，变法图强的雄心被扼杀在摇篮里，还搭上了自己的政治生命，整个人都颓了，天天在屋里研究各式钟表，神神叨叨的。这件事震惊中外，国内国外都有替光绪鸣不平的声音，国外尤其同情光绪。慈禧立新帝之所以失败，与国外的一致反对有关，光绪向西方学习的决心大，外国人都看在眼里，再来个新皇帝又麻烦，所以一直有人在暗中设法营救光绪，出于各种公开的或不可告人的目的，总有人想把光绪重新扶上马，扳倒太后为首的保守势力，将那场只持续了一百天的变法维新继续维下去。明的暗的，真的假的，这样的事情一直没中断过。

可是难啊，光绪囚禁在皇城深处，帝国的中心，别说带一个活人出来，就是带一猫一狗一草一木出来也难啊。

"除非发动一场战争。"

两年后的庚子之变，八国联军侵华，就是那场战争。

故事讲到这里，那些人物、情节好像已经脱离了姥爷的讲述，自行运转在每个人的脑子里。

营救计划大致是这样的：联军攻入北京，如果能直接冲进宫里，生擒慈禧和光绪，那么事情就好办了，但很可能办不到，一是联军的性质决定的，侵华是根本目的，烧杀抢掠是其本性，而且一群雇佣军小混混，真进了城，看什么都稀罕，难保不出乱子；二来慈禧当然不会坐以待毙，一场将她列为头号战犯的战争打到皇城根下，打又打不过，她能不跑？——就让她跑，不跑怎么救光绪？这叫敲山震虎，调虎离山。跑有两种跑法，不带光绪跑，那最好不过，让出皇城，光绪直接归位，不过这个可能性不大，慈禧一直把光绪囚禁在眼皮子底下，万不敢让光绪离开她半步，这种时候怎么可能丢下他？带着光绪一起跑，好，那就有了我们讲的这个故事。

　　事后人分析，路上那群兵匪正是计划的关键部分。拦下皇家车队，你不承认自己的身份，我们也不揭穿你的身份，就当我们是车匪路霸，抓你们当家的，故意逼一逼慈禧，威胁要带她走，看她敢不敢，她敢，事情也好办，不敢，就心甘情愿放走光绪。总之，只要把慈禧和光绪分开，事情就有的办。

　　万人丛中，将一人打捞出来，是个大工程，涉及层面极多，大到国际关系，小到一个角色一句对白一个瞬间的取舍与应变，纵有计划，多数也是抱着走一步看一步的心态，何况立场不同，动机难测，一定也有人往这大工程里塞私货，反正境内境外，黑道白道，人多嘴杂，又都上不了台面，死无对证，其中谁幕后，谁台前，谁主办，谁协办，谁执行，都说不清。单举一例：事发后，消息在内圈人士中流转，竟有不止一人挑头揭榜，承认此事由他一手策划，互相都铁嘴钢牙。就好比现如今的恐怖事件，哪里地铁爆炸了，人肉袭击了，不到几个小时，中东那边，戴着头巾裹着面罩手持冲锋枪的某个人在社交媒体上发视频，表示要为此事负责，真真假假的，叫人分不清。光绪被调包后，有人第一时间要抢这头彩，不是别人，正是戊戌年的罪魁之一康有为。此人正流亡海外，伪造光绪的衣带诏，以政治被迫害者身份四处捞金，身为保皇党第一人，听闻出了这等大事，岂能放过商机？以他对光绪的忠心、对慈禧的仇恨，正有足够动机，于是忙不迭跳出来承认。可是这种事总要提供些实锤，上一次他伪造衣带诏，这一回山高皇帝远，信息也闭塞，他连基本日期和常识都搞错，嚷嚷了几声，得了倒彩，就自己找台阶下了。他的"保救大清国光绪皇帝会公司"倒是趁机又狠捞一笔。

"光绪知情吗？"

可能知道，也可能不知道，不知道，也能猜出几分。更何况，堂堂一国皇帝，壮志未酬，被一撸到底，下半辈子成了活死人，国家被人随便欺负，皇家园林被烧光抢光，皇宫眼看沦陷，心爱的女人眼睁睁被人投了井，自己沦落荒野不知所终，还有什么盼头？换了我，只要有人能带我离开，我一定跟他走，管它去哪，只要离开！

"太后、皇后面前一拱手，就是永别啊！"

几天前，联军攻破京郊的八里桥，逼近皇城时，正是光绪三十岁的生日——还是个年轻人啊！这个三十岁的青年，自小未踏出皇城半步，现在骑一匹陌生的快马，在他曾短暂统治过的国土上，头也不回地疾驰而去。

"都说三十而立，他是不是直到这时候才稍微有了一点点自立的感觉？"

回銮，归政，中兴……此刻他想的一定不是这些遥远的词，他想的一定是在节奏和发音上与马蹄声更契合的另一个词：离开，离开，离开……

从这一刻起，他不再叫光绪。

前方，所有交接工作都准备好，新的衣服、车马、身份、前程依次等着他，三十岁的青年像一条尘封多时的消息，像奄奄一息的一星火苗，被一站一站地传递下去，几个时辰之内，已是天涯海角。

另一边，甘肃布政使岑春煊正带着兵马星夜兼程，赶来护驾，各路神仙也不知道是为了保命还是争功，也都打着勤王的名义往慈禧这边赶，要保证光绪免遭他们围捕，安全进入外国势力范围内，几个时辰是必要的，所以几个时辰之后，假光绪才回来。

"真光绪都跑了，为什么还要派个假光绪回来？"

真光绪——或者说目前这个暂时无法命名的年轻人，即使赎出自由身，大清也还在慈禧及其爪牙治下，短期内无人能动摇，当时的形势下，列强也不想直接接管大清，然后立一个傀儡政权，只是先留出一条活口，再慢慢与清廷周旋，最后还是想以更体面更平稳的方式逼迫大清完成权力交接。对外就说光绪意外被兵匪掳走，辗转逃生，进入外国租界，这样的外交说辞张口就有。这样的话，就需要继续在面上承认慈禧的权力，保全大清的清白，而慈禧虽然将光绪的权力剥除干净，毕竟没有正式废他，名义上光绪仍是大清国皇帝，所以要想维持目前这个局面，慈禧身边就少不了光绪，哪怕是个假的。

是啊，一个禁闭在瀛台弹丸之地、毫无发言权的人，真的假的又有什么关系呢？

花心思找个长相接近的人回来，已经够友好够体贴了。

"那假光绪到底是谁？"

是谁已经不重要了，民间自有义士，四亿中国人里找一个长得像光绪的，也不太困难，估计光河北一带就能找出不少来。说他是义士，是因为一命抵一命，这一交换，只怕凶多吉少。

"光绪后来怎么死的？"

"1908年光绪驾崩，说是病死，可是光绪和慈禧前后脚死，今天一个明天一个，好像掐着点排着队一样，哪有死得这么准的？光绪肯定是被害死的，然后慈禧看光绪死了，这才放心闭眼。"

"我搜到了，我搜到了——2003年开始，中国原子能科学研究院反应堆工程研究设计所及北京市公安局法医检验鉴定中心组成了专家组，对光绪遗骨遗物进行了长达五年的细致科学化验，甚至动用了最先进的微型反应堆仪器中子活化法，终于在2008年，光绪去世一百周年时得出结论：光绪帝头发中的砷含量高于致死量的二百多倍，而皇陵周边环境未发现砷污染的痕迹，最终得出光绪帝系砒霜中毒死亡的结论，让光绪死于谋杀的百年猜测得到证实……"

"妈呀，可是躺在皇陵里面的人其实不是真光绪？"

"细思极恐……"

"既然是假光绪，为什么还要毒死？"

"慈禧自己要死了，能留活口？这种事败露出去，丢死人了。而且这样一来，等于封了流落在外的真光绪的嘴，你说你是真的，你怎么证明？玉玺？你没有，我有。人？你有，我也有，真假美猴王了，非得到佛祖面前分辨了，可慈禧自己就是老佛爷。"

"是啊，那真光绪不是白逃出去了？他后来不是也没什么动静吗？没见他黄袍加身杀回来啊？"

"局势一时一变，政治上没有绝对的承诺，也许有人只是拿光绪逼一逼慈禧，慈禧真开始立宪了，谁当皇帝也不重要了。"

"我倒觉得，依光绪的个性，是他自己把自己劝退了，从没见过外面广阔世界的人，一旦见了，是回不去的，从来都是犯人越狱，很少见有自由人再越回去的。"

"除非越回去有皇帝做，从小受皇权教育的人，哪有什么广阔世界？有，他的第一反应也是我要在这世界上称王！"

"光绪一直对西方有幻想，二十岁就开始自学英语，当然据说水平一般，跟现在中国人学英语的问题一样，语法精通，听说不行，他需要一个英语环境，所以我猜他很可能就坡下驴，去了外国定居，娶一外国媳妇，生一堆混血娃，练成一口流利英语。"

"光绪才是真正赢家啊，管你们谁当皇帝，我只管策马扬鞭，活得潇潇洒洒。"

"哎呀，咱别讨论这些了，你们谁能告诉我当年慈禧进了车以后，和假光绪在车里干吗了？"

"开会呗，谈判呗，谈交换条件，让慈禧默认此事，列强保慈禧不死，待形势好转，把她从战犯名单榜首上拿下来，杀几个替罪羊了事，可能还框架性地提到了一些别的政治经济条件，割地赔款啊，开放口岸啊，有计划地实施君主立宪啊，后来确实也都发生了——当然，也可能什么都没说，假光绪口才也不一定行，他可能只负责送信，所有谈判条件都在信上写着呢。"

"慈禧真就认了？"

"不认能怎么样呢？我怀疑啊，光绪和她拱手道别的时候，甚至军爷拿枪指着让他们两个出一个的时候，她已经多少明白了，但是明白又能怎样？她的第一选择永远是自保，哪怕暂时自保。这一点早被人看得透透的！"

"如此精明，把权力视作性命，分分钟都要怀抱着权力才能入睡的人，出宫时会忘了带玉玺？我分析她另有深意，知道一离开皇宫，局面可能失控，万一走散了，让光绪和玉玺落到一起，她的末日就到了，所以她的规划里，最理想的当然是把光绪拴在眼前，万一拴不住，也要把光绪和玉玺分开，光绪被带走时，她可能多少也在庆幸，还好玉玺还在。"

"刚才是谁讲的慈禧出宫没带玉玺？姥爷是你讲的吗？"

"我没讲啊。"

"那是谁讲的？你？你？你？你？你？"

"没有啊，我们都没讲，可是我也记得听谁说过没带玉玺这回事。"

143

"咳，咳，我插一句啊，我觉得现在有点乱，本来是你姥爷第一个讲故事，怎么讲着讲着变成所有人一起讲了？"

"姥爷故事已经讲完了呀，现在是讨论时间，当然谁有话都可以说了。"

"姥爷你作弊！这个故事不是你原创的，我顺着刚才那个链接点下去，看到有一个人写的这段故事，和你说的一部分有点像，你就是讲的时候添油加醋了一下。"

"这种故事哪有什么原创，不都是捕风捉影、东拼西凑出来的？"

"啊，我又搜到一个惊人的真相，当然我不知道真假啊，网上有篇文章，正好接着刚才那篇，就是2008年为了查明光绪死因，进入清崇陵，开棺验尸，从头发上验出砒霜那篇，这篇文章说，这次化验背后有满族皇室后裔暗中资助，查明光绪死因只是个幌子，他们其实对死因并不感兴趣，因为他们早就知道死因，这样说只是为了更容易获得同意，因为光绪死因在学术界一直有争议，这项研究有史学价值，所以一举两得，学者查死因，后裔们有更重要的任务，他们也相信真光绪早就外逃了，这些年他们一直没放弃寻找，居然真被他们找到了，当然那时光绪早死了，找到的是他的骨殖，所以2003到2008年这五年，一方面是验砒霜，一方面是比对DNA，比对的结果也证明了猜想：棺材里的是假的，外面的才是真的。2008年光绪死因的研究结果公布的同时，真光绪的骨殖也正式移入崇陵，当然这个事是秘密进

144

行的，对外没有公开。不管怎么说，在异国他乡游荡了半个多世纪的一个孤魂，在去世一百周年的时候，总算魂归故里。"

"那假光绪的尸骨呢？"

"也没有移走，这个至今仍不知名的义士，陪慈禧走完剩下的西狩之路，在西安躲了一年多，又随慈禧起驾回銮，去瀛台做一个名义上的皇帝、事实上的囚犯，直到八年后喝下砒霜——啊，也是传奇的一生呢——不知道他在生命的最后几年里，有没有以一介布衣之身多少体会到一个废帝的心境，不管怎样，是他替换出光绪，与光绪共用过一个名分，为光绪的灵柩暖了一个世纪的床，满族后裔们算有良心，没有把他移出去，而是把真的移进去，让他们合体了。"

"天哪，我不知道该说什么了。"

"还没结束，后面还有一篇，这篇马上辟谣了，辟谣这篇更长，有图有数据，要不要读？"

"别读别读！"

"真的不想再惊动这个故事了。"

那就让故事结束在这里吧。

母子狱

门神

养伤期间我还是睡在地下室，半夜醒过来，听到楼上的门在响，一直响，确定不是梦。每个门都有自己独特的声音，这是我无数个夜里总结出来的，听这声音，应该是楼上卧室的门，哐哐当哐哐当，四三拍，挺有韵律，不像风吹的，像有人推动。我妈也不起来管管，应该是睡熟了。我忍了一会儿，就像每天早晨忍受前一晚自己亲手设下的闹铃一样。后来我实在忍不了了，就披上衣服，爬楼梯上来，找到那个人。

他垂头站在卧室门口，右手搭在门把手上，一下一下地关门，开门，关门，开门。他做得心不在焉，就好像他本是我家客人，但是主人都去睡觉了，却安排他站在这里摆弄门，已经摆弄了大半夜，他很不情愿然而出于礼貌又不便拒绝，就这么应付着，即使我看到他了，他也不打算表现得更认真一些，就是要我看到他的不满。他穿一身黑色衣服。当然也可能因为没开灯。

我揉着眼睛说："喂，你能不能停一停，大家都在睡觉呢。"

他不说话，但是门转动的节奏有变化，说明他听到了，并且内心有所波动。他好像也意识到了这一点，接下来的几下他手上加力，让门更响亮地撞在墙根的门吸上，好弥补之前的松懈，也有点破罐破摔的意思。我站在客厅，能感受到那扇木门扇过来的风。

我妈还睡着。透过那人的身体和不断开合的门，我看到我妈侧卧在床上，面朝里，屈膝，小腿很细（尤其与她胖大的身体相比）。到了我妈这个年纪，很难被不感兴趣的话题吵醒了吧。

"你以为停下来那么容易吗？"那人说话了，瓮声瓮气的，不算是一个完全陌生的声音。

"怎么停下来比转起来更难吗？又没人逼着你非要推那该死的门！"我气呼呼地说。

他听了，倒真的停下来，转身向我。门被最后推了一下，快速撞向墙，在接近的那一刻又慢下来，啪的一声轻响，吸在门吸上——这说明他仍有分寸——我才发现，他身体比例奇特，正面比侧面宽出许多，就像一扇门一样。因为在逆光处，他轮廓清晰，面目模糊。

他的身后，床与电视柜之间的木地板反射出条形的光，光来自窗外，对面楼的房间里，有一户人家还没睡，灯大亮着。住在这里很久了，我从未注意到这户人家，今晚，这样紧张的时刻里，我居然生出一些窥视邻家的兴致——那家人的客厅里，有一面巨大如天幕般的背景墙，看不清墙上的图画，只感到强烈的反光。

他说："你要是试过天天晚上在这里转门你就知道了，根本就没法停下来！"

他压低了声音，语气恶狠狠的。为了配合这语气，他那终于闲下来的右手高高举起，向右下角 45 度（从我的角度看）大力劈砍下去。我知道他其实胆小和虚弱得很，不会真动手，但还是不由自主向后躲了一下。

我躲进了旁边的卫生间。反正也起来了，不妨就小个便。可一旦面对马桶我就不得不承认：其实这才是我起床的最大动机，至于刚才的对话，不过是去厕所途中的小插曲。

哗啦哗啦，我感觉我和他都慢慢放松下来。卫生间的门没有关严，能看到他在客厅踱来踱去，在我弄出的声音面前表现得颇有教养，同时不停地向各个方向做出斜向下劈砍的动作，好像刚发现这个动作的魅力，因此一遍遍练习。隔着一道门缝，我说："这么说，昨晚也是你了？"

"每晚！都是！我！"他又砍了三下。

"我家这扇门，你不知道……"我打个呵欠，尽力拿出一种居家的口气和他说话，"这扇门老了，不容易锁上，硬关的话会咣当一声，吓坏邻居、把门框撞坏不说，也不见得真能锁上，正确的方法是轻轻地带上，然后"——我在水龙头下快速冲一下刚才用过的两根手指，赶到卧室门前，像是急于向客人展示一门新技术——"然后，在门和门框完全贴合后"——这个时候其实并没有锁上——"手握住门把手，往上一提，听到咔哒一声轻响，就像……你知道吗？就像医生给脱臼的人捏的那一下，用的是手上的巧劲，靠的是医生手指隔着一堆陌生的软组织与患者骨头间的亲密对话，所以必须在绝对安静的环境下——比如此时——你听到患者从骨子里发出的那一声清脆的、心悦诚服的咔哒声，才算是成功。"

咔哒，门锁上了，我妈好像翻了个身。我的手不离开门把手，邀请他过来：喏，你来试试。

他将信将疑地接过门把手，拧开门锁，把门推开一点，再按压着门把手，将门缓缓关起来。现在到了那个决定性的时刻，他紧攥着门把手，把脸扭向我（此前他一直紧盯着门把手，好像门把手会咬他），显示出对自己的不自信以及对我完全的依赖。我向他有力地点一下头，以示鼓励，他像是终于下定决心要剪断定时炸弹的某一根连线一样，做出最后那个动作——尽管从表面上看他的身体没有任何动作，但是咔哒一声，我们分明都听到了。

"嗯？起来了？"我妈醒了，隔着这道门，我妈问我们。

“没事，上厕所，睡你的。”我说。

“几点了？”

“大半夜的，管它几点，睡你的。”

直到卧室里没了动静，他才长出一口气，将右手从门上取回来。他像刚刚获得一只新手似地，连连做出更短促有力的劈砍动作，好试试这新手好不好用，同时将脖子探出去，像牲口一样喘气。我走上前去，我和他都没说话，甚至连眼神也没碰到。趁他不备，我突然高抬起右手，他的右手也刚好举到最高处，就要劈下来，却没有劈。

我们击了一下掌。他手掌温软，手心全是汗。

“那你是什么时候发现这一点的？”收拾东西时我们都没再说话，他只说了这一句。

“婚后第八年才发现。”我说。帮他把大门打开。

他走了，我没送他。我想象小区的声控灯被他一个个踏亮，又一个个熄灭，他像是被黑暗一段一段地赶走的。他走得很干净，甚至把我家门口一袋垃圾也捎带走了。

隔着卧室门，能听到我妈在微微打呼。门和地板间的缝隙很黑，没有光透出来，对面楼那户人家应该也睡了。我倒退着，沿楼梯爬到地下，回到我的小床。接下来这一觉我要睡很久，很久很久，才被一声巨响惊醒，然后听我妈在地面上，大声喊我的名字。

左耳

关于我要切掉左耳一事，我和我妈再也没办法讨论下去了。在此之前，我们都有点太不保留自己的观点了，该说的不该说的，全说了。这导致的结果是，我们互相都不能就这事再多说一个字，每多说一个字都是对之前的重复，并且势必勾连出更早的事，进而怀疑起对方的人生。我们都聪明地闭了嘴。

说起来，她的话并非全无道理，她的第一个理由——她一共有两个理由——是天气，毕竟马上就要四月份了，气温一天天高起来，正是万物生长、病菌复活的季节，万一感染了，引起并发症或是增生一类的，事情就比较麻烦。我们——我和医务人员们——向她做了各种保证，理论上的，临床经验上的，她听了都点头，但最后总会来一句：万一呢？——我们就不知道说什么了。

她也并非故意拖延，好让这事不了了之，她的意见也很明确：下半年，最好国庆之后，元旦之前。而院方的说法是，因为要冲业绩，那段时间正是床位最紧张的时候。

第二个理由略有些牵强：她即将回老家，为我的外公外婆扫墓，其间会遇到她的兄弟姐妹，并处理一些陈年家事（可能也有一个议题是我）。这当然需要一些时间。她有十几个兄弟姐妹，互相还隔得挺远，回去一次不容易，她不想给那些人留下一个来去匆匆的印象。这样一来，问题就很明显了：在我人生中如此重要的一个时期（她坚持这样认为），她本该陪在我身边，与我共同度过，并且可以经常给我做一些发面馒头和饺子之类的面食（我实在搞不懂这事跟我的饮食结构有什么关系）。她认为自己要尽到一个母亲的责任，就这件事来说，她的责任就是陪着我，亲眼看着我从一个双耳健全的人变成一个只有右耳的人，至少前三个月要如此（好像第四个月我的左耳就会长出来一样）。

我们就这事争论了足有十来个回合，从场面上看，我赢了，然而我的每一次胜利都进一步巩固了她的想法：她不能在这种时候抛下我，而扫墓时间是不能推迟的，所以只有让我改时间。说到底，这件事并不像拔牙或理发一样有一个不容推迟的理由或是大体稳定的周期，"早几个月晚几个月又有什么关系呢？"我妈说。

也吵过几次，互相也都说过一些气话，尤其是我。我大概伤到了她。虽说母亲永远也不会真正生儿子的气，但有些话还是不该从儿子嘴里说出来。

不管怎样，这事还是暂时搁下了。我给自己买的单耳耳机、单腿眼镜什么的，暂时还用不上。

我们过了一段相对太平的日子，她把一日三餐做好，我们守着一张餐桌吃饭，饭后我帮她把碗筷收拾到厨房的水池里（我就做到这一步，如果我的手再往水池里伸半寸，她必然在我身后喊：我来我来，反正我的手已经湿了——她的手总是湿的），然后就钻进地下室，待上整整一上午、一下午或是一晚上。门锁得死死的。

总之，除了吃饭和上厕所这两件相反的事，我很少到地面上来。我正认真计划在地下室建一个厕所，好让我出现在地面上的时间再减少一半。

晚上那次不算。晚上十点钟我们会出门散一次步，这个点，小区里基本碰不到人，即使远远碰到，互相也都只是无个性的黑影，但我们还是快速穿出小区后门，来到一处年久失修的河道边，在一排黑黝黝的樟树下疾走。一路没有人，连个野狗都没有。

除了一些必要的祈使句，如"向左"或"慢一点"外，我们一句话都不说。从理论上讲，一对多年的母子，每说出一句话，都可能引出无数句话，而可供对话的时间又如此有限（一日三餐加一次散步），所以我们竟不知道从何说起了。

在这样的沉默与默契中，一个更大的分歧正在酝酿。我知道这个分歧从一开始就有，它之所以至今未被提及，实在是因为围绕它的争论将过于庞大，我们都不想贸然扮演那个亲手破坏和平引发大战的人。这分歧却被沉默喂养着，一天天壮大，等到有一天我们不得不面对它时，它可能已经变成一头狰狞的巨兽。趁我现在仍能描述它，我要把它说出来——简单来讲，这个问题就是：为什么一定是左耳？

是啊，为什么不是右耳呢？

如果我有很多耳朵，比方说三十几个，或者哪怕七八个，然后我选了其中一个叫左耳的，那还好说，问题是我只有两个耳朵，左耳和右耳，我却偏偏选择了左耳。我妈，以及我妈身后那个隐秘而强大的势力，必然需要一个解释。

我从她那欲言又止的口型上都能猜出她想说什么：是不是因为你和我散步时喜欢走在我右边而把左耳对着我所以选了左耳？或者，是不是因为我哪一次不小心流露出倾向于选右耳所以你故意和我作对选了左耳？是不是因为你七岁那年……

这样的猜测永无止境，哪怕我能圆满回答她一千次，她也可以立刻端出第一千零一个。从根本上看，母子永远是信息不对称的，母亲永远掌握着一些关于你而你却不知道的信息，比如你的出生。

她其实并不相信那些猜测，她只是忍不住要去想。自从这件事确定以来，对这个问题的揣测就成了她生活的全部。晚上起夜，经过卧室的门，即使只看到她侧卧的后背，我都能一眼看出来：她正梦见这个问题，为刚刚获得的一点梦的启示或重新掉进疑惑而屏住呼吸（那突然停止的鼾声说明了一切）。如果她刚好面朝外，她的表情就出卖了她：她是想着这个问题入睡的，这一点清晰无误，就像所有人都能一眼看出钟表是在哪一分哪一秒停摆的一样。

她在不断的排除法中离真相越来越远，困惑使她面目全非。从前我只知道我和她在一切方面都正相反，现在，我不知道我和她是一种什么样的对应关系，在一个公式中输入我，再不能顺利地得出她（相比较下，"一切都相反"是一种多么简单而和谐的关系）。

她想，只要这一天还没来临，左或右就还不是定数，她永远有机会搞清楚，进而修正它，她坚信一个母亲永远有机会拯救自己的儿子。

我们被一个不确定的日期捆在一起，形影不离。偶尔，我会戴上鸭舌帽、墨镜和口罩出门办事，这时她一定要问清具体地址，至少要知道我在家的哪个方向（她拿手比划着那个方向，好像这样我就跑不出她的掌心了）。她相信真相、机会、运气这类说不清道不明的事情就像 WiFi 信号一样，只在一定距离内有效，因此不愿我超出这距离太远和太久。如果我连续外出一整天，她会在中午备下啤酒和丰盛的午餐，引我回家一次，吃喝一顿后再放我出门，这样，一个焦虑的白天就被拆分成两个踏实的半天。她想，在那一天来临前，她要维持这样的强度。

待在家里时间久了，我会盼着出门，真出了门，我又感到种种不适。作为一个即将单耳的人，我不知道该怎样处理我与那些双耳人的关系，宁肯再逃回相对安全的母子关系中。然而一回到家我就一头扎进地下，用铁门将我妈连同地面上的人统统隔离开。我越来越少出门了，我靠一台电视（那里面的人都长着两只耳朵）来想象外面的世界，维持着一个人对社会性与合群性的最低限度的需求。有一晚我被半空中的抽泣声惊醒，我爬上一截楼梯，把右耳（我现在锻炼着尽量只用右耳）贴在地下室的铁门上听。是我妈。

她处在一场漫长的酷刑中。自从我决定切去左耳起，这酷刑就已开始，我只是轻轻的一下（据说激光刀只用 0.3 秒就可完成切割），她却将这一下分解成每天每夜的钝刀割肉。她欣然甚至迫切地领受这场酷刑，以此来平衡她的负罪感，有可能的话，也分担一些我的痛感（绝没有可能）。

　　诚然，切掉一只耳朵这样的事不算什么见不得人的坏事，只是一种个人选择，就好像总有人将大拇指或小拇指指甲留长而将其他的剪短一样。然而又云身体发肤，受之……

　　据说我出生的时候，耳朵硬邦邦皱缩在一起，像那种没泡开的干木耳。是我妈，一天一天地揉搓，将它们捻开、抚平，捏出耳朵该有的样子。她比女娲更精细地捏造一个小人，将我捏成今天的样子。她不曾想过，有一天这耳朵要被连根切掉。

　　日子一天天过去，有一天我向她公开表示，我等不及了。她正在和面，或是用新买的去皮刀为一颗土豆去皮，或是哭泣（从背部看这些动作都是肩膀一耸一耸的根本没法区分）。我看不到她的表情，她没有停下动作。

　　这件事的收场方式略有些奇特。在那之前，我已经注意到一些反常的现象，比方说我发现我家的刀不见了。我并不是一个平时经常使刀的人，我妈又常年把持着厨房，掌管着厨房一切器具摆放的位置，包括刀——她经常把刀放在最显眼的地方，以便随时抄起它。我猜如果在古代，她会在后背或腰间背一个刀鞘，好时刻把刀挎在身上。正是这一点让我开始关注刀。

我说："妈，为什么不能把刀放在一个隐蔽的地方呢？"

我破例拿起那把刀（我好像之前从未亲手拿过刀），为她示范了一个适于藏刀的地方。那地方放进去很容易，取出来却有些难，我妈把刀取出来，说："藏得这么深，用起来不方便呢。"

我说："那至少不用的时候，或者每晚睡觉的时候把刀藏进去总可以吧？毕竟我们不是一个需要经常在大半夜起来砍什么东西的家庭吧？刀这种凶器，不是应该放在一个我们知道而敌人不知道的地方吗？像你这样公开摆放，究竟是方便我们还是方便别人，尤其是敌人呢？"

我妈愣了一会儿，大概我很久没一口气说那么长的话了，她需要反应一下，也表示一下重视。然后她猛点头，像是突然明白了一样。其后几天，刀明显不太见到了，只在不得不用到它时才出现。她甚至用路边小广告的铜版纸做了一个长方形的纸刀鞘，以便随时将刀收进去，那刀鞘有极好的伪装性，一开始我以为一本杂志扔在厨房的台面上，封面花里胡哨，印着月子会所或湖畔宜居大平层之类的广告，但是刀柄露在外面，黑黑的，抽出来，明晃晃的锋刃。

不过，几天之后，刀，连同我妈那顽固的积习又慢慢回来了。纸刀鞘浸了水，散了架，被丢掉了。刀公然出现在上一次用它的地方，刃上沾着上一次切过的东西。

这一次我没再说什么。任何建议都只提一次，绝不提第二次，是我在多年母子相处过程中得出的结论。

但是，最近几日，刀又不见了。我一眼就看出来，这一次刀是带着一种决绝的心态彻底消失的，是所有刀都集体消失了，所有与刀有关的事物包括每天午前厨房传来的当当当剁砧板的声音也都消失了。与此相对应，午饭的菜谱也发生了变化，各种不用切分直接入锅的东西多了起来。

她在暗暗做着准备。

有一晚我又听到了空中的抽泣声，伴以大声地呼喊我的名字，不确定是不是梦。每个人都有独特的哭法，这是我在无数个夜里总结出来的。我忍了一会儿，像忍受深夜里一扇不停开合的门，明知忍不下去，还是不愿意起身。我后来不知怎么起了身，沿梯子爬上地面，推开卧室的门，没开灯。其间我踢翻了一把椅子，我记得它一直在另一边的。

我妈面朝左侧睡着，两手护住头，呼吸平稳；小腿蜷曲并裸露着，能看到静脉曲张手术留下的疤。我动手翻她，像翻开陌生人的一堆秘密。她在梦里，虽然不太理解，仍配合着我的动作，如同电视剧里要背起一个晕厥的人时，晕厥的人不由自主地手脚发力，以减轻另一个演员的负重。我把她翻过来，让她朝右侧躺着，把她捂在头上的手拿下来，这时她开始抵抗，手上脸上全是水。我一手握住她的手，一手拨开她的头发，我看到她左边脸颊，眼睛到后脑之间那块湿润的地方，生出许多细小的耳朵。

沙尘暴

　　我和我爸，难得说话。不是一家人七嘴八舌的那种说话，是两人直接对话很少。有一天，在济南，午饭后，隔着一个茶几，一株铁树，一台兀自播报的电视，还有来回走动的人，我爸对我说："昨晚是不是没睡好？看你脸色，这样可不行，你是不是遇到了什么叫人心惊的事？你别一个人扛着，说出来，都帮你拆解拆解，你要不好意思，就光和我说——来，你说说看，你到底怕什么？"

　　我讲了一件事。

　　2015 年在郑州，APEC 会议前几个月，市容大整治尚未见效，整个城市笼罩在土黄色的尘雾中，人在街上走一圈，皮鞋上一层土，商场、酒店门口的自动擦鞋机前，人们排着队上前，一只脚一只脚地递出去，狠狠地擦够时间；等不及要见客的，就将脚偷偷伸到另一条腿后面，在裤脚上

159

蹭几下，蹭出一个光亮的鞋头。到了室外，人人都缩起脖子，一头扎进那妖雾中，同伴们正说话，哏喽一声，一口痰卡在喉咙间，慌得一众人都帮他找垃圾桶，垃圾桶不常见，心急的人早就一口呕在地上。那痰呈明黄色，黏度极高，就地一滚，沾上些碎沙黏土，快成固体。就是在这样的尘土飞扬里，我奔波了十数日，足迹遍及郑州市六个区外加五个代管县级市，费尽口舌推销一个并不适合本地的立体车库投资方案。走前一天，我请一直陪我四处跑的当地朋友吃饭喝酒，谈及郑州半月，光忙生意了，竟没去周边转转，开封府、少林寺、龙门石窟离郑州都不远，来回车程都在一天以内，朋友建议我多住几日，把他的道奇酷威借给我，自由自在，想去哪去哪，市区的酒店也不用退，仍住在那里，因为这几处景点均以郑州市区为中心呈放射状分布，逛完一个地方即回酒店，明早再出发，这样安排最划算。我想一想说："我自己倒无所谓，郑州离济南不远，倒是可以让我爸妈也来，高铁三个小时就到，平时专门来旅游呢，他们自己未必能来，现在正好，我在这里，可以带他们转转。北方老人，最喜欢包公、杨家将这些典故，你刚说的这些景点，他们会喜欢，只是不知道他们肯不肯来。"朋友也真仗义，只是随口说了几句，第二天一早人家就把车送去 4S 店做了个保养，好让我用得安心。4S 店保养带洗车，车开回来时本是干净的，车窗上还挂着水珠，但是路上赶上堵车，停在高架下匝道口四十多分钟下不来，奶白色的车身已敷上一层细土，偏偏这时来了一阵小雨，不多不少将那层土和成稀泥，一道一道挂满车身。雨停了，车流仍未松动，朋友闲着也是闲着，索性下了车，从后备箱搬出一箱矿泉水，又翻出一个一次性牙刷，一边倒着水，一边像刷牙一样将那车又细细洗了一遍，然后才干干净净交到我手里——这份用心啊！临走时还交待我说："今晚有沙尘暴，市里发了橙色预警，车放到地下车库，你没事先别出门，窗户关紧。"我去前台办理续住，因为说迟了，我住的那间房已被订出去，我在这里住了半个月，和那位前台领班混得挺熟，领班就对我说，顶楼倒还有一间套房，之前一直被人长租，前段时间才空出来，市场价肯定贵，但她愿意给经理打个电话，问能不能适当加点钱就升级。以我的经验，这种情况下凡是声称给经理打电话的，经理都没有不同意的，有时我都怀疑是不是真有这么一位经理时刻在后台等着接电话。"毕竟这套房间现在不太好做，"领班好像也不急着打这通电话，"之前长租的那人出了点事。""没事，"我说，"只要不是凶杀现场。"我昨夜的酒还没醒透，说话有些浮浪。"那倒没有，但那个人确实杀了人，好多年前，在他家里，杀了他亲爹还是亲娘，然后逃了，抓了好多年抓不住，最后是被举报了才抓住。"我说："你们酒店举报有功。"领班说："才没有呢，我们酒店因为这个差点被查封，那时还没有人脸识别，他伪造了证件，我们也没仔细查。""逃犯还住套房，够奢侈。""什么呀，因为他家就在酒店东面隔一条小马路，那间套房是唯一窗口朝东的，站

161

在窗前能看到他家客厅，也就是当年他杀他爹还是他娘的地方，抓他那天他一直喊冤，说他爹还是他娘不是他杀的，真正的凶手一定会重返杀人现场，他藏在他家对面这个房间这么多年，就是为了每天守在窗前，等待真凶现身。"当夜狂风呼啸，风声响彻华北平原，如果你仔细听，还能从这浩大声中听出每一粒沙尘撞在窗玻璃上发出的又细又脆的声音。套房里窗户和窗帘都紧闭，我拥被而眠，梦一层一层将我裹紧，在其中一个梦里，我梦见自己一口口吐出黄土，那黄土因被肠胃消化过而格外细腻，我源源不断地吐出它们，体积超过了我的身体，慢慢将我埋起来。我想到棺木，立刻有一具棺木应我的想象而来，不大不小正将我囚住。我心下害怕，嘴里却继续吐出黄土，要将棺内空间填尽。呼吸渐渐滞重，空气中开始有腐坏的味道，我好像在梦里加速过了好多年，然后时间线恢复正常，我听到细碎的唰唰声，好像有考古人员正拿软毛刷一点点剔除棺木缝隙中的土，随后这棺木被撬开，刷子探进来，要将这具被黄土封存的尸身一点点刷出原型。我感受到自己作为一件珍稀文物所应得的那份敬畏与小心，越发不敢动了，害怕身子一抖，让刷子们失望。刷子越是接近我的真身就越谦卑，好像生怕一不小心碰掉我一根毫毛，贬损了这宝贝的价值。最终，一支最是老到的刷子被派出来，这刷子决定从我的脚部入手，让这个相对不重要的部位率先暴露在氧气中——我就在这时醒过来，看到黑暗中有人站在床尾翻我的被角，我的脚底板登时感到一股凉意，这凉意经由身体一路放大传至脑门，我猛地挺一下脖子，颤声喊："谁？！"

我的父亲先是被这喝问声惊得收了手，继而用不容置辩的口气自我介绍道："我！"

我半天说不出话来，只能大声喘气。

父亲说："你看看你，我是看你蹬被子，想给你掖一掖，你这是干吗？"

我说："你……你怎么在这里？你什么时候来的？"

"不是你叫我和你妈来旅游的吗？我和你妈挂了电话就坐高铁来了，不是昨晚刚到吗？"

窗外的风像大火业已熄灭，房间弥漫着被燃尽的森林才有的肃杀与冷清。我定一定神，听到里间传来细微而有力的呼噜声，倒像是母亲的声音。然而你也可以说那是任何一个母亲的声音。

"你这样可不行，你最近是不是遇到了什么叫人心惊的事？"这自称父亲的人说，"你别一个人扛着，说出来，我和你妈帮你拆解拆解，你要不好意思，就光和我说——你到底怕什么？"

我怕你。我在心里想。然而周围太黑太安静，我连想都没敢大声想。

穿西装的椅子

他不在场时，人们就把现场最高贵的一把椅子当成他，谁都不去坐那把椅子，即使椅子不够用也不肯坐，宁愿去隔壁房间借；甚至碰都不敢碰一下那把椅子，经过时都避让着它，对着它点头哈腰；连这把椅子旁边的椅子都跟着升值，人们互相扯住衣领或腰带，撕皮裂肉地推搡着，将余下的人中相对更尊贵的那几个推过去，"你坐你坐，你离他近点！""你坐你坐，你和他熟！"

如果现场是方桌，这把椅子一定在方桌的最中央；如果是圆桌，就在正对门的主座。可恨的是，这样的房间里，桌椅总是标准化的，因此这椅子在形状上并不比其他椅子更名贵，也没有按摩、自动加热或足底保健之类的附加功能，甚至椅背也和其他椅背一样高。但就是这样一把普通的椅子，仿佛通了人性，所有人一进门就看出它的尊贵，将它供奉在桌前，服务员端来热茶，第一杯，总要放到它面前。

人们簇拥着这把空椅子坐下，三三两两地先聊起来。聊的时候，人们有意让表情更随意些，笑声更浮浪些，以表示他们的聊天纯属瞎聊，不作数。聊到紧要处，他们压低声音，悄悄朝空椅子方向递个眼神，表示这事他们说了不算，椅子说了算。

这些坐聊的人中间，当然早就埋伏着主办方的人，也就是椅子的下属，这时就抬抬手腕上的表，清一清嗓子，说："时间不早了，人也都到齐了，椅子还在另一个会上走不出，椅子叫我们先开！"

每逢这时候，一桌人都将手或脑袋左右摆起来，口中连呼：不不不，等椅子一起！

于是继续尬聊，交换名片，极力发掘共同话题。椅子久等不来，人们才发现，椅子不在时，大家其实并不很熟，离开了椅子这个纽带，他们几乎是陌生人，陌生人用来寒暄的话，几分钟就聊完了。当然在来之前，人人都准备了一肚子漂亮的话要讲，但那些话是给椅子准备的，或者哪怕是对另一个人讲，其实也是讲给椅子听的，现在椅子不在，谁会浪费表情和口才去讲给一屋子活人听呢？

主持人第二次清清嗓子："不能再等了，椅子又给我来信息了，椅子被另一把更大的椅子叫住了，看样子今天早不了，椅子说了，让我们先开始！"

众人见拗不过，就都正一正身子，掏出笔记本和笔，各自心里打着截然相反的小算盘："看来有些话暂时不能说了"，"看来有些话可以趁机说出来了"；或者："早知道今天就不要来这么早了"，"今天本来想早些走的……"脸上可都带着笑，一切照旧的样子。

表面上看，会议仍按议程进行，每个人都清清嗓子，换上一副稍官方的表情，手指敲敲话筒，说着此时此地该说的话。那把尊贵的椅子空在正中，木木地听着——这倒与平时椅子在场时很像，平时，椅子也是默默听完整场，最后才发言的。

砰一声响，门被撞开，一房间的脸都抬起来，摆出最惊喜和虔诚的表情对着门口——却是一个陌生的毛头小子，衣装笔挺，满脸堆笑："抱歉抱歉，我迟到了——咦？椅子还没来？那我不是最迟的那一个，呵呵！"

众人来不及将表情切换到嫌恶，就势也对他笑笑，说："不迟不迟，来得正好。"

年轻人找空座，全场只有两个空座：那把最最尊贵的椅子旁边，还有一把"第二尊贵"的椅子空着——刚才一番推让中，出于某种谦逊的自保，没人愿意承认自己是全场"第二尊贵"的人，因此让那把椅子也空了下来，结果——年轻人被推举到第二尊贵的椅子上。

对迟到者最好的惩罚，就是让他坐在最不该坐的位置上。

"第二尊贵"椅斜放着，方向偏向"第一尊贵"椅，以示谦卑。年轻人略微迟疑一下，就大大方方走过去，准备领受这份公开的却又难以言明的惩罚，似乎倒不太在意——或者也出于无奈吧，他总不能坐到"第一尊贵"椅上。然而他又有惊人之举：

他脱下西装，拿两手的拇指和食指拎住衣领，小拇指微翘着，想为西装寻一个放心的去处——那件收腰修身小西装过于精致了，除了穿在主人身体上，简直找不到第二个适合安放的地点，年轻人本想把它挂在自己那把椅子的后背上，又怕压坏了它，左顾右盼，最后挂在了"第一尊贵"椅的后背上。

全场暗惊。自从"开会"这件事被发明以来，还没有人敢对第一把交椅如此不恭。

那西装穿在那椅子上，腰身挺括，肩头饱满，竟十分合身。

场中有人轻咳了一下，咳嗽中藏着一个笑。这样的会场，总有各种来历不明的轻咳声，看似不着一字，其实含义丰富，各个不同，如果你不能准确解读这些咳嗽声，你会死在会上，或者会后。死得很难看。

待那年轻人坐定，众人将会议继续下去，心里各自盘算着那年轻人的死法，每人都给出了三到五种不同的答案。

那把穿上了西装的椅子，总感觉怪怪的，人们忍不住要多看它一眼，设想如果那把椅子的主人突然出现，这事该如何收场；又暗自期待，希望那场面再尴尬一些、再惨烈一些，好让这乏味的议程多些看点。这场会议因此开得格外文不对题、心不在焉——虽然所有的会议都文不对题、心不在焉，但今天的气氛明显更诡异一些。

直到后来，座中最擅长插科打诨的一人开始发言，气氛才有所好转。每个会场都有这样一个人，自带笑场，一开口就惹人笑，俏皮话一个接一个，凝重浑浊的会场空气被他搅得稀松了一些。此人今天发挥得格外好，或许今天大家太需要他了，因此也加倍卖力地配合他的笑点，在被那一声断喝打断之前，会场一度欢声笑语。

"闭嘴！"突然一声断喝。

所有人都将嘴巴闭起来。倒不是为了遵照那声断喝，而是此时谁张嘴说话，谁就等于单独认领了这句指责。那位专业会场搞笑大师，正准备抛出一个大包袱，此时也不得不将那包袱咽回去，直憋得下巴成堆，满脸红肿。

稍稍回过神来，人们开始寻找那声音的出处。自会议发明以来，哪怕最严厉的否决、最荒唐的指令，也从来都是用最文明、最堂皇的语气说出的，没有人敢如此无礼。

那声音又开腔了："你们这群道貌岸然、假模假式的人，难道无所事事到要靠开会来制造事情吗？你们每天把你们那四平八稳的屁股架在椅子上，用屁股指挥着脑袋，脑袋指挥着嘴，你们嘴上讲着一套，心里想着另一套，你们难道……"

众人忍受着这无理的责问，互相扭转头查看，以确认是哪一张嘴在动。然而所有的嘴都闭着，像台风暴雨天里所有人家的门窗一样紧闭着，会场所有的话筒、喇叭、扬声器也都关着，到底是……人们终于锁定了声源——那把最尊贵的、穿西装的椅子在说话。

那椅子越说越难听，都快骂娘了。两侧的人早就纷纷将座位挪开一些，身体向后撤着，拿手掌挡住眼耳，好像那椅子随时会爆炸，要溅他们一身泥水。

关键时刻，却是左侧"第二尊贵"椅上那个小伙子先动起来，他似乎悟到些什么，也可能仅仅是想抢救自己心爱的外套——他伸手将他的西装从椅背上扯下来，那声音立刻停了，不是说完了，而是突然被按了静音一样，听不见了。

他试着将西装再套上去——那声音又开始了，"你们这帮……"简直难听死了。再扯下来，又停了，再套上，又说……他最后将西装牢牢抱在怀里，再不让它和椅子有任何接触。

众人惊魂未定，年轻人已经绕到自己的座位后面，将西装抖抖平，套在椅背上——有人要惊呼，所幸捂住了嘴——然而"第二尊贵"椅并没有说话。会场一片死寂，年轻人又把西装套在旁边的"第三尊贵"椅上——第三尊贵的人是位长者，此时早惊得从座椅上跳起来，躲到一边。然而"第三尊贵"椅也没有说话……实验表明，全场只有一把会说话的椅子。

一把就够了。

年轻人带着第一个发现真相者的骄傲神情，将西装穿回身上，向自己的椅子走去。这期间，他的每一个动作都牵动了所有人的目光，他正成为在场者中名副其实最尊贵的那一个。他还没来得及坐回椅子，对面一个人向他努嘴、使眼色，更多的人向他投去急切和信任的眼神——自从发生了那样奇怪的事以后，全场人都不再说话了，像一群哑剧演员，只靠眼神和动作传情达意，就连以往的论敌也变得心有灵犀。年轻人读懂了众人的眼神（至少他认为他读懂了），他没有坐进自己的座位，而是走到"第一尊贵"椅后面。

他探身向椅子，又停下来，站开一点，小心脱下西装，让旁边的人帮他拎着，再回来，伸手向"第一尊贵"椅。

他抱起"第一尊贵"椅，走向会议室的门。预备来加水的服务员目睹了刚才的一切，此时忙不迭地帮他把门打开，年轻人抱着椅子出了门，像抱着自己那肥胖而丢人的新娘。人们用耳朵目送他的脚步声走远，再走远，停下……然后是乒乒乓乓暴力摔砸的声音，汽车和电动车受惊尖叫的声音……会场里的每一颗心都跟着跳动。

年轻人喘着粗气回来，从同伴手里接过西装，穿起来，整整衣领，抹一下头发，吸一吸鼻子，坐回椅子，一张一张抽纸巾擦手。服务员为他添上新茶，他重重喝下一口。

主持人清一清嗓子——事发后人们第一次听到亲切的人声："下一项议题是……"人们轻快地呼一口气，挺一挺腰。

会议继续进行。

转角处几个最不尊贵的人，之前一直坐得很挤，有人甚至坐在两张桌子的接缝处，桌腿插进两腿间。此时，他们一点点挪动椅子，旁边的人也一点点挪动椅子，为他们匀出更多空间。慢慢地，那把椅子离开后腾出的缺口，被一点点填满了。

钱歌

超市收银台，一个女孩撅起屁股，将低腰裤扯下一点，将臀部举给收银员，等待那冰凉的一点刺痛。女收银员不年轻了，身材像一头狮子一样雄壮而松松垮垮，她虽然很鄙视，但还是将扫描枪对准女孩那骄傲的价值连城的臀。叮一声响，5580元，女孩买走一支茄紫色美形唇膏。

当然，多数顾客并没有那样一副拿得出手的臀，他们只是简单地撸起袖口，像过去撸起袖口看手表一样，露出手腕上的文身，对准扫描枪，叮一声响，扫去数额不等的钱。

冬天，春节临近前，这样的支付模式常常让收银通道拥堵，倒不是因为大家买的年货太多（事实上买多买少都无所谓，顾客在货架上选中商品时就已将价码录入自己的身体，收银台只负责叮一声响，收取一个总额），而是因为穿的太多。一位乡下进城采购的大叔不得不当众解开一根腰带、脱下一条棉裤、一只针织袜子、一条加绒加厚秋裤、一个皮制护膝、一张狗皮膏药共计六件家什后，才露出干硬脱皮的膝盖上一朵娇羞的水莲花。叮一声响，他只买走一副春联和一对蹄髈。

"现在小偷太多了，媳妇说还是绣在腿上最保险。"大叔边提裤子边说。

前些年，沉寂多年的小偷界又兴盛起来，此前，这门古老的手艺快要灭绝，据说已申请了联合国非遗，然而峰回路转，有一天小偷们发现，如今街上的人全都钱包大开，向他们开放——不是那种布艺或皮制的钱夹，而是人们的脸——如今每个人的脸上都写着一个大大的"钱"字。

那是刷脸时代的一场小意外。小偷们最初是以电子相面师的身份出现的，那玩意儿打着高科技的幌子贩卖一些老黄历，不过新瓶装旧酒，然而正是在漫长细致的面部全息扫描过程中，你的脸部支付密码被破解了。相面师最后面色沉重地掂量一张检测报告单，像医生一样满有把握地宣判："你近期可能倾家荡产。"过后一查账户，果然倾家荡产。

随后，一家面膜厂商被查封，人们才恍然大悟，当女人也包括男人们歪在沙发上享受那面膜的丝滑润泽时，那面膜已破解了你的脸，正分分钟从你的面部毛细血管中吸钱。事发后，很多人都皮肤苍白，面无血色。

这样"颜面尽失"的事件接连发生后，人们纷纷注销掉自己那张昂贵的脸，将余额转移到更隐秘的另一端——屁股。毕竟很少有人好意思打着预知你命运的旗号长时间盯着你的屁股看，臀膜毕竟仍只是少数人的娱乐，当你不得不露出半个屁股进行肌肉注射时，护士也很难在推针的同时兼顾扫描，很多理财机构和购物中心适时推出的坐便式支付宝座也加速了这一模式的流行。人们躲进一个个小包间里脱裤子刷码，消费重新变成一件羞答答的事情，在这个狂热炫富的时代，这多少算一桩幸事。

然而盗刷技术也在更新，小偷们不怕脏不怕累，很快就十分敬业地将微型防水绿色环保扫描仪装进马桶，或伪装成自动喷洗头，很多人——尤其是喜欢蹲在马桶上玩手机的人——仅仅因为上了一次公厕就倾家荡产。

这样的游戏没有止境，如同家长和孩子间围绕零食展开的捉迷藏一样，人们不断开发着身体储蓄与支付的可能性，一处被破解就挪到下一处。旧时代，富人们在全球范围内转移财产以求自保，如今，财富被无限度地最大化后，人们用以转移财富的空间却越来越小——终于只限于自己这一具肉身了。

这时候人们才发现，身体真是一部浩瀚的密码本，取之不尽、用之不竭！起初人们在身体的表面部位上做文章，比如刚才提到的从脸部到臀部的转移，这样的初级幼稚冲动期很快就过去了，尤其当支付系统的开发权限放开后，全民加入了这场研发中，很多冷僻的身体角落被开发出来，有人将二维码藏在腹股沟或腋下，有人则考证出其实左手中指和无名指指根间的缝隙才最可靠。

　　直到后来，一位土豪将自己名下庞大的虚拟产权（在新时代，因为3D打印技术充满魔性地发展，房子再不能困扰人类了，人们可以随时随地打印一套房子，不管在陆地还是空中甚至海底，只要你有足够的虚拟产权——主要指空间占有权，外加一些砖头混凝土存量即可）提取码镌刻在自己的直肠内壁上，以躲避他14位肤色各异的子女的争抢，终于将这件事推向了舆论和道德的深渊——这位过于小心的土豪为这截直肠支付了高额保费，并忍受着长期肠胃不适而终生不敢做肠镜。更重要的是，按照他那份无比公正的遗嘱规定，待他死后——他很快就因肠癌死了——14位子女将不得不均匀地围着手术床站成一圈（那需要一张特制的加大号床，不然站不开，因为除14位子女外，至少还要为主刀医生及其助手以及公证人员留点位置），看医生将老爸肚子剖开，将那截直肠取出，翻过来，洗净，用精密仪器切分成14等份，再经过防腐保鲜处理，最后交到14位子女手中（老爸的意思是，兄弟同心，其利断金，日后，必须所有兄弟姐妹全体到场才能将那密码完整拼图，为此，一套绝对公允的分配方案必将被他们制订出来，老爸地下有知，一定十分欣慰）。这事之后，"拼爹"一词有了新的解释。

　　旧时代的人大概很难理解，他们会问：何必这样东躲西藏，设个密码不就行了吗？比如这位土豪，只需设一个14位的密码，然后每个子女只知道一位，按年龄从大到小排起来就是完整密码了。然而事实上，旧时代的人哪知道当代的苦衷：自从脑际沟通技术（待科技与人类认知水平叠加到一定程度后，你会发现读脑术简单得像戴牙套或裸眼看三维画一样，第一次总觉得不可思议，稍加练习就会发现其实容易得很）普及以来，密码再不是秘密，越是抽象的、符号化的信息越容易外泄，人们可以轻易读取对方牢记在心的账号和密码，你记得越牢，对方看得越清，想让别人看不到，只能自己先忘掉。

有人说，干吗把密码记在脑子里，找个小本本记下来不行吗？那我问你，小本本放在哪里？锁进保险箱里啊！那保险箱的密码呢？……人类陷入了密码焦虑链中不能自拔。

更何况，小本本根本没用，因为你总要看着小本本将密码输进去吧，密码还是被动地过了一下你的脑，只要这密码从你大脑中经过，不管多短暂多浅表，它都有被盗取的可能。

至于电脑、网络、数字化存储，就只能在旧时代的博物馆看到了，如今的人们只要冲某人眨三下眼就能发送一封邮件了（眨两下是拍照）。

算了，不提这些伤心往事了（脑际沟通技术的诡异处在于：沟通双方必须同时具备这种技术，沟通才得以成立——如同世界上必须至少有两部电话机才能实现电话联络一样。然而电话这玩意儿一旦发明，人们一定不满足于全世界只有两部电话，电话总在催生更多的电话，终于普及），无数人想收回这项技术，然而为时已晚。理论上讲，必须世界上所有人约好了同一时间忘掉这技能，这技能才可能真正被忘掉。脑际沟通是一场极易蔓延又万难灭绝的瘟疫。

总之，在一个没有秘密的时代，人们不得不重新需要一个"信物"来验明正身。这信物必须是实体的、可随身携带又不易丢失的、图纹化的，不能一眼就被人记住甚至根本就是无法记录的，还必须是三维的，即使被超高像素相机偷拍也难精确复制的。简单说，人们需要一个独一无二的东西，但"任何人包括自己都不知道它到底是什么"的东西。

钱彻底虚拟化了，用来保存钱的密码却越来越实体化，为了保卫那一堆抽象的数字，人类运用了几倍于那数字的实物，就像上古时代人类发明电灯泡时一样，使用的是一种叫作"无限试错"的笨办法，这世界上最聪明的脑袋与最具耐心的人都投身于这样一项事业，结果却是：值得信赖的、可托付终身的实物越来越少。

最终，这样的实物只剩下一个：我们的身体。

这是一个肆意开发身体的世纪，人类甚至放缓了远征银河系的步伐，转而回头经营自己这一亩三分地的皮囊。人类折腾自己的身体也不是一天两天了，上古时代人们用笨重的盔甲掩盖自己贫弱的身板，在财富激增期人们又穿金戴银镶金牙，今天，我们的身体寸土寸金，它再不需要外物来抬高价码，它本身就饱含着财富、知识、思想包括权力的全部秘密。可口可乐的配方据说藏在公司七位高管的大脚趾或二脚趾底下，大学教授们直接将实验数据刻录进眼睑或耳廓，各级官员都流行把公章印在双下巴上……近年来，每一任世界首富都要经历这样一个怪异的仪式：TA 被放倒在一架缓慢行进的机器中，像做 CT 一样接受全身切片式扫描，每一处细节都对应上后，才叮一声响，从旁边的提款机里跳出一个钢镚儿。

TA 是 TA 自己保险箱的钥匙，只有将 TA 整个人插进去，拧两圈，TA 才能拿到本就属于 TA 的钱。

这个时代，人体的每一个细胞都被赋值了。钱，再不是身外之物。

文学青年马克思的预言已成现实，"资本来到人间，从头到脚，每个毛孔都滴着血和肮脏的东西"。

今天，最浪漫的爱情表白是什么？是男人将女人肋骨处一块细皮嫩肉设为支付码。今天，父母对子女最大的馈赠是什么？是有些孩子真的"衔玉而生"——这时代的胎记订制技术可以做到让一个胎儿带着一身二维码从娘胎里生出来，妈妈的住院费可以直接在胎儿身上扫码支付。

旧时代人们用来形容"钱"的很多说法都已成为笑谈。"生带不来，死带不走"？怎么可能！如今的老人去世后，遗体就是遗产。

自然也有一些文言词汇被保留下来并大放异彩，比方说"身价"。

超市收银台前，女孩臀部的唇印、大叔膝盖上的花，都只是一个装裱（如同旧时代人们喜欢在信用卡上印一些图案或装进一个塑封一样），真正的秘密在于皮肤的深层纹理以及庞杂的皮下组织，至于印在表皮上的图案，只是为了给收银员标明扫描点，也让主人便于区分不同的账号。一男人携妻小在饭店用餐后结账，先是拎起裤脚露出脚踝上的环形条码，被告之他当月公务卡就餐费报销额度已满后，他才将左手无名指上的戒指拧松一些，露出凹痕上的辫状印花（那是他老婆每月给他发放零用钱的账号）。

自此，人类进入钱世纪3.0，标志即以人体为材质的三维码。

性工作者们将收银码镂刻在身体的隐秘部位，靠摩擦次数与力度计算收益，并即时完成支付。多数人认为这样收费更合理，"消费额"与快感值更成正比（它并不是简单粗暴地按照"单价＊总量＝总价"模式来收费，而是根据边际快感递减原则为每一次具体的快感定价），"性价比"一词有了新含义（很多人因此获得了双重快感，因为消费本身也是极有快感的，在新时代，消费快感甚至成了一切快感的根源，不伴有消费行为的、单纯肉体或精神上的愉悦已被认为是毒品一样危害健康的东西）。只有极少数遗老兼抠门的男人们抵制，认为这样一五一十的计量方式使这项运动完全失去了乐趣。

"你那么漂亮，一定很贵吧？"这古老的疑问放在今天已成常识，你的每一处漂亮都是明码标价的。劫财和劫色合二为一了，男人要撩女人的衣服，是双重的图谋不轨。

顺便说一句，今天，爱情这东西像"龙"一样，虽然总有人绘声绘色地描绘它的样子，但它事实上早就不存在了，是不是曾经存在过也很可疑。因为爱情的全部精华在于猜测，无论是对精神还是对物质的猜测。现如今，人们从物质到精神都透明得一眼望到底，爱情便再没有立足之地。

总之，钱与身体的媾和趋势不可抵挡，储蓄生物学、支付伦理学等交叉学科的兴盛，以及"遗传即遗产""二维码作为人体神经末梢"等专项研究的突破，为这一趋势提供了足够的理论与技术支持。

更古怪的事情也在发生，一位独居老太在遛狗时猝死，被路人拨打电话送进医院，匆忙赶到医院的子女们发现老太竟然"身"无分文，愤而将院方告上法庭，认为医生通过不法技术转移了老太身上的财产（自从身体重新变成最大的隐私后，医院差不多是唯一能对别人身体大肆窥探的地方了）。这厢官司尚在纠缠，那边真相已出：老太的爱犬四处流浪，有一天饿坏了，流窜到一家大型商场收银台的扫描枪前，不小心被收银员误刷，人们惊讶地发现，老太将财富转移到了狗身上，这只狗富有得能买下整个商场。

依照现行的遗产继承法，老太的子女们无权为难这只狗，这只狗拥有完全的人身自由（也即财务自由），这只狗也成为这时代罕见的腰缠万贯却毫无消费欲望的一种生物。人们只能眼睁睁地看着这只狗被送往动物颐养院（那是动物界的富人区，满是无所事事的猫狗大亨），等这只狗死后，那些钱将被充公，一部分用于修缮狗舍，一部分用来建更多的敬老院。

钱不断地被肉身化（也可以说肉身不断地钱化）后，许多新型犯罪手法被催生，毕竟，围绕钱进行的罪行，永远走在各时代罪犯界的最前沿。绑票变得空前简洁，再不用像旧时代一样先绑架一个富二代再打电话问他爹要钱，并因为交易金额与交易地点等事而互相扯皮，这时代，想要谁的钱，直接绑了谁便是。过去，当金主迟疑时，绑匪往往要卸下人质的一根手指或半个耳朵，费心包好了，花钱叫快递送过去，如今连这档子事也省了，直接拿着那根手指或半个耳朵去提现就是。

最开始，撕票案频频发生（有些心急的绑匪等不及了，试图一次性套现）。这加剧了人们的不安全感，很快，新一代财产镂刻技术诞生了，这技术不但将钱与人的躯体捆绑，还要兼顾钱主的体温、心率、脑电波甚至经年不治的脚癣，并根据人体的变化即时更新。简单点说：这人必须活着，这人身上的钱才是活的，一旦死了，满身账号即被注销，变成死账。

这事原为预防撕票，不想激励出许多的孝心，像上述老太遛狗时猝死这样的事情，如今大大减少了，人们纷纷将年迈的双亲接到家里，日夜伺候，众多子女争相赡养老人的佳话时有耳闻。

这时代里，最贴心的体检报告与最早的病危通知都是由金融机构而不是医院发出的。

钱活了，钱从本质上讲是一种生命值。

这就是钱世纪4.0也即俗称的四维码时代。

与人的生命体征挂钩后，财富的保密度进一步提高了。旧时代的人大概万难想到，今天，钱变成了一件最富有"人情味"的东西，钱的身上再没有铜臭味，体味倒越来越重。

古人们或许质疑，单论猥琐程度，今天人们挖空心思将钱藏进身体里，与旧时代人们将钱藏在枕头、袜子、保险箱甚至冰箱里，有什么分别？

分别自然是有的，我们不得不提到钱与身体媾和的另一重暗黑背景：

到钱世纪后期，人类其实根本不差钱，因为经过"前钱世纪"前仆后继的努力，人类将自身的盈利能力提升到了无以复加的地步，祖辈为我们积攒下的财富也多得花不尽，每个人哪怕是相对较弱的那些人，其名下的财产也已趋近于无穷大，战争、灾难、疾病、挥霍包括离婚都无法对人类的财富构成哪怕一点点实质性的减损，因为从一个无限大的数字里减去一个数字，其结果仍是一个无限大的数。哪怕你每天从海里舀出一桶水，你能让海水总量减少，让海平面降低吗？

购物？扫码？花钱？得了吧，这些事很大程度上是在模拟，是一种象征性的表演，以期重温那种交易的乐趣，如同古时太监们的性幻想。你能想象吗？文章开头的翘臀女孩、棉裤大叔以及收银台背后那位像雄狮一样健壮的阿姨，只是在扮演买方与卖方（如同清代帝王与奴婢们在颐和园买卖街假扮商贩与顾客），在这场心照不宣的游戏中，买卖双方分别获得了一些消费或赚钱的假相，并籍此稍稍心安一些。

是的，往一个无限大的数字上加上一个数字，其结果仍是一个无限数。人类再不能赚到更多的钱了。

钱多到"再不能赚到更多的钱"，古人们，你们能体会这是一种怎样的绝望吗？

不仅如此，对已经掌握的财富，人类也越来越没感觉了，"我很有钱，但我感觉不到我有钱"。古人们，现在你们知道为什么我们这个时代的抑郁症和自杀率高得吓人了吧？

钱，只有当它有所增减的时候才叫钱，才能在人的心底激起一丝丝幸福或悲伤的感觉，当它恒定为一个天文数字时，它就像天文距离以外的星辰，人们偶尔抬头看它一眼，但从不认为它们为我们所有。当所有人的钱都恒定为一个数字时，世界一潭死水，人心一片晦暗。

我们决定干点什么。

见笑了，先人们，我们决定要干的这件事有点说不太出口：偷。

既然财富总量不可能再有改变，我们唯一能做的就是改变财富的持有比例，而且是大幅度的、根本性的改变。人类本质上需要一些穷人来反衬自己的富有，因为人人富有即人人贫穷。

遗产继承太没有效率了，这时代的平均寿命太长，人类老而不死，巨额财富变成一身呆账，人们等不及了，最好趁对方还活着就将 TA 偷光，走在街上，人人都像千年老钱修成的妖怪，眼里放着绿光，像觊觎活人的阳气一样窥伺着他人的钱财。这时代如果还有一点点向上的动力，这便是。

从电子相面师式的小偷，到绑匪式的大盗，这些人让那些如天花或艾滋病一样早已灭绝的古老罪行卷土重来，成为这个世纪的新风尚。人们想方设法让另一个人一贫如洗，让自己的财富"翻倍"，以勉强获得一种"获得感"（没准儿也有人暗暗期待着来一些"被剥夺感"呢）。

不用你们提醒啊祖先，我们自然也知道这样做事实上是徒劳的：两个无穷大相加，并不比一个无穷大更大，无穷个无穷大相加，结果也是一个零。

但是我们太需要这种感觉了，哪怕是错觉。我们像追忆初恋的感觉一样，小心呵护着这一点点错觉。

我们甚至修改了钱的计量单位，以适应新的财富观。这时代，千万、亿万都不算什么，再大的数字与之相配也会遭人鄙视。这时代的财富单位叫"身"，炫富的常用语是：你有几身钱？

盗窃再不必负法律责任，这道理就同在旧时代人们为了治病而吃药打针是不犯法的一样。如果说人们还是为盗窃制造了重重关卡，那也是源于一个古早的习惯——为了增加盗窃的难度，进而抬高盗窃成功的成就感。盗与防盗，很大程度上都被游戏化了。

然而谁都知道，这疯狂玩闹与富足的背后，是我们这一代人深刻的赤贫与虚无感。

然而正所谓物极必反，谁也没有想到，当我们孤注一掷地将财富深埋进自己的身体后，转机意外地到来了：

不知从什么时候起，我们这具身体起了微妙的变化，有一天，当男人和女人从梦中醒来，他们感觉身心异常地充实、强大，体内每一个细胞都如大病初愈一般，充满着新生的力量感。起初人们还以为这是一场梦，待到所有人都奔走相告后，人们终于确认了这一事实：这是一场全球范围内的脱胎换骨。

可这是怎么发生的？

科学家们（此时所有学科已归为一体，再难分开，人类有且只有一个研究目标）很快给出了解释：经过钱世纪卓绝的探索与努力，钱，已被彻底写入人类的基因。此刻，从世界诞生的第一个婴儿算起，人类将世世代代带着天生的富足感降生，人类将一劳永逸地幸福，所有贬义词将一次性地清理出人类的词典。

甚至"钱"这个词也将被取缔，因为它已完全内化为我们自身，犯不着再为它额外取个名字。物我的界限将被彻底打破，每个人都拥有与全部物质总量对等的体量，人与世界终于势均力敌，每个人都是一座五脏俱全的宇宙，每个人都平等。如果上帝手里有一把扫描枪，那么他将这枪对准任何一个人，看到的都是全世界。

从此，上帝或许会像超市收银员一样，成为一个功成身退的工种。

这是钱世纪5.0的开始，语言也快要失去意义，姑且称之为万维码或无维码时代吧。

庆祝才刚开始。当我试着为你们谱写这一曲有关钱同时也是有关人类的颂歌时，那庆祝才刚刚开始。

然而我知道，我们中的一部分人，还是有些隐隐的担忧，因这幸福来得太突然太巨大，以至于我们也不知道该担忧些什么。不知道担忧什么，是我们目前最大的担忧。

我听到有人在说悄悄话。那些话早就在他们心里了，但过去他们不敢说，如今他们敢说了。他们说，既然我们已经无所畏惧可以做任何事，那我们要不要试试这件事——比如说，销毁所有财富，白手起家？

有人则说，最应该做的不是销毁财富，而是斩断财富与我们的关系。

更多人则认为：如今财富即我们，我们即财富，谁消灭谁都等于自杀。

最后大家一致认为：只能回到源头，回到一切还没开始或刚开始的时候去解决这件事，这件事的决定权不在我们，而在于我们的古人。

我们这样悄悄讨论的时候，那庆典还在继续，因为我们找不到将这庆典停下来的理由。不能停止欢庆，也是我们苦恼的一部分。

　　盛世之夜，我是穿越时空，被悄悄送回过去的那个人。古人们，我将向你们讲述这时代巨大的喜庆与小小的苦恼，我将这部悲喜之书制作成一幅神奇的图画，这图画四四方方、黑白相间，你们可能还不认识它，因为它还没被发明出来。它看上去就是一堆杂乱无章的黑点和黑线，却又深不可测，是一切事情开始的地方，我将它交到你们手里，由你们来决定它的未来。请不要长久注视它，相信我，那里深藏着我们全部的秘密。

西雅图覆灭记

1

　　第二天我才知道我其实就睡在西雅图的心脏起搏处。西雅图是美国大西北的一个城市，众所周知，每个城市都有一个心脏——不然你以为城市里那些车辆和行人为什么都跟上了弦似的跑个不停？如果不是有个强大的引擎在暗中驱动，谁愿意天天在街上顶着大太阳跑来跑去？那不是太荒唐可笑了吗？——西雅图的引擎比一般城市的都更大一些，首先因为西雅图是个大城市，大城市需要大引擎，这和人的心脏是一个道理：一个人的心脏和此人的拳头差不多大（左拳更准确一些），虽然不是绝对的，但是一个人高马大的人，拳头自然也大一些，心脏当然也就大一些。西雅图面积 369 平方公里，人口 478 万，当之无愧是个大心脏的家伙。西雅图还是一座严重倾斜的城市，常见的街道坡度接近三十度，人和车辆爬坡时需要更澎湃的动力，下坡时也要有强大的制动能力。将这样一座庞大城市维持在一个大斜坡上，当然需要耗费巨大能量，如果没有足够能量，整个西雅图就会不停地往下滑，最后全部滑进太平洋，成为一座海底之城。驱动这样一座城市，自然需要更大的引擎——想让一头驴不停地走，只需在驴脸前挂一根萝卜，但想让一头驴在坡上走，一根萝卜就不够了，怎么也得三根——西雅图因此拥有一个超级大心脏，没白没黑咕咚咕咚地运转着，供养着这个快速旋转的城市。这心脏是由著名的波音公司承造的，西雅图是波音公司的故乡，西雅图因它而兴，因它而衰，波音公司造了那么多飞机大炮，为它的家乡造一台性能可靠的心脏，自然责无旁贷。而著名的微软公司为这台大机器开发了智能操作系统，保证它可以不间断、多任务地输出动力，微软的故乡也是西雅图，为家乡开发软件是他们的骄傲。西雅图另一家知名企业是星巴克，世界上第一家星巴克就开在西雅图，作为一个卖咖啡的，星巴克实在想不出可以为家乡的发动机干点什么，毕竟这机器也不是靠喝咖啡来驱动的，最后的方案是——以上内容公开资料都可以查到，以下可就是我的独家发现了——将这台机器心脏安装在世界上第一家星巴克的旁边。咖啡固然不能充当汽油，但机器也是有灵性的，每天闻着家乡的咖啡香，运转也会更通畅，不容易死机。人人都知道城市有心脏，却鲜有人了解心脏的位置，毕竟谁敢把城市的命门亮在外面呢？这脏器如此重要，分分钟都离不开它，一座城市的市政府、动物园或气象站都可以暂时歇业，但心脏不行。为了把心脏藏好，城市管理者们费尽了心思。近些年，传闻越来越多的大城市选择将心脏隐于市井，伪装成民用设施，而不是放在钢筋混凝土拱卫的掩体中，然后竖块牌子写上"此处有心脏严禁拍照触摸违者罚款"一类的字样。那么我是怎么发现西雅图的心脏的？这就涉及这个故事最核心、最有趣的部分了，让我从头说起。

2

我初到西雅图，网上订了位于肯特的一家酒店。这是一次说走就走的旅行，订单还未确认，我就从波特兰驱车北上，走5号公路，驶向西雅图。临近目的地时正遇上大堵车，天黑时才赶到酒店，还没下车我就发现不对，酒店四周光秃秃、黑乎乎，车灯一熄，酒店招牌就成了方圆几公里唯一的灯火，怎么西雅图人这么早睡早起吗？这完全不像传说中的西雅图不眠夜，根本就是西雅图郊外的晚上啊。网上一查，肯特是西雅图下辖的一个小城，距离市区还有半个多小时的车程呢。第二天我起得有点晚，错过了酒店早餐时间，网上一搜，最近的餐馆也在三四公里以外，我开车出去，大约九点半的时候，在高速路边找到一家肯德基，但是这家店十点钟才开门，我只好等在外面。和我一起等的还有一位胖大的黑人女子，她好像比我还饿，不停地从车上下来又上去，然后撸起袖子看表，我和她的车都停在离店门最近的位置上，中间隔了一个残疾人车位，照理说大家机会相当，但还差五分钟十点时，她瞅准一个机会，突然甩下我，第一个冲进了店里，然后迅速套上一个围裙，我才知道她是这家肯德基的店员。后来正是在这位尽职员工的亲手烹制下，我吃到了世界上最难吃的一份炸鸡，边吃边发誓，一定要退掉这里的酒店，住到西雅图 downtown 去，吃一顿正宗的海鲜大餐，毕竟大老远跑来美国，何苦吃炸鸡？吃完我去给车加油，听着油汩汩注入油箱，我又想这样的旅行，人和车都只能维持最低限度的温饱，重要的是一定要接近事物的核心，进入到城市的最深处。我趁加油的时间迅速浏览了西雅图市区酒店，选中了最最市中心的一家青年旅店。旅店名叫"绿乌龟"，名字寓意不是很好——不管了，我火速退掉肯特酒店，回到 5 号公路，继续向北开。大约半小时后车转过一个弯，灰蓝色的楼群赫然出现在车窗右上角——这才是西雅图啊，海湾处，蓝天下，一大簇坚硬四方的突起物，晶体一般泛着光芒。单论楼群的高度和密度，西雅图几乎是另一个纽约。纽约在美国的东北角，西雅图在西北角，两座大城像镇纸一样重重地压在美国版图的两角，免得东西两大洋一起风，掀翻了美利坚。开进去才发现，西雅图更年轻雅致一些，纽约太老旧气了，两者的姿态也大不同，西雅图是倾斜的纽约，整个城市都建在一个大斜坡上，所有的楼都踮起一只脚站着，与海湾垂直的那些路坡度极大，行人都撅着屁股往上爬，车也吭哧吭哧铆足了劲，偏偏很多红灯都设在坡道顶端，等红灯的时候，感觉车随时会后翻过去，然后一路跌进太平洋。我开的是一辆四驱的切诺基，爬坡没问题，但起步的时候感觉吃力，只能说当年那波殖民者太着急了，等不及寻一块平地，一登陆就建起一座城。车是在俄勒冈州的波特兰租的，车牌不知道为什么却是华盛顿州的（西雅图属于华盛顿州），我开着这辆本地的车，眼睛里却是外地人新奇的眼光，这种伪装成本地人四处窥探的感觉真是太好了，然而一走出车，我立刻恢复为一个十足的外国人。绿乌龟位于派克大街，前台写给我一个停车楼的地址，为了把车停进与旅店协议优惠的这座停车楼，我开了好多冤枉路，因为到处都是单行道、公交车道，越近的地方越难到达，我一上路就开错了一个车道，从此越开越远，导航一遍遍重新规划路线，我差不多把西雅图市内主要景点重新逛了一遍才把车停下。走回绿乌龟的时候我才发现，二者其实只隔了一条马路，至多二百米。一旦扔掉车，我又恢复了自如，办好入住，卸掉包里没用的东西，立刻出了门。

探究一座城市的最好办法永远是步行，对西雅图来说，最好就是爬行，我加入到那些爬行的人中间，学他们的样子撅起屁股，上身前倾，耷拉着双肩，垂头丧气地攀登。我们像刚刚被驱赶上岸的第一批流放者，走向一座未知的人类之城。我多么喜爱街面上那些与我同科同属，样貌与逻辑又如此迥异的人类啊（根据生物学界定，按"界、门、纲、目、科、属、种"的顺序，我们同属于真核总界、动物界、后生动物亚界、后口动物总门、脊索动物门、脊椎动物亚门、羊膜总纲、哺乳纲、真兽亚纲、灵长目、类人猿亚目、狭鼻猴次目、类人猿超科、人科、人亚科、人属、智人种），他们胖的胖，瘦的瘦，体型呈两极分布，为了出行他们动用了十八般交通工具，除了地铁、公交车和私家车之外，也常见摩托车、自行车、电动平衡车、滑板，以及鞋后跟带轮子如哪吒的风火轮般停走自如的人，斜坡上，偶尔有自行车一冲而下，快得像幻觉，可是当初骑上去的时候得多累啊，如花斑巨虫般的卡车也在这交通大军中，当它们停在下坡时，前轮一律向路边打死，免得溜车，那些有着高度自我管理精神的大车们，有时在近旁，你都能感觉到为了遏止住体内强烈的溜车本能，它们调动了多么坚韧和巨大的自制力。冲动的人不适合生活在西雅图吧，否则迟早人仰马翻。走在这样一座城市，不可避免地，那个古老而顽固的问题又找上了我：

究竟是什么在驱使这些人每日爬坡不止？理论上完全站不住脚的一座斜城，究竟是如何存在的？人们垂头过往，似乎并没有被这个问题困扰过哪怕一分钟，抬头看，海鸥和飞机时常贴着西雅图的楼群飞过，在地面投下或大或小的阴影。海鸥把西雅图当作近海的一片巨石阵了吧，不知道从它们的角度看，这个问题会不会有一个更清晰的回答。但是没有人抬头看它们，无论上坡下坡，抬头都不是一个安全的动作。关于这个问题，撇开那些人所共知的官方解释不论，其深层动机究竟是什么？我知道要想知道答案，唯一的办法就是找到那台发动机，那个城市的巨大心脏，最好旁边还有英汉对照的使用说明书，让我好好研究一下这台机器的动力集成与调校逻辑，包括烧汽油还是柴油。所以你现在知道我为什么要在西雅图的街头顶着大太阳徒步了，我在找发动机啊，总不可能指望开车找吧。在西雅图和在所有大城市一样，开车的人永远在找车位，哪有功夫关注什么城市心脏？我之前在北京、上海没有找到，慢慢地快要放弃，来到西雅图，并非因为这里更容易找，实在是想借着陌生城市的这点新奇感，重新刺激我日渐麻痹的神经，磨砺我的眼光，以期早点找到那台宝贝机器。那机器的品牌、构造、操作界面，或许每个城市都不一样，但根本原理我认为是相通的，我这样做无非是想迂回地理解地球另一面我们自己的生活啊。

4

　　美国西海岸的日照时间长，我从上午走到晚上八点多，阳光仍然猛烈，玻璃大厦的反光即使戴着墨镜也不敢直视，事物纷纷抛出狭长的阴影，比重快要超过本体，我在这明暗交错的空间中行走，时常看到建筑物锋利的夹角中，或坐或躺着一个静止的人，他们被光影掩埋，要稍稍定一下神，像看三维画那样定睛看一会儿，他们才从身后大理石的纹理中凸显出来，成为一个立体的人；有人把肥硕的上身安置在公园的长椅子上，从此再不起来，像是突然忘了要去的地方；有人干脆四仰八叉躺在路边，姿势比在自家卧室还张扬，我悄悄走近，选定角度，要偷拍他，才发现人家早就睡熟了，可以放心拍。我猜他们很可能是我的同行，是职业性思考那个问题的人，因此不屑于过正常的生活，他们未必握有答案，但既然没想通，就不着急加入那支上坡下坡的大队伍，宁肯做一个搁浅的人，免得走了冤枉路。日光照在他们身上，他们像日晷一样精确投放出此时此刻的身影，为那些流动的人定时、定点。天空棱角分明，云像宠物一样趴着，整个下午也不肯动一动。我这样走了一天，膝盖隐隐作痛，手机电量快要耗尽，仍舍不得回旅店。八点四十分，天快速暗下去，手机还剩 3% 电量，我把它设成飞行模式，凭着记忆往绿乌龟方向走，那 3% 的电，关键时刻可用作导航。连续爬上很陡的一段台阶，街景越来越陌生，前面似乎是一条死路。我想好了，万一手机关机也不怕，绿乌龟这响当当的名号，说出来肯定无人不知，打听着回去就是。迎面是一堵五彩斑斓的砖墙，像是有人对墙作画，将各色颜料密密麻麻斑斑点点甩在墙上，空气中一股腐败的酸甜味，心里一惊：莫非这就是传说中的"口香糖墙"？说是旁边有家电影院，进场的人喜欢一边排队一边把口香糖粘在墙上，久而久之竟将过道两面墙糊满，成就了世界上最恶心的景点。我可从没想过要来这里打卡，这个由口水和咀嚼物裱糊的小巷子，来一趟相当于和成千上万人同时接过吻，而且是那种湿吻，太不卫生了，可是来都来了，拍个照还是有必要的，3% 足够了。我掏出手机，电量还剩 2%，我把它拍成 1%，正要走，旁边过来一个黑人哥们儿，非要给我也拍一张，盛情难却，我只好站到墙根下，强颜欢笑让他拍，他拍完一张还不满意，让我再往左边挪几步，换个角度再拍几张，结果拍到关机。他有些歉意地把那块熄灭的玻璃金属还给我，我接过来，心想接下来真的要靠问路了，然而就在此时我想起一个致命的问题：有道词典已关闭，而我却忘记"乌龟"怎么说了。有经验的人会说，名词决定一切，当你不知道这东西的英文名时，你就打手势，把自己扮成那个东西，学那东西的叫声，总可以说清楚——那么我接下来要扮乌龟了吗？还是绿的……天完全黑下来，我从口香糖墙转出来，仅存的一点方位感也没了，转过一个弯，脑子里一时恍惚，眼前的街景仿佛逆时针旋转了一下，就像旋转密码锁那样咔哒一声转到了正确的刻度，或者像手机导航启动时，地图自动翻转到适合你的方位一样，眼前的十字路口与记忆重叠在一起——我正站在绿乌龟的楼下。如果此刻我的房间里有人，透过窗户一眼就能看到我。我想起埃舍尔的一幅画《画廊》，绿乌龟就是一家画廊，每扇窗都是一幅明亮的画，我在西雅图走了一大圈，原来一直没有走出这幅画，只把自己走成了画中人。我回到房间，站在当初观画人的位置上——现在我们要进入这个故事最黑暗的部位了。

5

这是一个大通间，贴墙放着九个上下铺，十八个床位，上午刚到时房间里只有我一个人，现在已经住满了，这时候我可以好好看看他们了——都是些什么人啊，说好的青年旅店，怎么睡了这么多中老年？——对面下铺坐着一个雕塑般的老人，头发胡子连成灰白一片，翻着蛋清色的眼白，直勾勾看着我，我回看他一眼表示抗议，他就一把抹掉头上的帽子，两手大力揉捏成一团，掖进口袋；旁边是一个黑瘦的汉子，胳膊上纹着包括鹰、蛇、猛犸、印第安老秃鹫等在内的一整个动物园，正蹲在地上收拾包，那包大得能装下两具全尸，看我走到窗前，他就把身子挪到我和他的包之间，好挡住包里的内容；右边上铺听到有人进来，帘子拉开，探出一个油头青年，大晚上房间里还戴着一副白框墨镜，好像他正躲在帐内做电焊，好连夜赶制出一副凶器；一个巨型胖子——我觉得我好像见过他，事实上房间里的每一个人我都觉得有点面熟——坐在炕沿上，刚把左腿搬上床，正大幅度喘着气，看样子要歇个二十分钟才能搬另一条腿；一个留着舞台演员般夸张的连鬓胡的家伙——我确定我见过他，他是一位街头钢琴家，下午他在路口一边弹勃拉姆斯狂想曲，一边冲每一个路人呲牙大笑，我还给他拍了一张照，我准备拿出手机核对时才想起手机没电了，电源在床头，我钻进我的下铺充上电，一回身，上铺突然伸下一截残肢——脚踝处就断掉的残肢，差点杵到我头上！最让我惊吓的是，这残肢我也见过，下午在派克市场……手机可以开机了，我点开相册，把房间里的人一一找出来，灰白胡子老头，黑瘦汉子，油头青年，巨型胖子，残肢……白天他们散布在西雅图的街头，是人流以外的静止者，被我拍进手机，带到了绿乌龟的同一个房间里。我从手机屏幕上抬起头，发现他们都停下手上的活，一齐看着我，带着摊牌后的共谋者的眼神。是我收拢和释放出他们，也可以说，是他们召唤我来到这里，我们是同行，为着一个共同的目标走到一起，现在，所有人都到齐了，目标一定就在近旁。看过武侠小说、寻宝电影的人都知道，当所有人赶到同一个地方的时候，真相就要揭晓了。

6

　　我们一屋十八个人，没有绝对的队友或对手，只是一个松散、临时的组合，最终只能以个人为单位胜出或落败。没有人敢轻举妄动，房间里维持着轻微敌意所带来的制衡感，甚至可以说有一点点温馨。这将是一个真相大白的夜晚，我们轻轻放下各自的床帘，躺进自己的胶囊中，等待被灵感或噩梦唤醒。我因为过于疲劳而成为最早一个睡过去的人。这一天我走了一万八千步，走了一个当日冠军，我知道这是暂时的，微信计步是以北京时间来统计的，现在我的祖国刚刚天亮，人们在床上翻身或屈腿，梦正酣畅，一旦他们醒来，很快就会把我远远甩在后面，一万八算什么，三万五万的徒步狂人每天都有。究竟是什么在驱使他们？今夜我将为他们带回一个异国的答案。另外十七个人相继进入了浅睡眠，做着世界各地的梦，同时又保持着警醒，一有动静随时准备翻身而起。绿乌龟开始缓缓爬行，朝着太平洋的方向。我在度过了最初的酣睡后，也渐渐地意识薄弱起来，梦一戳即破，窗外派克大街上，车辆彻夜不息，轮胎碾压在石板路上，发出清脆密集的嘎嘣嘎嘣声，配着发动机的低吼，像有一万个僧人敲着木鱼颂经。远处，摩托党与夜色摩擦生火。要命的是，离我床头不远的窗口装了一台笨重的排气扇，上午我一进门时它就在发力旋转，现在，来自十八个国家和地区的体味、口气郁积在房间里，将这排气扇累得够呛，我听它像心脏衰竭者一般发出哧哧哧的声音，快要高过窗外车辆过往的声音。我的好梦迟早要毁在这排气扇的手上，恨不能将它大卸八块，我想起上午我刚进房间时，打扫卫生的小哥指着窗外说："看到对面的咖啡馆了吗？我认为你应该去喝一杯。"我回答他说："谢谢你，我从不喝咖啡。"他说："世界上第一家星巴克也不能让你破例吗？"他这样说的时候，正小心跨过横在屋角的一根电线，这电线一头连接着窗口的排气扇，一头插在插座上，"对了，这个插头要一直插着，不要拔掉。"他一边收走窗台上几块桔子皮，一边轻描淡写地说，"自从有了绿乌龟，这个插头就一直插着。"这句话像电流一样在15个小时以后击中了我：我将一只手伸出床帘，准确地捏住那个插头，拔掉了它——西雅图猝死，耳根清净，排气扇连同窗外派克大街上的车辆都熄火了，所有正在爬坡的猛兽般的车辆都温顺下来，继而瘫死在原地，整个城市都熄灭了，所有疯狂旋转的事物最后旋转了几下，将惯性耗尽，定在那里，太空针塔收起灯光，57号码头的摩天轮如同达利的钟表一般融化瘫软，深埋在城市地下的巨型脚刹松弛下来，西雅图滑向深海，满城的机器因饥饿和恐惧而发出最后几声呜咽，随后便彻底沉寂，海鸥的欢唱，以及太平洋深重的叹息第一次传进我的耳中，竟像摇篮曲一般催人入睡。我不知道是谁，但肯定是十八人中的某一个，率先发出了沉缓的鼾声。

两公里以内的玫瑰

1

微信上加了一个"附近的人"，头像是手绘的女孩侧面，露着肩，引人遐想。该怎样和她打招呼？这也许是我们一生故事的开始呢，我需要一句好莱坞爱情片中的对白，既浪漫新奇，又不至于吓跑她……我在对话框中反复编辑我们的第一句话，一不小心，发了一个"1"。

我正想撤回这条消息时，她的回复已经到了。她回了一个"2"。

作为一名聊天高手，这可难不倒我，我回了一个"3"。

她心领神会，或者也真是无聊，回了一个"4"。

我们相隔2000米，我们的心如此贴近。其后几天，我一直活在一种不规则的计数中，这计数遥遥无尽头，我是其中奇数的一方。

有时我要等很久才等到她的回复，她大概正忙，正与人交谈，正从我身边走过。但我总能等到她的回复。那是一个明确的偶数，它毫不意外，我却仍然期待它，好像只有等到那个数字，我体内那架生物钟的秒针才咯噔一声往前走一下似的。

在这个世界上，有一个人与我如此高度咬合，一想到这一点我就倍感温暖。我们选择了一个永恒的话题，我们将度过漫长的一生。

截止到发稿，我和她，已经聊到了五万四千三百五十一。

2

她是画出来的。我每隔几天就忘记她一次。我从她这里学到的最新的一个词是"眉粉"，一种用来勾画眉形、塑造骨感眉的粉，方法是用刷子蘸一些，从眉头到眉尾顺势扫下去。眉头到眉尾的长度，以嘴角到两个眼角的延长线为基准，长了或短了都会感觉怪怪的，因此她画眉时总是不苟言笑，生怕嘴角一动，影响了眉毛的长度。

眉粉据说有七千多种款式，哪怕她每天换一种，也可以保证二十年不重样。市面上还流传一些散装粉，不在这七千种之列，通常包在锡纸或香烟盒中，在夜市上交易。女人们偶尔得到几克，立刻就近躲进一间黑屋里，将它三或五等分，然后留出今天这一份，一颗颗扫入眉中。再出来，整个人都不一样了，像刚刚遭遇了爱情，重生了一次似的。

"女人的化妆业已经精细到快要为每一个毛孔发明一套产业链了！"我有一次对她感慨。

"你怎么不说你们这些男人的颜控已经深入到快要为每一个毛孔建立一套审美观了！"她回应我。

她一转身就消失。她花在后背上的修饰力度远低于正面。她只在某个特定角度下才是她。这当然是我——一个资深脸盲症患者的偏见。

她消失了，我看到更多人向我走来。

3

她每隔几十秒就摸一下辫子，以确认它还在不在。

有时她把马尾辫等分成左右两束，有时她用最长的一根手指插进头发，像吃意面一样将发梢一圈圈缠绕，更多的时候，她只是快速抚弄一下，好像头发是一个需要时时安抚的弱者。

她每一次伸手摸向脑后都带着一种预期——辫子丢了，刚刚还在的，突然就丢了。

辫子于她，是一种股票式的存在，一种符号意义上的、动态的、充满风险的拥有。"就像你洗完澡后发现刚刚脱落在浴缸边上的婚戒不见了，然后过了不到俩月，你莫名其妙离婚了。"她这样描述自己的烦恼。

我有种感觉：那一头马尾辫好像不是她的，是某位贵人寄放在她后脑勺上的，她因此更加忧心它的安保，万一丢了，于钱于面子，怕是都赔付不起。

我与她是互为病人的关系。此刻她是我的病人。作为一名尽职的治疗者，我总要给病人一些解释，最好是超出病人原有认知的解释，于是给出了上述解释。"那你呢？你也经常这样担心你的头发吗？"病人反问医生。

"我……"我明显没准备好，"我当然也会有，比如每天早晨我一醒过来就要确认一下头发还在不在，但这可能源自男人对秃顶的古老的担忧……"此刻我是她的病人，她从我的身体上稍稍离开一些，残酷地笑了，好像要宣布我的不治。

"最重要的是，"我镇定下来，"我的头发是我自己的，而你的更像是身外之物。"

我和她的认识纯属意外，她在一家创意公司上班，那公司表面上高度依赖灵感、脑洞与天马行空，其实正相反。"我要做的仅仅是动手，而不是动脑，"她说，"只要我的手足够熟练、听话，保持随时操作的状态，我就可以完全胜任我的工作，所以……"

所以她现在很苦恼，每隔几十秒就要摸一下辫子的强迫症已严重影响到她的创意工作。"事情根本不是人们说的那样，"她一边摸辫子一边说，"当谈判陷入僵局时，当你思路中断时，摸一下头发，或者点上一根烟，立刻计上心头——不是这样的，我和他们不同，我只是创意流水线上的一个蓝领工人，我的手被机器全天候地征用了，摸一下辫子，可能就是一场生产事故。我也想过干脆把辫子剪掉，可是剪掉又能怎样？你没发现很多光头也喜欢时不时摸一下光头吗，还有那些大肚子的人，总忍不住要抚摸自己的大肚子……"

"等等，"我打断她的话，我好像突然发现了什么，"你叫什么名字？"

认识这么久才问这个问题让她很不适，但她还是告诉了我。也许正因为我问得突然，她来不及躲闪，出于本能回答了我。那是一个颇值得骄傲的名字，而且一说就知道是哪几个字。这名字赋予她一种神圣感，她随即正一正脸色，拿出一张名片给我，好像一段关系终结，我们要重新开始认识一样。她的名片四角尖锐，我被它划了一下。

"不对，"我像核对证件一样把她和她的名片放在一起审视，"这不是你，你不叫这个名字。"

4

走夜路，路遇一只手套，丢在地上，饱满有形，好像还有一只无形的手戴着；切面漆黑、整齐，像是在毫无准备的情况下被突然砍下来。走几步，又遇到一只，然后又一只，然后是一堆。个个饱满有形。

那晚剩下的路，我提心吊胆，怕一转弯，遇到一群断手的人。

5

"我很好奇哎，你给我的备注名是什么？"

她是那种只要遇到一个反光的物体就不放过一次照镜子机会的女人。有时她在赴约迟到的途中经过一个卫生间的保洁阿姨，也要下意识停一下，对着大理石墙面——那墙面刚被阿姨擦洗得光可鉴人——整理一下头发，或是侧转身，扭头，收腹，就着墙上的暗影检查自己的臀部是否还像今天上午一样上翘。

她希望时刻看到自己，最好是三百六十度无死角的全息式影像。化妆镜这种小物件简直太坐井观天，她恨不能每天躺进一台 CT 美颜机中，做那种俗称"切黄瓜"的切片式扫描，并像私家侦探那样将扫描报告图贴满整个房间。

即使如此，她还是因为无法想象自己在别人眼中的形象而深感苦恼。她的夙愿常在梦中闪现——她钻进别人的身体里，从别人的眼睛里看自己一眼，哪怕就一秒，此生不再遗憾。

此刻她坐在我对面，正在热烈地徒手吃一份泰式咖喱虾，然而看到我手机屏幕上出现了我和她的聊天对话框后，她立刻停下来，伸出唯一干净的一根小拇指，把我的手机屏幕扳过来，"我很好奇哎，你给我的备注名是什么？"

我给她看了，她略有些失望，"就是我的全名啊，好官方哦——咦？下面备注是我原来的网名哎，好可爱，我自己手机上都看不到了，你说我要不要改回来？"

她后来干脆抢过我的手机，一只手掌虚托着，用另一只手的小拇指快速翻到她的微信朋友圈，找到她最近的一张自拍，点个赞。整个动作一气呵成，像操作自己的手机一样熟练。

"你改不回去了。"我拿纸巾擦掉手机屏幕上的咖喱汁，冷冷地宣布。我与她的爱情始终无法超过一顿饭的时间，我们只好一次次从饭桌上退下（如同重启，或退出登录），回到各自的手机前。

6

她有一对年久失修的眉，还有方块形冰凉的牙。她从头到尾都不让我看到她，我只是凭触觉来想象她。"你是谁？"我问她，她不回答。

"我在你的附近。"她后来没头没尾地说。

在我附近，又生着这种眉与牙的女人，应该不多。我尤其记得她牙齿的形状与触感——这是多么宝贵的信息，据说尸检时可以用牙齿鉴定死者身份，考古学家则根据一颗牙齿的化石还原出古人的音容笑貌、生活起居。非专业人士想记住一颗牙当然不容易，但也不是没有窍门，我的窍门是：以牙记牙——我将那形状与触感的记忆储存在我的口腔内、唇齿间。

有这样一对关键词，不愁检索不到她。

我首先推理出她的走姿——我从未见过她走路，但福尔摩斯也是这样断案的——她右腿略短，右脚前掌外翻，走路微跛，这从她右侧牙齿的咬合度上可以明显推断出来，然而欺骗性也在这里：她的跛是肉眼看不出的，是一种数学意义上的、只有精密仪器才能勘测出的微微跛，所以你如果带着寻找一个瘸子的念头满大街找她，就必然要跑偏。我还需要更多的信息。

比如，她走路时总是上身先探出去，两腿再跟上，好像她的身体内部没商量好，上半身想走而下半身不想走似的。

这种自我协商以及轻微的胁迫感贯穿她走路的全过程。我从此开始留意周围人的走姿：

同样是上身前倾，她就不同。她——此刻从我身旁走过的一个女人——两臂左右摆得厉害，像行走的钟摆。她走在冷风里，头往前俯冲，随时要跑起来钻进风里的样子。这样的姿势如果放到男人身上，就是一出很好的喜剧表演。

再比如她：她走路甩胯，右手前摆时甩左胯，左手前摆时甩右胯，方式是把臀部快速抖动一下，立即收回，以预备下一次反方向的抖动。这大概源于某种松松垮垮的偷懒式生活观，也足以吸引后方的异性。

再比如他（我也开始关注男人）：他走路脚尖点地，身体起伏，手臂摆得欢快，好像刚做完一件得意的事，但是他一不留神走错了自动扶梯（原本想上楼结果走到朝下的扶梯口），为了紧急制动，他整个身体都在扭曲，半生经验面临颠覆，险些摔倒在扶梯上。

还有他，走路时也爱甩胳膊，不同处在于右臂甩的幅度更大些，如果他是一艘船，这样划桨可能会原地打转，但作为一个人，他有能力笔直朝前走。他的内心有一股制衡的力量，他的未来可能毁于动脉硬化。

我发现人完全不必以男女分，或以别的标签分，人完全可以用走路的姿势分，可能更接近本质一些，以这样的标准来组建家庭或国家，可能更合理。

在这样的观察与揣测中，我离她越来越远——就是那个有着方块形冰凉牙齿的她。我最后采用的办法有些疯狂。

我将储存在口腔里的形状与触感交出来，交给我的牙医，求她帮我定制一副牙套。正常做牙套要先取模，一般是两个人（戴口罩的神秘女医生和她那侍妾一般的女助手）把你放倒在椅子上，然后绑住你的手脚，拿敞口钳撑大你的嘴，把你做成一个很搞笑的样子，然后往你嘴里灌满食用硅胶（像在刑讯逼供），等胶凝固了，下死力抠出来即可（和做空心砖的原理一样）。我的办法要稍复杂一些，我为此比正常时间多等了一个礼拜。

我戴上了这副牙套，我模拟她的牙间距与咬合关系，复制她的牙部结构，进而改变我的口腔与发声方式……我会无限接近她，甚至变成她。寻找一个人的最好办法就是变成TA。我相信有一天我们走在街上，会像照镜子一样辨认出彼此。

7

我在泰国餐馆外面坐等叫号时，遇到一件怪事。

起初我以为她们对我身后的 LED 招牌感兴趣，或者只是为了拍下餐馆的名字，发给正在赶来赴约的男友（如今只要能用一张图搞懂的事，就绝不浪费一个字）。慢慢地我发现她们眼光异样，且动作过于一致——她们的拍摄有一种半公开式的遮掩。我终于醒悟：她们在拍我。

我心情复杂，身体有些不自在。毕竟我也不是什么网红，不便于站起来冲上去，向她们索要手机，或是大声主张肖像权，万一人家出示手机，屏幕上并没有我，或者只是不小心拍到我一只脚和半张打呵欠的脸，那丢人的还不是我？

我直一直腰，表情庄重，就像拍证件照时摄影师傅要求的那样。她们看出我知道了，索性公开起来，一面拍，一面羞涩地和身边人小声议论。人越来越多，有等叫号的，也有路人，都在拍我。我站起来，走到叫号台，背对着她们，亮出我的号码，"请问，什么时候排到我？"

"哦！先生您好，您前面还有五桌。"迎宾小哥明显比刚才客气了很多，然而语气里另一种公事公办的味道，好像不这样才是对我的冒犯。我继续面朝着他，没有说话，只是为了避开身后的摄像头与议论，小哥却误解了，以为我在对他施压，他嗫嚅道："……要么我进去帮您看一下。"他逃掉了，把叫号台留给我。

我翻看台上一本菜谱，坚决不回头。

"先生您好，"小哥回来了，站在门里面低声招呼我，同时弓身摊手，要借我一步说话的样子。我赶紧进去，经过餐馆玻璃门时，我看到身后一片相机闪动。"是这样的，有一桌客人临时取消了预约……"

有些餐馆就是这样的，你只要逼一逼，就能逼退一桌预约的客人。我坐进包厢，给她发消息：进门左转到底再右转，第二个过道再左转，然后右手第三个包厢。

二十分钟过去了，她还没找到我。其间她至少三次从包厢门前走过。我的手机快没电了，那里储存着我与她的所有秘密，一旦没了电，我们可能会像两个断电的机器人定在原处，谁也找不到谁。而此时，她还在消耗着我为数不多的电量——手机上，她的消息一条比一条气急败坏，"你到底在哪里？""这什么鬼地方？再找不到我走了！"

我看她一次次从门前走过，感觉这样的捉迷藏游戏如果一直进行下去，也挺不错，我们并非一定需要一次实体性的会面。然而有一次她明确看到我了，可还是走过去，不是赌气甩下我而去的那种走法，而是纯粹陌路人之间的那种走过。我突然有所醒悟。我拉起包厢门，打开手机摄像，调到自拍模式。

屏幕上显示的是另一个人的脸——那是一个我最近很关注的，经常在屏幕上出现的，全国人民都认识的脸，恕我不能透露他的名字——然而千真万确此刻他的脸长在了我的头上，我惊讶地张大嘴时，那人也张大了嘴，我瞪眼时那人也瞪眼，我从他的五官中看出了我的神情。

我的最后一点电就是这样被吓光的。

之后的事情多少有些乏味：她找到了我，她一进包厢就踢掉高跟鞋，像牧羊姑娘挥舞皮鞭一样挥舞起她的包包，不断轻轻抽打在我身上，怪我不出去迎接她，直到有人敲响包厢的门。

"先生您要的充电器……"刚才那个小哥探头进来，"不好意思不好意思，走错包间了。"

"你没走错，"我从他手里夺过充电器，"我正好没电了。"

8

她有一整套拍照专用动作，正面、左侧、右侧、背面，每次都从四个角度各拍一张。所以她的照片都是四个一组，一套一套的，像那种嫌疑犯的照片。

手也有常用姿势：胸前抱爪，双手绽开捧脸，或是背身单臂举起一个"二"；头发也有讲究，通常把发梢从颈间往前拨出一些，好遮出一个尖下巴；脚一前一后，摆出将走未走的样子。

有时她要求拍半身，实则拍到长裙的裙角，不露脚，说这样"显高"。我第一次理解错了，以为半身是到腰那里，结果拍完后她过来检查，说拍错了，要求重拍。于是再站回去，极耐心地摆好姿势，正面、左侧、右侧、背面，再拍一遍。

所有这些照片里，她一律嘴微张，望向右侧四十五度，翻出大半个眼白，做出一副无知相。

虽然热，但她一直把外套拿在手里，我几次劝她放回去，她都不肯，起初我以为她害怕傍晚降温，后来才明白那衣服是拍照用的：比如把衣服系在腰里，或是披上，或是披上但是漏出两肩，一件衣服穿出几件衣服的样子。

中场补妆时，她终于肯把外套放回包里，却又换出一件披风——她包里的每一样东西都物尽其用——于是整个下半场更加花样百出。

我注意到她不喝水。我是那种一出门就要带水杯，遇到饮水机就要灌满的人，尤其这样的热天，走几步就要口渴，她却一个下午都不喝水。只有几次，她背对我坐下，仰起头，往眼睛里滴几滴滴液。滴完就长出一口气，活动一下肩颈，浑身都很舒坦的样子。那滴液呈明黄色，略黏稠，像机油。

她对这人造公园里的每一处道具都十分买账，总要站在那道具的前或侧前方，将上述动作重复一遍，比如一辆水泥做的红色法拉利，铁皮包裹成的双心，螺旋上升巧妙收尾如一坨巨型大便的抽象装置，留着大胡子不知姓名的外国科学家或哲学家半身像……风格十分混搭。其中她最爱一匹马，由 PV 板制成，三角钢固定在地面上，体态矫健。这一次她对我的拍照角度要求极苛刻，即使她已在马前摆好姿势，仍不忘对我喊话，遥控我往左或右移动几厘米，好像我是一架行走的声控自拍杆。

她后来向我解释，因为那马是平面的，角度稍一偏，就会露出 PV 板丑陋的包边，如同看三维画，能且只能站在她指定的那个点上，马才不至露出马脚。

她有一顶宽边帽子，一经戴上就再不肯摘。帽檐四周等宽，像在身体四周建起一圈护栏，加上卷发刘海又娇贵，口红又容易沾——她因此成为一个不能碰的女人，一碰整个人就花了。我给她拍了一下午照片，她最后也至多允许我从后面抱抱她，免得弄坏了她的正面。

　　她是我今年第二季度以来约见的第七个机器人。说实话，七个里面，她是最有人情味的一个。

9

　　你扫我？还是我扫你？

　　街上，到处都能看到这样两两相望、互相询问的人。这并不是一个原则性问题，从没有人在这个问题上谈崩过，这只是一种程序性的确认。确认后，两人就卸下面具，摘掉帽子和眼镜，脱去全身衣服，赤条条站到对方面前，深情对视。有时一下对不准，两人会稍稍调整一下眼睛的角度，重新对；对上了，就叮一声响，将一生记忆交付对方。

　　从此再不相见。

您拨打的锤子已关机

信息鸭

老罗，你让我"稍用力往上推开手机后盖"，我不是稍用力，我是用了吃奶的力也没推开。

作为全国"第一个用锤子的人"，昨天晚上，我收到了快递送来的锤子手机。说实话，一个半月以来我都在等待快递小哥的敲门声，我记得很清楚，我是在日本无条件投降那天下的订单，然后在中华人民共和国成立65周年这天收到的货。你得承认，这是一次漫长的等待。

谢天谢地，我没有白等，锤子手机堪称完美，打开包装盒的那一刻我就知道，就是它了。连我的女友，吵着闹着要买iPhone的一个女人，昨天晚上看到锤子后，也好大一阵没出声，然后冷不丁地说了一句："要不，我也加入锤子党吧。"

整个晚上我都爱不释手，来回摩挲锤子的身体，这使我对它内心的探索稍稍推后了一些时间，直到晚上十点，上床睡觉的前夕，我才想起来它其实是一款手机，我得把SIM卡从原来的三星里拔出来，插进锤子，完成我与锤子的灵肉合一。

这时我发现，锤子的后盖打不开。

我每天做俯卧撑，用握力器，手劲不算小，居然弄不开一个手机后盖，传出去让我怎么做人？你只是一款手机啊亲，你又不是保险柜，犯得着这么难开吗？

我检讨自己的方法和技巧，对照着产品说明书，一遍遍拿捏手势和力道。但是说实话，老罗，你那句"稍用力往上推开"太轻描淡写，所有人都会以为这只是举手之劳。

后来我让家里人轮番上阵，要不是太晚，我可能会让邻居或小区保安也来试试。结果，没有一个人能把它打开。

长途电话里，我舅舅说："试试用硬币，硬币的边缘受力面小，压强大，兴许有用，记住给硬币包上层软布，免得划伤手指或手机。"

我用一元钱硬币包上百分百纯棉内衣，顶锤子的后盖。内衣顶出一个洞，后盖还不开。真的，老罗，我没夸张，那件内衣我还留着。

我们折腾了三个多小时，试过各种办法，就差爆破了，也没把它打开。白搭上一条内裤。

以下是第二天一早我与客服的对话，看样子她早有准备：

"请双手合十，把手机夹在中间，用力推。"

"我试了，不行，手上皮都搓掉了。"

"请把双手放进两腿间，借助大腿和臀部的力量……"

"这又不是健身，你确定这样不会把手机夹坏？"

"放心吧，我们是锤子手机。"

"不行啊，锤子太滑了，一推就滑……"

"用力。"

"哈！哈！"

"再用力。"

"喝！喝！"

女友醒了："大清早的干吗呢？"

我说："不行，放弃了。"

客服说："那只能派维修人员上门召回了。"

在等他们上门的时间里，我想了很多。

把两个相互咬合的部件装上或打开，这本是一个工业时代的命题啊，怎么会难住信息时代的一部智能手机呢？

设想你是一个高超的建筑师，你设计建造了一幢精美的建筑，结果，开张那天，门关得太严，怎么也弄不开，出席开张仪式的人都等在门外面，预备搬进去办公和居住的人也被关在门外面，日复一日，这座建筑上演着空城记，无数住房紧张的人对着它干瞪眼，它变成了一座招摇而无用的混凝土雕塑，一个不折不扣的面子工程。

这就是锤子现在的局面。如果这批锤子因后盖打不开而集体召回，这算是人类通讯史上的首例吗？而且它不是因为做工粗糙打不开，它是因为过于精美而打不开！

这精美的废物，老罗，你是不是想借机委婉地告诉我们一个道理——用锤子，要虔诚，遇到困难的时候，请双手合十……

打开门，门外站着一个圆圆脸的男人，蓝色工装，微胖，眼镜，刘海粘在脑门上。没错，是老罗。

尽管我正在气头上，但多少还是有些受惊，我说："这点小事儿，还劳您亲自上门。"

老罗说："应该的，昨天晚上知道你的事后，我陷入了深深的自责。"

我说："那现在怎么办，手机给你带回去？"

老罗说："应该不用，争取现场解决——能给我双拖鞋吗？"

我们进到客厅，分宾主落座，这时我才发现，门口又跟进来一个壮汉，正低头换拖鞋，站直了，得一米九多，胳膊和大腿一般粗。我想，这就对了，开手机盖这种事儿，需要他这样的。壮汉往屋里倒腾器材，看样子要大干一场。

老罗说："是这样，看你人挺好，形象也不错，想请你配合一下，等一下我们会把打开手机的过程拍下来，传到网上，给用户当示范教程——这是我们的摄像小张。"

小张把那堆铁家伙架起来，我才看出来，是摄像机。

我说："这么说你有把握弄开它？"

老罗撸撸袖子："试试吧。"

摄像机一开，我有点不自在，老罗开导我："本色出演就行。"

我举起手机："各位观众，您看到的这款锤子手机外观精美，性能优越……"老罗说："直接说事儿。"我说："……可是后盖打不开，怎么办？"

老罗接过手机："后盖打不开，首先因为我们对机身的制作工艺要求过于苛刻，造成两者严丝合缝，浑然一体，给没有受过专业训练的用户造成一定麻烦，为此，我代表锤子科技向广大用户朋友道歉。但是我想说，这并不是后盖打不开的主要原因，主要原因是"——他停了一下——"信息压"。

我说："什么鸭？"

"信息压，简称信压，信压的前身或者说初始状态，其实是一种虚拟压强，简称拟压。"

"拟压？"

"拟压！"

"还是叫信压吧。"

"后盖打不开是因为信压差太大，即信息流过多所造成的高信压与锤子内部信息真空所造成的低信压之间的差，简称信压差，英文名叫 the……"

"能用中文来解释一下吗？"

"好比大气有气压，水里有水压，电线里有电压，血管里有血压，信息、信号，也有信压。"

"没听说过，WiFi能产生压强？"

"原来不行，后来行了。"

"怎么行的？"

"环境中的信息流太大，与粉尘甚至光线中的光子等微物质结合，起了化学反应，生成一种新物质，我们叫'信粒子'。"

"听着像那么回事。"

"不知道你知道不知道，这屋里信压挺强的，信粒子很浓。"他鼻子抽动两下。

"信粒子有味儿？"

"没有，我习惯了，精力一集中就抽鼻子。"老罗放下手机，"小张，这段掐了别播。"

"然后呢？"

"然后用户拿到一把新锤子时，锤子体内的信粒子非常稀薄，信压几乎为零，因此，当低信压的锤子置身高信压的环境时，受外部压强的挤压，后盖被吸住，就像拔火罐一样。你拔过火罐吗？"

"我妈拔过。"

"我们做过市场调研，不同地区的锤子用户打开手机后盖所需要的力气差别很大，东南沿海城市相对难一些，中西部好些，我们有个西藏的用户，刚打开包装盒，后盖就脱落了。"

"这要带到月亮上，非爆了不可。"

"所以，用户只要适当增加锤体内的信压，达到内外信压平衡，就可以轻松打开后盖。"

"怎么增加内部信压？"

"充。"

"就像给轮胎充气一样？"

"差不多。"老罗重新举起锤子，"现在打不开后盖，但不影响开机，开机之后连上 WiFi，下载、看片儿、打游戏，总之让信息流动起来。"他开了机，让我连上 WiFi，然后将锤子摆在桌上，"可能要等一会儿，请用户朋友们看好——小张，镜头不要换。"

我们就这么干坐着，看着桌子上的锤子，好像高人在下棋。我小口小口地喘气，怕动静太大，吹跑了信粒子。

反正也闲着，聊几句吧。老罗又开口："年初，我们将计就计，成立了锤子信实研究中心。"

"研究什么？"

"信息的实体化，将看不见、摸不着的电磁脉冲信号，批量转换成手指可碾磨的粉末，甚至可呼吸的气体。"

"你看看。"

"还有锤子信化部，信息与化学工业部，致力于研究信粒子的化学反应链，积极撮和信粒子与其他微粒子的化学反应。"

"功德无量。"

"初步研究表明，两个氧原子和一个信原子结合，可生成二氧信子。"

"听着像个日本女人的名。"

"或者就叫信氧，信氧的好处是可以利用信粒子的智能性，植入净化程序，清除雾霾，改善空气质量，然后再反过来净化信息，删除垃圾信息，拦截广告，做到真正绿色生态环保。可以这么说，未来的人不能没有信氧，一个没有信氧的民族是没有前途的民族。"

"我就知道。"

"人体可将信氧吸入肺部，并进入血液，与血红蛋白结合，最后流入脑中。"

"可治偏头疼？"

"可以让你扔掉电脑、手机，直接用脑袋上网，到时候，你只要动动脑筋就可以发邮件了。"

"啧啧。"

"到时就不用读书啊上课啊什么的了，直接下载到脑子里就是。"

"哇塞。"

"两个氢原子、一个氧原子、十七个信原子结合，叫氢二氧一信十七。"

"为什么这回要十七？"

"为了押韵。"

"难怪朗朗上口。"

"其实就是信息和水结合，简称信水，这样你就可以一边潜水一边发微信了，还可以装瓶里带走，适合野外徒步。"

"肯定也能净化水，防止矿物质超标。"

"还可以冻起来。"

"叫什么？"

"信立方啊。"

"听听。"

"当然了"——老罗活动活动脖颈——"这些都还在研发阶段，你不要外传。小张，这段也掐了别播。"他拿起手机看看，递到我手上，"差不多了，试试。"

"还要双手合十吗？"

"不用，两个手指轻轻一捻就行——小张，镜头跟上。"

我手指一捻，咔哒，后盖开了，再一捻，咔哒，又合上了。咔哒，咔哒，真好听，带着金属质感的声音，像电影里帅气男主角专用的那种打火机的声音。

"你慢慢玩吧。"老罗起身帮小张收起器材，"我们走了。"

我们在门口告别，是那种男人间的告别。我握住他的手："老罗，吃了饭再走吧，楼下有个兰州拉面。"

老罗明显犹豫了一下，说："有沙县吗？"

"过两条街。"

"算了，回公司吃吧。"

我握住他的手不放："老罗，你总能给我惊喜——对了，能给我签个名吗？"我浑身上下找纸。

他把一张纸递到我手里："你先给我签个名吧。"

我展开一看，维修单。

老罗最后把拖鞋码好，鞋头朝外递到我手里："还有更大的惊喜呢——过段时间，等我们电话吧。"

零摩擦

第三天晚上我才意识到锤子究竟有多滑。

我把它插在笔记本电脑上充电，就放在键盘上，电脑放在书桌上，书桌站在地上。我去厨房倒水，把剩下的半个橙子吃了，大概五六分钟，我听到书房梆一声响。

可能是风吹动了百叶窗，百叶窗推倒了相框，相框撞翻了花露水瓶。每隔几天，它们就合伙闹这么一次，发出梆一声响，吓人一跳。

我又剥了一只柚子，才回到书房，这时我发现，锤子掉地上了。锤子没事，地板砸一坑。

黑色的锤子身上，还插着白色的数据线。

我检查书桌、电脑键盘，都正常，锤子就从它们上面滑了下去。它不是一下就滑下去的，而是慢慢地、磨磨蹭蹭地，花了五分钟时间才滑下去的。

我把锤子放在沙发扶手上，扶手是粗绒布的，内侧被胳膊肘压的略有些倾斜。果然，锤子动了，在我眼皮子底下动起来，最后滑落到沙发上。开始慢，后来快，最后一下奋不顾身，总共用了不到十秒。

我把锤子放在厨房的台子上。装修时，我叫师傅用液体水平仪测过，以确保台面绝对水平。多年前我们家发生过一起老鸭汤整锅滑落事件，所以我在这方面特别讲究。我把锤子放在台面一角上，锤子一动不动。我洗洗睡了。

第二天一早，我在厨房另一角找到了锤子，它从台面的一侧到了另一侧。

我怒问："谁动了我的锤子？！"

没人搭理我。过了一会儿，女友说："谁动你的破锤子。"

它从电饭煲出发，途经刀架、烧水壶、微波炉，最后停在热水器下面。

厨房没有探头，不好确定它几时到达墙角的，即便最保守的估算，它的时速也达到了三百毫米至三百七十五毫米。

我把它放在客厅窗台下的地板上，从这里到卧室窗户有二十二步，是我们家最长的直线距离，我每晚饭后沿这个路线散步，走五百个来回，错不了。我把锤子头方向调好，顺利的话，今晚体育新闻前，它应该可以到达。

上午十点我就敏锐地发现了问题：它没动。一毫米也没动，还顶着墙根。

下午三点我理清了思路：锤子没错，错的是方向——谁规定的锤子一定要按我的路线走？我把它从地上拾起来，走二十二步放到卧室窗户下的地板上。

从事后的迹象分析，它应该第一时间就动了起来，以一种缓慢而不易察觉的速度。我去菜场买菜回来，它不见了。

我里里外外找了一遍，没看到它。没有道理啊，它能去哪里？总不能开门下楼梯吧？

锤子走丢了。

这时候地面震动起来，整个房间嗡嗡作响。循着声音，我找到了震中，在卧室的床底下。我跪在地板上，头探进去张望，黑暗中，锤子正有节奏地震动，发出求救式的闪光。我伸手去够它，手指触到了接听，一个男人的声音从床底下传出来，有点瘆人。

我就这样跪着，和床底下的男人通了一个电话，聊得挺开心。他还关心地问我："你怎么了，瓮声瓮气的，感冒了吗？"

我用扫把将锤子扫出来，拿在手里，端详它。它有着完美的镜面，光滑度超出人类现有的想象力。如果我没有猜错，它表面的那层玻璃钢是特制的，其分子结构一定经过了无情挤压，即使放到五百万倍的显微镜下，也不会露出一丝粗糙。

这导致的后果是，它几乎没有摩擦力。

锤面上粘满了床底下的灰尘、棉絮和头发丝，还有一个用过的创可贴。我对着锤子轻吹一口气，这些脏东西立刻滑走了，锤面重新干净，光洁得像是把一面高原湖压缩到一巴掌大小。

要知道，地球虽然凹凸不平，布满高山和沟壑，可要是把地球压缩到一个篮球大小，那它将是世界上最圆最滑的一个球。锤子也如此，它像是某种巨大镜面的浓缩。上面的倒影，看上去比原物还要清晰可信。

这是世界上最没有牵绊的一块金属，任何一个物质与它接触，都被它轻轻滑过。能留住它的只有一样东西：绝对的水平面，绝对的风平浪静。

很遗憾，世上还没有这种东西。

我加倍小心地呵护它。白天，我把它装在口袋里，拉上拉链；晚上，我把它锁在工具箱里。不得已要把它放置在某个"平面"上时，我就在它四周建起围栏，设置障碍，好在这不需要太夸张的材料，一块橡皮，一个杯垫，一个牛筋鞋底，都足以挡住锤子的去路。实在不行，就用数据线拴住它。

我像对待一块美玉一样精心供养着它，也像养一条狗一样时刻拴着它。

它是一把随时会离我而去的锤子。

我把锤子放在桌上，两手轻轻一旋，锤子就转了起来。我拿一个大碗倒扣在锤子上，洗洗睡了。第二天早晨掀开大碗，锤子还在转，转速不减。

这是手机中的永动机，我为拥有这样一只永动锤而自豪。

这样一件零摩擦的器物，本不该为人类所拥有。我试图找出它的一两个瑕疵，它毕竟是人造物，理应携带人的不足。

可我一直没有找到。找不到，也是人的不足之一。

但是我知道，这世界是靠摩擦力维系的，没有摩擦力的东西，迟早要被这个世界丢出去。

所以，有一天，当我的锤子终于不见了时，我一点也没觉得意外。

朋友们知道消息后，用各种方式表达了惋惜，弄到最后我还要安慰他们：没事，锤子没丢，只是滑走了。

朋友说："滑哪去了？"

我说："还不知道，还在滑。"

傅立叶的听筒

作为全国第一批订购锤子的用户，我在年底获得了锤子APP里的一项特殊应用，名字叫"傅立叶的听筒"。

莫名其妙的名字，我本来不想搭理，但跳出来一个对话框：

你好，感谢使用锤子，为了追求极致的用户体验，锤子科技冒险推出此款限量应用——傅立叶的听筒。你之所以获得，不仅因为你订购锤子早，更因为你在预订时填写的个人资料。不瞒你说，锤子科技根据这份资料顺藤摸瓜对你做了全面调查，认为你（也包括你的家人）具备使用此应用的资格，要知道，全国范围内具备此资格的不超过十人。

它后面说了几个全国人民无比景仰的名字，恕我不能引用。

于是，我毫不犹豫地关掉了它。

第二天我收到一条短信，锤子总部发来的：

既然你已经选择了锤子手机，说明你是一个善于接受新鲜事物的人，那为什么不继续下去，对一个名字听上去有些怪怪的应用持开放态度呢？只是一款应用啊亲，去 APP 商店里了解一下吧，记住，你预订锤子时的认证码是获得"傅立叶听筒"的唯一标识，请牢记，并妥善保管，万不可泄露！

我那天正好在一个无聊的会场上，台下的人都在玩手机，我也在玩，反正也是玩，我就去了 APP 商店。

APP 里看不到这个应用，我试着输入认证码后，屏幕跳出一只有鼻子有眼的听筒，正欢乐地蹦跶，点下去，跳出一段文字：

恭喜你终于站在了傅立叶听筒的门前，接下来的内容可能有些耸人听闻，但我们相信，任何具备中学数学知识和起码的理性精神的人都不会为此大惊小怪，更何况你是我们精心挑选的优质体验客户。为了更心安理得地使用此应用，可能要先花上一点时间来了解一下傅立叶听筒的数学原理，我们承诺尽量用通俗有趣的方式向你讲解，但考虑到用户体验至上的原则，如果你是一个凡事喜欢直奔主题的人，那你也可以选择直接进入……

我点了"下一步"，屏幕显示"正在下载安装"，我想取消，找不到取消键。这个无良的会场，音响高级，却没有WiFi，害我浪费流量。

我正懊悔，安装已完毕，我赶紧去系统软件管理里查了一下，还好，只有317K。啰里啰嗦了半天，原来只有317K。

我正想打开应用，手机震动了，我猫着腰溜出会场，接了一个长长的电话，回去的时候，领导正好宣布散会。然后就是吃饭，回家，玩手机，睡觉，起床，玩手机。我把那什么听筒完全忘记了。

第二天我又收到了锤子的短信：

根据以往经验，安装傅立叶听筒却没有立即使用者，一般都是陷入了世界观的巨大冲击中无法自拔，为此，我们特意安排了专业客服人员，希望可以陪伴你度过这一人生的重要关口，客服人员将随时与你联系，你现在是否有时间？请回复。

我回复：开会，没空。

然后我就接到了那个电话。一开始我没想接，但它不是那种公共号码，是一个毫无特征的手机号，我怕错过什么发财致富的机会，就按了接听。

"明明在家里，为什么说在开会呢？"

是那种很温柔很得体带着笑意让你无法拒绝的男声。我说："你是谁，你怎么知道我在家？"

"你懂的，你手上举着我们的智能手机产品，要知道你在哪里，并不太难。"

靠，他比我女友还精通我的行踪。"你想怎样？"

"如果你的态度还像昨天那个电话里那样无礼，那么你比我更清楚，这没什么好结果。"

"昨天的电话？昨天我和你打电话了吗？"

"会场外消防通道四楼到五楼的转角处，消防栓旁边，通话时长 27 分 35 秒，还要我重复一下通话内容吗？"

我反应了一下，我说："你是我女友雇佣的私家侦探吗？"

"你想多了，对我们来说，这根本无需窃听，这是明摆着的事实，其实这也是我想向你介绍的产品属性……"

"你这种属性的我见多了，手机上、电线杆子上每天都能看到这样的窃听软件广告，说实话截止到此刻我对你和你公司的智商和人品很是失望。"

"你误会了，再说一次我们不是窃听，也无需窃听，窃听顶多知道你过去或正在通话的内容，而我们这款应用可以告诉你，你未来将要接到谁的电话。"

"你是说，它能像天气预报一样，预测一星期内谁会给我打电话？"

"不是一星期，是一生。"

"你你你再说一遍行吗？我这边信号不好。"

"它能预测你的一生，换句话说，自从你安装好这款应用起，你的余生，谁、何时会给你打电话，电话里将要说什么，它全知道。"

"不好意思，刚才忘记问你了，这是收费服务吗？我接你这通电话，是不是要付费？"

"不收费。你接听我们的电话，使用我们这款应用，都是免费的。"

"哇，现在像你们这种非营利的骗子真是不多见了，哦……我是想说，其实你也不用这么高科技，我只要管一星期的预言就行，这样我好安排下一周的日程。"

"对它来说，一星期和一辈子，实在没有太大的区别。就像你用计算器算加减乘除，别管数多大，你觉得计算器会有片刻的犹豫吗？"

"这么说，它是铁了心要预测我的一生？"

"只是预测你一生中的电话——所以我会知道你昨天那通电话的内容，很抱歉，我们并不想刺探你的隐私，只是因为这款应用太让人难以置信，我们只能拿出一些让客户心服口服的证据。"

"这么说，今天我们这通电话你也预测到了？哈哈，你太牛了，你竟然知道你要打电话。"

"我还知道我们挂了这个电话之后，谁会打给你。准确地说不是我知道，是这款应用知道。从现在起，你的后半生中，只要输入未来的某个日期或时段，它就能告诉你当天的通话记录，如果你想听，还可以听原声。未来的原声。"

"喂，你说我今年是不是运气特别好，遇到你这个口才这么好的客服，问你什么你都有话说还一套一套的，这跟我前半生认识的客服界一问三不知的人完全不一样啊，尤其和上一个客服比起来，真的，等下挂电话前我非给你点个非常满意不可。"

"如果我的介绍引起了你的一点点兴趣或者哪怕是加倍的反感和质疑，那么，现在，我是不是可以把你昨天跳过的内容补充上，给你介绍一下傅立叶听筒的原理？"

"你总算提到那姓傅的了。"

"是傅立叶，Fourier。"

"等等，是那个法国的空想家吗？"

"你说的是空想社会主义家夏尔·傅立叶，我说的是法国同时代的一位数学家物理学家让·巴谱蒂斯·约瑟夫·傅立叶。"

"爱谁谁吧。"

"他提出了著名的傅立叶变换。"

"他和你们公司什么关系？"

"傅立叶变换理论证明，任何运动都可以转换成一系列正弦波的叠加……"

"所以你就给我打这个电话？"

"好吧，那咱们换一种方式，我问你，我们都知道地球在一刻不停地围着太阳转，那你知道地球转动的轨迹吗？"

"你早这么问嘛，这样问就和我的生活关系密切了嘛——地球转动的轨迹？圆圈呗，据说不是正圆，是椭圆。"

"不管正圆椭圆，这种说法都假设太阳不动，地球围着它转，问题是，太阳也动，太阳也一刻不停地围着银河系的中心转圈，然后地球不但围着太阳转圈，还得跟着太阳围银行——对不起，说错了——围银河转圈，这时候你再想想，如果把地球的运动轨迹画下来，是什么样子？"

"要不咱们还是预测一下我下一通电话是谁打的吧。"

"问题是银河也没闲着，它也一刻不停地围着别的什么河转圈，宇宙有一千亿个银河系这样的星系，大家都在一刻不停地互相转圈，而地球——这个一人之上、万人之下的球，除了有个忠心耿耿的月球围着它转，它只能一层一层地跟着这一千亿个星系转圈，越转越复杂，到最后，如果你有幸能站在宇宙中一个绝对静止的点上看地球的话，你能想象出地球忙乱成什么样了吗？"

"快赶上你了。"

"地球完全不是像坐着旋转木马或观光缆车一样一圈一圈悠哉地转悠，地球是浑身乱颤屁颠屁颠没头苍蝇触电痉挛一样完全没方向地乱跑啊。"

"可以说说我们俩的事了吗？"

"别急，马上——地球的运动轨迹如此凌乱，那是不是就完全随机不可预测了呢？不是的，傅立叶告诉我们，任何运动都可以转换成一系列正弦波的叠加，所谓正弦波就是圆周运动在直线上的投影——说白了，就是转圈。所以，地球的运动轨迹，就由刚才那无数个转圈叠加而成。"

"那你说话能不能不要转圈？能不能直接告诉我，地球转圈跟我有什么关系？"

"地球如此，何况人？人一生忙忙碌碌，看似杂乱无章，充满偶然，其实都是背后无数个圆圈运动叠加传导出来的结果，每个圆圈就是一个齿轮，层层咬合，人就是最末端的那个指针，齿轮指哪儿，你就打哪儿。"

"哥，你忘了一点，我不是地球，我是人，我不靠谱，会变卦，会反抗，会冲动消费，会固执己见，会翻脸不认人，简言之，我有思想。所以，别总拿球来比喻我，这很不礼貌。"

"那你以为思想是什么？思想不过是脑神经的运动，复杂不过星系，只要是运动就逃不过这个规律，我拿星系做比喻只是因为它个头更大更直观，人的思维当然也如此，你以为你有自主权，其实只是它让你觉得你有自主权。"

"你的脑神经也够奇葩的。"

"既然是齿轮，就可以精确预测，傅立叶听筒这款应用，无非是傅立叶变换理论在通讯领域的又一次应用，未来与你有关的每一通电话，其实都是齿轮们幕后运转的结果，不管你们电话里说了什么，在它看来都只是声音，是微粒子在媒介中的震动与传递，因此都可以精确计算，我们所做的，只是帮你把它算了出来。"

"不得不说，您这位傅立叶，比我认识的那位傅立叶还空想，老傅家是不是都这样？"

"傅立叶变换理论在多个领域屡试不爽，温室效应也是他发现的。"

"他这么有能耐，干吗盯着我下半辈子几个电话不放啊，我何德何能，当初手欠填注册材料时多写了几句，怎么就被你们给预测了？反正都是转圈，有本事去预测全世界，预测全宇宙啊。"

"预测全宇宙，也不是什么大不了的事情。"

"那干吗不预测？弄个傅立叶的宇宙什么的？我打保票我们小区物理经理肯定喜欢。"

"因为我们是一家手机公司，所以，我们只做分内的事。"

"你们还真有骗子的职业道德。"

"我知道你会讲这句话。"

"我不知道你居然这么不会讲话。"

"其实……"

"你觉得两个大男人一上午不上班躺床上你一句我一句煲电话粥——合适吗？"

"我说的预测……"

"一个听众都没有就俩人在这穷聊你觉得——有意思吗？"

"也不是预测……"

"好，那我问你，你说你这个应用里有我下半生的电话——我都不知道这是你们公司哪个奇葩想出来的文案——那你回答我，怎么装下来就317K？下半辈子没人理我了吗？我下半辈子通话就值317K吗？别告诉我以后还要再续费升级下补丁——就317K一个破玩意儿也好意思给我上课，我打个饱嗝录下来，用24轨高保真音效录，也不止317K。"

"好，你终于还是说出了这段话，那按照原计划，我来回答你。其实你的疑问也正是傅立叶变换的另一个迷人之处，确实，每个个体的运动都丰富多彩，汇总起来的话，不要说一辈子，就是一分钟也可以产生海量数据，问题是，数据虽然复杂，但背后叠加的圆圈却简单到不能再简单——就是圆圈，可能数量很多，但再多的圆圈也是圆圈，无非大圆圈小圆圈，而且其中充满了大量重复的雷同的圆圈，所以，我们不需要记住每一个圆圈，只需记住那些不太一样的圆圈——这并不多，可以说非常少——把不一样的这部分，加上事先提炼出来的一样的那部分，就构成了每一次具体的花样翻新。你知道，多媒体和互联网的发展，很大程度上得益于信息压缩技术的突破，而傅立叶变换正是信息压缩技术的鼻祖。"

"我也是，耳根子软，就不能痛快挂了电话吗？就因为我预测到你还会打过来？因为你会在我的后半生不断打电话过来？"

"小时候我们都做过一道数学题，把十个特别大的数字加起来，看谁算得快，硬算肯定输，窍门是发现十个数字的规律，总在一百万上下，不是多点就是少点，所以，你只要把它们当成十个一百万加起来，一千万，然后减掉少的加上多的，就是最后结果，口算都能算出来。”

“老师，你当客服真是屈才了，快回你的奥数辅导班去吧。”

“317K，大部分是这款应用本身的程序和界面素材所占用，真正用来存储你下半生电话的，1K 都不到。”

“我今天一早醒过来就觉得今天可能有啥倒霉事……”

“在傅立叶听筒看来，你的下半生远没有你想得那么丰富多彩，它单调得几乎有些乏味。”

“大师，你这么棒的理论，干吗在这接电话啊？你该换身西装借个会场搞点讲座卖卖票啥的，我肯定欣然花钱上当受骗，弄不好还给你发展个下线。”

“我们是做电子通讯的，所以更信任手机沟通。”

“我昨天在会场上就该先点开这个应用试试，预测到明天会有一个讨厌的电话，然后我今天就可以不接你的电话了，也就不用倒霉半辈子了。”

“不是因为你接了我的电话才如此，而是原本如此，我刚才没说完，其实，说傅立叶听筒预测你下半生并不准确，不是预测，因为对它来说，那都是早已发生的事情，原本就摆在那儿的事，它只负责检索。”

“我把锤子退回去行吗？说好的发票包装盒不扔两星期

无人为损坏就包退的。"

"过去、现在、将来，这是典型的'时域'思维方式，受制于时间，永远只能活在此时此刻，但在傅立叶的'频域'观看来，圆圈自古至今就是那个样子，如果有所谓'古'和'今'的话。人类眼中所有随时间发生的变化都只是一个固定的频率，过去、现在、将来，同时摆在眼前，一目了然，没有前后，不论因果。"

"你能预测到我将在几秒钟后突然挂断电话吗？"

"宇宙从它诞生的那一刻起，该发生的事情都已经发生了，此后的宇宙万物都在静止中，直到灭亡——灭亡也早发生过了。"

"其实我早就不在听你说话了，只有你还在那自作多情地说个不停，五。"

"人生是一个早已写好的剧本，轮到谁念台词，谁就念。"

"这种鸡汤我早就喝腻了，四。"

"但傅立叶告诉我们，这剧本不但早已写好，而且早就演完了，只是剧中人还不知道。"

"三。"

"挂断这个电话后，你会再次收到她的来电，在昨天那个 27 分钟的电话中，你伤了她的心，她今天再打给你，是要跟你有一个彻底的了断，挂断我们这个电话后，你有十二分钟好好想想怎么挽留她。"

“二。”

“其实，在傅立叶看来，你们早就分手了，在牵手的那一刻就分手了。”

“一。”

“再见。”

他先挂断了电话。

其实，谁先挂断又有什么关系呢？我们又不是在谈恋爱，谁主动谁就被动，谁先挂断电话谁就看上去更绝情，何必呢？

重要的是，我把该说的都说了，用尽可能通俗有趣的方式。

这是一个客服的职责。

更何况，我不说也得说，因为我早就说了。

此刻，他在干什么？这个叫姬中宪的嘴硬的用户，他在干什么？

不出所料，他现在肯定气得关掉了手机。我和他的对话还在想象中进行。

“关机了？想让她听到那句冷冰冰的‘对不起，您拨打的号码已关机’？”

“是啊，你预测到我关机了吗？据我所知，目前还没有一个应用可以让你们隔空把我的手机开机，要知道，你永远无法打通一个关机的手机。”

“是打不通，可是，你忍得住吗？你试没试过你忍受手机关机的最长时间是多少？我猜用不了五分钟你就得重新开机。"

"我经常把手机落在家里一整天，或者走在外面手机没电了充电器也没带不得不等晚上回家再开机，你以为我这么离不开手机吗？你以为我不开机活不下去吗——好吧，我开机了。"

"呵呵，你发现没，你的世界观正在动摇，至少你比刚才更坦诚了，我们没有看错你。"

"我开机就一定要接电话吗？我开机是为了看看我刚才在朋友圈发的微信有没有人点赞，我开机也可以不接电话，我试过一天一夜不接某人的电话，其实，不用一天一夜，我只要故意漏掉一个电话，你们的预言就不准确，她对着听筒自言自语，她单方面宣布分手，这可不算。"

"也许漏掉也在预料中呢？漏掉也早发生过了呢？"

"我有一千个办法可以让你们猜不对，我可以假装没听到手机响，我假装总可以吧，要知道，你永远无法打通一个假装没打通的电话。"

"你假装得了吗？十二分钟马上要到了，这是你最后一次机会，我看你能假装到什么时候，手机马上要响了，你想好了吗？我猜手机响不过三声，你就会接起来，你接起来，那无数个齿轮就会继续咔嚓咔嚓地运转下去，像一张图纸一样明白无误。对你，这无异于一次新生，你不用为此惶恐或惭愧，你的惶恐或惭愧也在预料中，让我们一起为你的新生倒计时吧。"

"五。"

"四。"

"三。"

"二。"

"一。"

和文艺青年吃晚饭

　　昨晚，小林来找我，说有个饭局，要介绍我认识几个文艺青年，都是市里有名的、全职的、公安局和社保中心备过案的。我们就去了，坐了十八站地铁，又换了一辆摩的，到了一个小弄堂，满地是泥，路两边全是卖菜的、卖棉毛裤的，迎面一座小楼，墙面漆成黑色，像火灾遗址，推门进去，我差点吓晕过去——房顶上有人在上吊！小林很轻松地过去拍拍那人，说别怕，假的。我大着胆子凑上前看，原来是一个人体模特吊着，旁边墙上还写了一行字：别总在一棵树上吊死，应该尝试在不同的树上分别吊死。我琢磨这话真有道理，应该是经验之谈。小林拍拍我说，到了。小林说话总是俩字俩字的。

　　我们上了二楼，见到了第一个文青，留着大胡子，猛一看像张纪中。小林介绍说，诗人，别克。诗人也伸出大手，很认真地说，请叫我别克——这是我的真名，不是笔名。我说，别克？怎么听着这么耳熟？小林说，正常。我说："真抱歉，我还没读过您的诗，我只读过福特的。"别克大手一挥说，别提他，他不入流。吓得我没敢再说什么。

我们坐下来，我想找个轻松点的话题，丰田啊什么的，刚想开口，别克突然闭上了眼睛，我看小林，小林小声说，别吭，要写。看来别克是来灵感了，要写诗了。于是我们就这么坐着，坐了三个小时。其间小林不停喝水，去了四趟厕所。我也没闲着，我把桌上那盘奶油糖全吃光了。

后来又上来几个朋友，大家就坐在一起聊天，也不管别克。有一个人是画家，扎个小辫，脸上全是青春痘，我们聊天，他就过来动手动脚，把你身子转个向，把你胳膊架起来，再把你下巴摁下去。小林不让他动，他还不乐意，说这样不行，光线太硬，脸不够立体，人没有存在感。小林张着嘴，我以为他又要说俩字，结果一个字都没说出来。还有一个是摄影家，瘦得跟三脚架似的，原来是唱摇滚的，上周才改过来，看人时左眼总眯着，好像时刻在对焦。还有一位女导演，大家都躲着她，因为她见人就先拥抱，一对大胸脯，能把人憋背过气去。还有一对小情侣，自始至终手拉着手，躲在角落互相喂食，画家问他们是搞哪方面的，男的说，还没定，先谈着。画家噢了一声，没说什么。

天不早了，别克也睡醒了，一帮人出去吃饭。找了几家店都没座位，后来就去了重庆鸡公煲，两张桌子拼起来，点了两个中锅，一个白锅一个红锅，一人两瓶啤酒，一大盘花生米，一群人吃起来。画家举杯说："先讲两句吧，大诗人？"

别克端起杯，沉吟一下说："今天我请。"

画家说："我请。"

摄影家说："我请。"

导演说："我请。"

小情侣什么也没说，还在互相喂食。

吃到一半，小林拍拍我说，走了。

我们就走了。所以，到底是谁请的，我也不知道。

补天

1

我家上空的天漏了。打电话给物业，物业不管。物业经理是个眉毛凝重的瘦小男人，每天都像怀着巨大心事，似乎他单薄的小身板无法承受那两道沉重的眉毛，你跟他说什么，他都要先发出一声惊叹，以证明自己的委屈和对方的不可理喻。又是年底，我猜他快被各种报修电话烦死了，他回答我的那句话估计已经对无数人说过了，他说："我管天管地，还管得了你家……"

我说："你说对了，我报修的就是天，我家头顶上那块天。"

经理说："天！你说你家的什么？"

我说："天，我说的就是我家的天。"

经理说："你家的天怎么了？"

我说："我家的天漏了。"

经理带了一个戴蓝色绒线帽留着胡茬的半老男人来，两人并排站在我家楼下，袖着手，抬着头，看天。

我估摸着他们看得差不多了，就问："怎么样？"

经理不看我，头仍然昂着，说："天，怎么漏得这么厉害。"

我说："两位要不要到楼上看看？"

我家住顶楼，没电梯。

"不了不了，这里就很清楚。"经理把头稍往右歪一下，"徐工，您怎么看？"

徐工看来就是那个戴绒线帽的神情专注的老男人，他开口，口音很重，说："和你一样，就这样抬着头看。"

经理说："我是说，您怎么看待这件事。"

徐工说："哦，我觉得你刚才说得不对，我认为俄罗斯短期内不会……"

经理压低声音说："天，天，我说的是天！"

徐工说："哦，那你说清楚啊——天，我刚才一直在算维修用料和作业空间，我觉得——修不了。"

经理点点头，好像他要的就是这句。为了不影响抬头的高度，他把头往更高的方向挺了两下。我真担心他把脖子拗断。

两人就这样高抬着头聊天，好像他们的脖子被一双无形的手捏住了一样。我受不了物业经理跟徐工说话的那副样子，就是那种平时目中无人，但一面对专业人士就特谦卑特言听计从，一人专业鸡犬升天的样子。我不是歧视方言，但我觉得徐工很可能只是刚好姓徐名工而已。

最后，经理总算把头低到正常高度，说了一句接地气的话："物业物业，管的是物，物是很具体的，《物业管理条例》有规定，是指地面以及地面上的附着物，天，这么抽象的东西，我们管不了。"

我说："怎么抽象了？你不是也看到了，这块天坏得很具体，这样天大的事，你们竟然不管？"

经理说："天大的事，得找钦天监。"

徐工这时候也把头放平，脖子嘎嘣响了一声。我们都等他说话，他左右摇几下脑袋，说："啊哟，好久不运动了。"

我打了很多电话，又托了一个熟人，才找到钦天监的一位总监——他同时还分管天气预报。年底了，各行各业都有种类似的情绪，就是那种快被这一整年玩坏了的情绪，电话里，总监一边和我讲话，一边还指挥着千军万马，我怀疑他手里握着好几个电话，可能脖子里还夹着一个，所以我也分不大清哪句话是对我说的。总监说："你知道我这一年有多忙吗？我上管天，下管地，中间还要管空气……"

我说："总监，我插一句——您说得太好了，我总算找对人了，我要反映的就是天的事。"

总监说："天要下雨，娘要嫁人，随它去吧，天地的事，谁管的了？我们顶多管管中间的空气。"

我说："问题是您空气也没管好啊，这雾霾……"

总监说："锣鼓听声，说话听音，这位市民，我忙得很，你到底要反映天地的问题还是空气质量的问题？"

我说："我就反映我家头顶上那一块天的问题，那块天，得有三十个平方吧，漏了，晴天漏风，阴天漏雨，雨天就更别提了，别人家小雨，我家大雨，别人家大雨，我家暴雨，别人家暴雨，我家暴雨橙色预警……"

总监说："人比人，气死人——我没跟你说话——又云与天斗，与地斗，与人斗，其乐无穷，各人自扫屋前雪，莫管他人瓦上霜……"

据说领导或专业人士要想增强人格魅力，一要说方言，二要说点古诗词、歇后语、俏皮话之类的，之前徐工采用的是前者，这位总监显然是用后者。

总监说："天上漏个缝，地上裂个洞，稀松平常，自古就有，这样的小事也要管，我们还干不干别的事？"

我说："可是我们交了那么多天空出让金，养天费，现在天漏了，你们不该管管吗？"

总监说："那些钱只能勉强维持一些重大天体项目，也都要向上面报批的，钦天监只提供必要的公共服务，中国约 960 万平方公里的国土，乘以 1.7，就是 1632 万平方公里的天空，每个老百姓都拿自家头顶那几十平米的天来说事儿——你闭嘴我没跟你说话——那钦天监还能不能运转了？
所以说这位市民，我最后送你一句话，无材补天，枉入红
尘，又云自己动手，丰衣足食……"

回到家里，老婆在看电视。她总在看电视，一回家就
看，好像她嫁的是电视。她还特别迷信电视，只要电视里没
播的，她都觉得无所谓。

"不就是天漏了吗？有什么大不了的？"她安慰我，眼睛
没离开电视。

"那么大的天，偏偏咱家头顶这一块漏了，这事还不够
大啊。"我说。

"不是还有房顶吗？你担心什么？又不是房顶漏了，你
这种人啊，有一个成语就是形容你的——她换了一个台——
杞人忧天。"

这种事没法和她沟通，整个欧亚大陆，她只关心卧室和
客厅这三十来平方米的地方，因为一个是她睡觉的地方，一
个是她吃饭和看电视的地方，此外的一切她都不关心。刚结
婚的时候，她还关心过书房，后来我反复跟她解释，书房其
实是存书和看书的房间，书房不是储藏间的代名词或文雅叫
法。这之后，她就对书房也不感兴趣了。

书房在我们家的阁楼上，阁楼再往上，就是天。

"你就知道吃了睡，睡了吃，吃了睡，睡了吃，吃了睡，
睡了吃……"我说。

"你是上弦了还是怎的？还是不用光电池你就停不下

251

来？吃了睡睡了吃怎么了？有本事你别吃别睡啊，天漏了，你一个大男人不会修一修补一补吗？难道让我去补？你当我女娲啊！"

说的也是，别说天了，自从她弄明白书房和储藏间的区别后，她连书房都再没上去过半步。

当晚我睡书房。躺在书房的沙发上，我盯着天花板，浮想联翩。我和天，只隔了一道屋顶，过去，这块天和任何一块天一样，光滑得有些乏味，像一块倒挂的冰面。当我们偶尔抬头看天时，其实什么都没看，我们每天和各种人聊天，其实很少真正聊到"天"。

不知从何时起，我家这块天有了裂缝，而且越来越大。有一天，天会不会咔嚓掉下一块，把房顶砸个大洞？会不会有什么天外物质泄漏进来？万一有一种带着腥味的紫褐色黏稠液体流到我家房顶又顺着房顶流到邻居家，邻居会投诉我吗？毕竟我家离天更近啊，不明液体先流到我家而我家没有成功实施拦截啊（有一次一只鸟在邻居露台上拉了泡屎，邻居也赖我，因为调查下来，那只鸟把巢搭在了我家露台的一簇竹子上，并有证据表明我曾经喂过那只鸟，鸟屎中有我的贡献）。对了，我还在露台上种了一小簇竹子，会被过度泄漏的紫外线晒死吗？还有，天漏了这种事，属于不可抗力吗？房顶被天砸坏了，保险公司赔偿吗？

关了灯，万物沉寂，我却听到一种紧绷绷的声音从遥远的地方秘密传进我的耳朵，是那种巨大物体被强力扭曲时发出顽抗的声音，如同长长的车厢转弯，甲板在风浪中起伏，车床笨重地启动，或是万里冰封的河面上，从上游传来的第一声破冰。我知道，这声音来自我家上空，一条裂缝正试图撕开整个天空。

那晚我睡得不太好，呼噜都打得小心翼翼，正应了古人那句话：不敢高声语，恐惊天上人。

我妈第二天就知道了，从北方打来电话，说："小夫妻有什么大不了的，就算天塌下来……"

我说："打住打住，你说对了，现在就是天要塌下来了。"

几分钟后，北方各界人士都知道了这事。如同辛亥革命后的南北和谈一样，人们出谋划策奔走相告，预感要发生大事。很快，他们派出了一个代表：我爸。

我爸，买了一张火车票就出发了，带着他的锤子、钳子、锯子、改锥、扳手，当然，还有他心爱的铁丝，以三百公里的时速，出发了。

2

我爸好多年没接到这么大的工程了，很兴奋。

去车站接他的时候我才知道，他其实只带了一样宝贝：我表哥，我大姑家的表哥，做过木匠的、名唤银行的表哥！

听我解释：我只有一个表哥，我爸带来的并不是我的三个表哥，我只是一时不知如何形容这位表哥，所以连用了三个排比句。而且我这位表哥千真万确名叫"银行"（我大姑夫当年是有多财迷心窍啊）。

看到我爸和我表哥背着大包小包走出车站，我一时有些感慨。远远地，我听到我爸隔着出站的人流扯着嗓子打着手势喊他外甥："银行——！银行——！"

整个车站的人都看我爸。巡逻的警察也看他，手按在枪上。

我迎上去，各种手，以及各种包的提手伸过来，我都不知道握哪一个，就胡乱握住一个，说："爸，你来了——银行哥，你怎么也来了？"

银行的头发都炸着，脸上泛着油光，身上斜披着一件麻袋片一样很原生态的草绿色布包，单看布包，有点像巴黎时装周走秀男模的装扮。银行说："俺舅年纪大，手脚怕是不利索咧，俺得来帮帮俺舅！"

我爸说："喊！就你那两下子，我是看你在家接不到活儿，带你出来锻炼锻炼。"

这对舅舅和外甥，从我小的时候他们就一直掐，互相看不上，但每逢接到什么活计，爷俩还总要搭档，真搞不懂他们。

银行说："俺好歹也是九级木匠，相当于中级职称哩，村里的床和八仙桌都是俺打的！"

我爸说："你说的那都什么年代的事了？现在都是整体

254

橱柜，机器切割，自己组装，谁还找你做家具？"

听他们对话，感觉他们是要上门维修大衣柜，他们的话里从头到尾没听到一个"天"字。

不过我很快就听到了，银行说："天爷爷！上海咋这么多人！"

说起来，我爸只是喜欢敲敲打打，修修补补，摆弄些工具，并不是专做木工活儿的，银行倒是正经木匠，当年在村里小有名气。我上小学时，我家搬了新楼房，我爸妈把银行叫来家里做家具。那一年，银行哥在我家住了半个多月，每日将一根根木材刨出新鲜的纹路，刨花卷了一地，满院都是木头香。他为我们家做的小板凳一直坐到现在。

不过，银行的木工作品和家具店里的还是有些不一样，他给我们家做的小板凳，每一个都不一般高，能从高到低摆出一串音阶，他给我们家做的箱子总打不开盖，小板凳倒是经常能把凳面掀起来。

我放学回来，经常听到后院里的拌嘴声，过一会儿，我爸或是银行哥，必有一个赌气离开，手里工具扔在一堆刨花里。要等到吃过一顿饭或喝过一壶茶后，赌气的那位才归队，两人又搭上话，头碰头研制起来。

银行哥那年不过十七八岁，还没出徒，倒挺懂事，临走时，我妈塞给他钱，他不要，说："俺舅叫俺来练练手，做废了不少料，还吃你家的住你家的，哪能再要钱？"

来到我家，放下东西，我爸和银行哥立刻爬到阁楼顶上，勘察现场。我要和他们一起上去，被银行哥按住，"你是耍笔杆子的，这种登高上梯的活儿，你不行。"

我在露台上给他们打下手，看不到上面情况，只能听到他们说话："天爷爷！你可没和俺说，这块天漏得这么厉害！""一米四，你量得不对！""八点八，你甭不信俺的，你按八点八记下来保准没错！""这里能用钉子？你什么脑子？这得用铁丝！"

晚上，老婆把我拉到一边，说："你那什么表哥，我不管他是银行的还是证券公司的，白天让他在楼顶上，晚上让他睡书房，吃饭给他送上去，不管白天晚上，别让他下来！"

她骨子里还是歧视书房，把它当储藏间，所以把银行发配到那里去睡。银行哥呢，倒是受宠若惊得很，一上去就惊呼："天爷爷！你家咋那么多书！俺可不敢在这里睡！"

每次经过书房，银行哥都轻手轻脚，怕惊到书架上那些安静的书。但是晚上，他的头一挨上书房沙发的扶手，立刻鼾声大作。银行哥的呼噜名副其实，打得财大气粗的，他要睡在雪山脚下，准能引起雪崩。

我在楼下卧室听得心惊，想这个工期一定要缩短，不然这块天怕有危险，白天才修补好，晚上就被银行哥震塌了。

第二天一早，我带我爸和银行哥去建材市场，他俩一路上争论，是用防腐板呢，还是用玻璃钢，等我们到达建材市场后，他俩突然一致决定用复合彩钢板。他俩有时会突然一致起来，让人措手不及。我就由着他们去，经验告诉我，两个顽固分子一旦一致起来，九头牛也拉不回来。

彩钢板老板说："彩钢板有很多种，你们要鱼鳞型的，还是波浪型的？"

不出意料，他俩同时回答，我爸说鱼鳞型，银行哥说波浪型。我等他们争论完，说："老板，有平板的吗？我要平板型的——爸，银行哥，我们是补天，不是补房顶，要那么多花头干什么？好好一块天，补得曲里拐弯的，有必要吗？"

老板用看热闹不嫌事大的心态又拿出一大叠色卡，说："平板也有很多种颜色，你们选哪一个？"

他俩又争起来，我爸说："大红色，选个大红色，马上过年了，喜庆。"银行哥说："舅，你也忒土了吧，现在谁还用大红的？现在流行墨绿。"

我说："你俩安静会儿，让我说两句好不好——喂，喂，老婆，你说，我听着呢，你想用什么颜色？"

老婆说："橙色！我喜欢橙色！最好是爱马仕橙……"

我挂了电话，说："好了，确定了，用蓝色。"

老板有的是招儿，说："那什么蓝？我这里有海蓝、墨蓝、宝蓝……"

我抢着说："天蓝，和天一样的蓝——爸，银行哥，你俩闭嘴，这是我家的天，我的天我做主，什么大红的墨绿的，有点审美好不好？把我们家的天弄得花里胡哨的，七巧板还是乐高啊？低调点行不行？生怕人家看不到我家穷得连天都补丁摞补丁的是吧？"

他俩又一致起来，只管嘿嘿笑。银行哥说："俺寻思墨绿色和你家厨房还挺配的——兄弟，你定，听你的！"

选了很久也选不出来。我了解我家的天色，这些色卡上的颜色总有一些色差。我最后选出一款纯白色的，交了钱登记了尺寸，就带他们直奔油漆市场。我要调制出一款与我家天空一模一样的天蓝色，然后涂在那些彩钢板上。

所有材料都备齐了，建材市场的工人给运过来，都堆在楼下——工人不肯送上楼，我说过，我家住顶楼，没电梯。银行哥见工人不肯搬，就给他递烟，工人不要，银行哥就把烟夹到人家耳朵上，夹得满满的，说："你也看到了，俺们家老的老（他手指我爸），小的小（他想指我，又收回来，）。俺兄弟，别看个子高，人家是耍笔杆子的，力气活儿不行，全家只有俺——俺也小五十了——你帮个忙，受个累，给搬上去行不？"

工人说："行啊，一层二百，你家六楼，一千二。"

银行哥说："俺们买这么多彩钢板才花了不到两千块，你上个楼要一千二！"

工人说："你误会了，一千二是上一次楼，这么多彩钢板，怎么也得分六七次运，算六次吧，一千二乘以六，再打个折——你给六千块吧。"

银行哥说："天爷爷！六千块！——好，行，那你上楼吧。"

工人说："那我就搬上去了？"

银行哥说："你上去，俺们就搬走——六千块，你这是抄家啊！俺们不要了，你把材料运回去吧。"

工人说："运回去可以啊，你给两千块吧，我们只说免费运过来，可没说免费运回去。"

银行哥说："你个小兔崽子，年纪轻轻的，张口闭口钱，你当自己是银行啊？俺一个九级木匠，还没你个卖力气的挣钱多，俺数到三，你麻溜滚远点，你再不滚，俺叫你……你……你把耳朵上的烟还给俺！"

这厢正吵闹，只听得半空中有人喊话——我爸不知什么时候上了楼，从我家阁楼窗口探出头来，喊："银行——！银行——！"

整个小区的人都打开窗户看我爸。小区门卫也看他，手按在橡胶棍上。

我爸说："让他走！我有办法！"

3

接下来那一刻，我好像听到背景音"duang"一声响，我爸仿佛化身哆啦A梦，从工具袋里掏出一样神器，迎着一道强光，将那神器举到半空中，喊："风绳——！定滑轮——！"

银行哥都看傻了，抬头张嘴，说："啥？"

原来我爸早就有备而来，我们上了楼，见他已经将一个滑轮固定在窗口，绳子绕过滑轮垂到楼下，绳子有两根，一长一短，短的系在长的上，他把长绳头交给银行哥，短绳头握在自己手里，说："哈哈，这个你不懂了吧，这个就叫风绳，控制方向和平衡的，这可是个技术活，你是干不了了，九级木匠，就委屈你卖卖力气，往上拉材料吧。"

银行哥忿忿地接过绳头，嘟囔着说："俺可不懂你这些稀罕玩意儿，俺是专业木匠，再说俺也没在这么高的地方干过木匠活儿。"

我爸又指挥我："你下楼，把彩钢板拴在绳子上，记住，我教过你的，双线活扣，三面捆牢，用马蹄结！"

我在楼下捆彩钢板，来往的人都看我。保安也过来，说："小区不准违章搭建，你最好先到物业那儿备个案。"

我埋头打绳结，咬牙切齿地说："连钦天监都找过了，他们都，不，管！"

系牢了，朝楼上竖一竖大拇指，绳子立刻就绷紧。我退开几步看，120cm×300cm 的彩钢板徐徐升起，银行哥和我爸高高在上，左右开弓，神情肃穆，像两位升旗手，联手升起一面天蓝色的、凝固的旗。

这旗终将升到天上，与天一起，紧握住日月旋转。我目送它，像行注目礼，心里默唱一首雄壮的歌。

"我真的还想再活五百年……"

那旗升到四楼的时候遇到一阵横风，真的像一面旗一样，左右飘动起来，险些撞到四楼的玻璃窗。我爸赶紧站到窗口的远端，抻紧风绳，将它稳住。

升到五楼时，板面又有偏转，正对上一缕太阳光，呼啦啦反射过来，叫人不敢直视。我扭头躲闪的时候，看到地上多了几个人，正抬着头，看得津津有味。所有机巧与劳作都充满观赏性，我想，总有一天，这些人会仰望那块天。

这样升过六楼，再爬上七层阁楼的窗台，银行哥和我爸就一人抓住一端，像打捞跳楼轻生的人一样，七手八脚将那块板拖进室内。楼下张望的人，这才咽一口唾沫，松一口气，点点头，很满意的样子。

我俯身扎第二块板时，身边又跑过来几个孩子，"来啊来啊，看升旗啦！"

围观的人越来越多，已凑足了一场仪式的恰当人数。第二面旗升起来时，下面和上面的人都充满自豪感。在孩子们眼中，那面旗蓝得纯正、耀眼，一定是用天空和海水的颜色染成的。

升到四楼五楼的位置时，大家都很有经验地将心提到嗓子眼。那是我们小区的横风带，也是有可能功亏一篑的地方。

整个下午，我们将这样的仪式重复了十几遍，即使到最后一遍，人们也不觉得乏味，那种悬念不断累积、终于尘埃落定的过程，每重复一遍，人们便享用一遍。

整个小区似乎都变得庄重起来。七号楼有一个拉二胡的，几十年如一日地为这片社区提供凄惨的背景音乐，但是这个下午，那位从未现身的演奏家居然也停止了演奏。TA自知太过哀怨，与今朝这昂扬向上的气氛不相符。

没准儿 TA 也正扒着窗户偷看呢，如果 TA 不是瞎子的话。

我们一起完成了这项工程，整个过程中，我爸和银行哥甚至一次都没吵过。

但是，一旦最后一块板翻墙入室，人们立刻散开，嘴里嘟嘟囔囔，为自己刚才的无聊而抱愧自责。人们只关注这些板材升空的过程，完全不管它们最终的用途。说到底，没几个人真正关心"天"，这就是为什么当人们说起天时，总是和另一个字"空"连在一起。

当天的晚饭，我爸和银行哥是在楼顶上吃的。"俺查了，明天是上梁封顶的好日子。"银行哥说。他们要连夜完成彩钢板的剪切和拼合工作。

过去人家造房子，上梁是很重要的程序和仪式，要选良辰吉日，供奉鸡鸭鱼肉，上梁师傅要唱"上梁歌"，梁上还要系一根大红绸子，总之是一等一的大事。

"要不是你们大城市不允许，明天我还准备放鞭炮呢！"我爸说。

入夜，站在露台上，我听银行哥在楼顶喃喃自语："天爷爷，莫怪罪，俺为人间打橱柜……"

那是鲁班爷传下的歌谣。古人对一草一木有敬畏，木匠总要用到铁刃，难免伤及草木，所以有这样一段念白。

银行哥念叨完后，电锯声随即响起。他们开工了。

我爸还不忘奚落银行哥："还天爷爷呢，你现在可不是修大衣柜，你现在修的就是天爷爷本人！"

封顶仪式定在第二天卯时开始。一大早，天还没亮，我爸和银行哥穿戴整齐，我送他们到露台，把昨天的两个绳头递给他们，叫他们拴在腰上。他们互相给对方系绳子，都用了蛮力，将那绳结系得死死的，又反复检查。我将绳子的另一端系在露台的立柱上，拽一拽，万无一失，才像铁锚放巨轮下海远航一样，放他们登上天空。

这是一场持续 12 小时不间断的大手术，我爸和银行哥好比外科医生，要给天做搭桥和缝合，而我是那个上不了台面的实习生，无缘看到那血淋淋的现场，只能在一旁候着，听到指令后，随时递上柳叶刀或虎头钳。

事实上多数时间我都无所事事，顶多扮演一下跑堂的，接过他们递下来的茶杯，为他们续水。

或是根据他们的对话揣摩工程的进展：

"我说你放下之前能不能说一声？老腰都叫你给闪了！"

"你前后左右分不清吗？怎么我跟你说什么你都反着来？"

"你腰上系着绳子所以不害怕是吧？再这样信不信我一脚把你踹下去？"

"往上，往上，往上，再往上，好，抬脚，放下——哎呦，你踩着俺的手啦！"

听得出来，工程进展得很顺利，爷俩的配合也一如既往地默契。我安下心来，靠在露台的躺椅上，陷入沉思。

是时候聊聊天了。

何谓天？

这个日常语言中的高频词，开蒙时就要会写会念的字，其实一直被人类误读。曾经它是一个遥远、神秘、抽象、笼统的字眼，可以任意与另一个字组词，又似乎并无明指。然而最终，它越来越具象为一个实物。如同爱情、命运、时间以及你对这世界所有说不清道不明的感觉一样，它们一直存在，却无形无色，直到有一天，它们被打包送来，结结实实地摆在面前，像一个茶杯或一台电冰箱一样明确无误，长宽高俱在，人们才真正地慌乱起来。

天网恢恢……古人对天所做的文学式的描绘反倒是准确的：天就是网，但是极细密，肉眼看不到网眼，肉眼看过去，天就像一整块无缝的、近乎无限透明的冰面，倒挂在所有人的头顶。然而天看似致密，其实漏洞百出：它透光，透气，透水，包括各种微生物和微尘，都在天身上畅通无阻。总之，人类生存的几样必需品，几乎都能穿过天，到达地。

唯独人不可以。

人的尺寸不够小，又不够大，刚好对天无能为力。所有的人造物也不可以（这一点后面再说）。这道天网，为人类量身定制，在这天网面前，落网的只有人类。

所以人一直在地上，没有去天上。造翅膀，模仿鸟，更新能源，提升动力，不断加速度，摆脱地心引力，本质上都不难，为什么都——破产？原因就在这不可逾越的天。古人可能正是因为在终极意义上意识到天作为一个实体的存在，才最终放弃了飞翔的梦想。

你说，不对啊，我们不是早就飞到过天外去了吗？我们不是曾有过一个将整个太阳系当作邻居任意串门的世纪吗？

哦，人类，你想多了，你曾经飞得很高，只是因为那时的天够高。今天，当天一步步收紧时，人类就是瓮中之鳖。

楼顶的电钻还在痛苦地轰鸣，这是人类试图战胜天的又一次微不足道的尝试。那轰鸣声执拗、刺耳，好像一个人陷入钻牛角尖式的思考中。其实这世上并没有什么钻牛角尖，大家对真相的精度和深度要求不一样罢了。这样的噪声其实有助于思考和回忆，尤其当你想一些可怕的事情时，这声音无异于一种遮蔽和保护。

爸，银行哥，我还没来得及告诉你们，这事情真正的可怕之处，才刚开始。

4

"你刚才叫我了？"我爸探头下来说。

"没有啊。"我说。

"那你把插头再插一下，电钻没电了。"

我把插头插好，上面电钻声又起。

很久以前，天高地厚。后来，因为人类在地面上制造的那些人所共知、人神共愤的丑行，星系变得紊乱，天地压差失衡，地不断萎缩，天也开始沉降，终于，天从一个遥远抽象的事物，一步步逼近为一具庞然实物。

"地老弟，既然是你不厚道在先，就莫怪我天大哥不高尚了。"天如果说话，会这样说的。

人们意外地发现，天，原来就是一个超大塑料袋一样的物件，过去，仅仅因为这塑料袋太大，袋中人没有意识到它的存在，现在，这袋子一点点收紧，人们才被迫接受：天，这被人类歌颂了数千年的事物，原来就是这样一个毫无诗意的大口袋。

真相大白的那一天，人类用各种语言，发出同一声惊叹："天哪！"

人类的生存空间遭到空前挤压，恐慌是可以想象的，在最初的应激冲动期，各种极端措施都被拿来尝试。当天迫近到人类容忍的极限时，国际防御组织曾将一颗尖弹怒射向它，那尖弹差不多用去全球能量储备的一多半，饱含着人类暴力的期望，咣一声巨响，当真将那顽固的天钻出一个小洞。尖弹射中天，像铁锤击打一面广阔无比的锣，余音至今不散，

与此同时，等候多时的一架超能飞船立即向那洞口飞去，作为有可能第一组真正冲破天际的人（由一男一女两名

飞行员组成），飞行员肩负着探索天外世界的重任，然而在飞过洞口时，飞行员发现洞口尺寸与初始计算数据不同，却已躲闪不及，只管飞过去……结果侧翼撞上洞口边缘，飞船失控，借着巨大的惯性摔出了天外，几乎同一时间，那个洞消失了，完完全全地，像从没有打开过一样，愈合了。

全世界最聪明的脑袋都挤在一个屏幕前看着这一幕，他们马上意识到：天，比他们预想的还要可怕，天有自愈能力，天是一种生命体。

那两位飞行员被人类永久地抛到了九霄云外。人们的愧疚中多少有些欣慰：还好派了一男一女。

人们将天的碎片捡回来，全世界最聪明的秃顶聚过来，一寸一寸的研究它，探测它的生命体征，剖析它的分子结构，尝试与它对话，却始终找不到破解的办法。

有商家试图仿造它，作为一款新型运动鞋的材质。当然以失败告终。

天终究是天，不是人间应有。

消息传出来，人类预感大限将近。天，一米一米地逼近地，由盘古开辟的天地，最终可能仍以天地愈合、人类文明压成肉饼为结局。

人们开始相互倾轧，怨天尤人，每一个阶层都曾被检举出来，充当这灾变的祸首。天默然不语，只管无差别地压向每一个人。

各种超出常识与科学的事相继发生。人们发现，天其实有识别性，天在将一些东西收入囊中时，也在过滤掉一些东西。比方说，当天收缩到月球附近时，并没有如人们预料的那样，将月亮顺手兜过来，或者如乐观者设想的那样，天被月亮挡住了——并没有，月亮像一枚滑滑的肥皂，穿过肥皂泡的薄膜，溜走了。

月亮！这漏网之鱼！围着地球屁颠屁颠转了这么多年，如今大难临头，它就先溜了，不仗义啊！说好的卫星呢？

尤其是，当月亮穿过天以后，天立刻将那大圆洞愈合，月亮也并没有如乐观派期待的那样，充当爆破手的角色，以自己的身体撑破天，为地球赢得一线天。月亮和天似乎提前达成了某种和解，在这场天与地的决战中，月亮至少是选择了中立。

人类第一次看到了月亮阴森的背面。这狡黠的娃娃脸！文人们将几千年来歌颂月亮的诗付之一炬。

天，仍在加速沉降，每分每秒，不舍昼夜。

又有人说，天既然放过了月球，同样也会放过地球啊，手心手背都是球，凭什么认为天单单针对地球？虽然各项数据表明，地球是天的终极目标，在天的收缩过程中，地球始终居于天网的球心位置。但那又怎样？最后那一刻，地球也可以学月球，轻快地滑过去啊！

然而这终究是自欺欺人。确实，天不能拿地球怎么样，但地球上的人呢？此前人们已反复试验过，人连同人造物是不能穿透天的，这样下去，人类的结局只能是肉饼。考虑到天和地球凸凹相对、里应外合，人类的结局至少也是锅贴。

种种迹象表明，这是一场针对人类的精确打击。天布局良久，一朝收官，稳操胜券。让人想起旧时代国产警匪剧里，公安局长最后总要说的那句——收网！

稍稍让人欣慰的是，网并不是新撒的，人类其实自诞生之日起就在这网里，现在只是那位捕鱼达人要收工了。

"银行！我看你是改不了这个毛病了，你当年做小板凳就不合规格，大的大，小的小！"

舅，俺那是为了给你家省料，用的都是下脚料，俺要不是为了省木头，肯定做得一般般高！

我爸和银行哥一边干活一边斗嘴。楼顶上，天底下，满是现世的操劳与温暖，好像这样真有什么用似的。

天在收缩至远地轨道附近时，出现了不等速沉降的现象。好消息是，有些不毛之地上空的天，沉降得慢了，几乎有停滞的趋势；坏消息是，越是那些繁华地，人类文明最得意的样板区，天沉降得越快。

天好像也被人气吸引，专往那花花世界、温柔乡里钻。

又有人惊呼：天的不等速下沉，使得天再不是那块光洁的平面，它开始有些凹凸了，那是不是意味着总有一天，天会被自身撕裂，会脆断，会碎成渣子，稀里哗啦撒满地球，让人类打扫好多年？

想得美！这样的揣测实属心存侥幸，天没那么脆弱，天的韧劲与伸缩性超乎寻常，尤其是，跟天的沉降速度比，天的撕裂速度要慢得多，所以，即使天最终被撕裂，那也是后话，人类犯不着为人类灭绝以后的事操心。

兵临城下的那一天还是来了。有一天，天降到了人的房顶上，人与天之间，只剩下一个梯子的距离。

人类早已整体性地安排好了后事，奇迹却也是在这时发生的——奇迹总是要到最后一秒才发生。

天停下来了。

起初人们不愿意相信这样的伪善，以为这不过是大毁灭前夕片刻的寂静，是为了最后一击而积蓄力量。然而千真万确，天死死地停住了，毫无生气地垂在千家万户的烟囱尖上，好像它千里迢迢赶到你面前，就为了近距离地看你一眼，然后就扑通一声死在你脚下。

仿佛真空塑封，人类如火鸡或酱肘子，被随高就低地封死在一层保鲜膜内。不同的是，因为不急于灭口，膜内仍有空气、阳光和雨露。

天就这样悬停在人类的头顶上，停了一天又一天。

有人试图报复天，他们踩着梯子，在天身上钻孔、砸钉子、张贴横幅，横幅上写满脏话，他们用烧红的烙铁烤天，像往情敌脸上泼硫酸一样往天上泼各种秽物……天，始终不痛不痒、不卑不亢，笼罩着全人类。

世界，除了多了一道蓝灰色的巨型罩子外，并没有太大变化，阳光依旧，风雨依旧。人们试着重新开始生火、做饭，重新学习笑。

几乎在同一时间，人们醒悟过来——快把那个天网威胁论的始作俑者揪出来，专门为他重启死刑，毙他个百八十遍！——天明明是在保护我们啊，人类愚钝，不解风情，错把人家的拥抱当绞杀。

或许有什么不可知的巨大危难正在袭来，天，长途跋涉赶来，将我们紧紧护在身下（月亮就没有这般待遇），如同母亲赶在风暴来临前回家，将啼哭的婴孩揽在怀里。人类明白过来了，心情何其复杂：内疚，后怕，庆幸，感激，喜极而泣，现有语言已无法形容这全新的情绪，人类集体抱头痛哭好些年。

是的，飞机卫星没有了，太空旅游没有了，摩天大楼也没有了，人类上蹿下跳的时代过去了，可那又怎样？世界上或许总有那么几个不服输、不信邪的脑瓜，然而当人类作为一个整体的时候，总有着超强的适应性与自我安慰机能，天大的异相，当有整个人类与你分担时，那异相也就成为日常。尤其在大难不死的喜庆背景下，人们的认知与行为调整机制空前发达，大概只用了不到一个礼拜的时间，人们就适应了这逼仄的生存空间，重新回归为陆生动物。

人们不再关心远方，转而继续经营地球这一亩三分地。陆生技术爆炸式增长，单说交通：不让我们上天，我们就入地，地球内部很快被凿成马蜂窝，人们将地球重力、磁力与离心力的应用最大化，球内旅行成为常态，人类不但没有停滞下来，反而发展得更快了。

事实证明，上帝即使拿走全宇宙，只给人类留下一个球，人类一样可以玩得很嗨。

人们重新埋首生活，甚至不再抬头看天。天，重新成为世界上最大的虚词。

偶尔抬头，和风晓畅，日暮流云，雷电雨雾，都像是那块巨大天幕背后的皮影戏。背后的背后，不知是谁在大手操弄，也不知 Ta 有一天会不会再翻脸。人们选择不去追究，而是假戏真做、将计就计地活着。

弹指间，又是一世纪的繁华。

直到有一天……我爸递下一个茶杯，说："你嘚吧嘚吧和谁聊天呢？又是天又是地，又是飞机又是大炮的，讲故事呢？"

我给他续上水，说："啊？怎么你都听到了？那么大的电钻声。"

我爸说："你那么大声音，上面风又大，估计全小区的人都听到你在讲故事了，你跟谁讲呢？"我爸看到我手里拿着手机。

"没跟谁说话，我只是记下来，"我朝他晃晃手机，"语音输入。"

直到有一天，当人们早就对天熟视无睹时，天，具体来说是我家房顶上空那块天，裂开了一道缝。

那一看就不是人为的，没有外力造成的活鲜的切口，而是衰老、皱缩、带着锈蚀的边缘，像骨质疏松或肌肉萎缩的结果。

天老了？还是在酝酿着搞什么新事情？

那裂痕一天天大起来、多起来。有一天，我推开书房窗户，感受到一股异样的气息。那气息来自天外。

银行哥站在天边，俯瞰着我，说："兄弟，俺把梯子递下来，你接着，还有电钻、扳手锤子、钳子、锯子——哎，天爷爷，忙了一整天，总算完工了！"

当晚，阁楼上静悄悄，阁楼顶上倒有些动静。后来我才知道，我爸夜里睡不着，怕有纰漏，就把银行哥叫起来，两人披上衣服，摸黑到楼顶，又鼓捣了大半夜。他们的返程车票买在第二天一早，北上的第一班列车。

5

我很长时间都没有上楼顶。走在楼下，偶尔抬头，看到那块用彩钢板、铁丝和铆钉修补过的天，几乎看不出异样。有时也会生出小小的失落：曾经有一道通往未知世界的门缝为我洞开过，却被匆匆封上了，我和这一整个世纪的人一样，囿于罅隙，贪恋生死，终究辜负了上天那一番美意。春天快过去了，露台上草木疯长，蚊虫复活，一簇竹子直插云霄，快要杵到天了。我倒不担心天，只怕竹子委屈，就换一身短打，架起梯子，抄一把砍刀，爬上楼顶。

收拾好那一大蓬竹尖，我才转身抬头，看到它。

想起小学一年级，放学回家，扔下书包就先奔后院。多数时间，我爸和银行哥正斗气，互有胜负，但是有一天后院静悄悄，两人埋在一堆刨花里，秘密商量着什么。我躲在窗下偷听，我爸说："你表弟要是看到小板凳的凳面能翻起来，保准喜欢，你有办法吗？"银行哥说："怎么说俺也是个九级木匠，这点事能难倒俺？俺在下面装个折页，上个木闩，平时和一般板凳一样，只要手伸下去，抠开闩，凳子面就能掀起来，忒简单了！"

我把梯子拖上楼顶，踩着爬上去，手触到天。彩钢板已经吃进天里，好像船身吃进水里，或石头吃进树根里，浑然一体。其中一块板上嵌着一组木质结构，按一下中心位置的突起处，一根闩就露出来。是鲁班爷传下来的那种暗闩，据说在设计精妙的旧式建筑里，抽掉那根闩，能让整座楼瞬间坍塌。

我慢慢抽那根闩，怀着整片天将在我面前轰然倒下的心情。

咔嗒一声轻响，那组木质结构向下打开，露出两尺见方的一个洞。洞外暗沉沉、冷嗖嗖，手伸进去，是盲人伸手进陌生人家的冰箱里摸到一堆生肉的感觉。

什么都没有，只摸得十指萧索，像要被风化。

我从梯子上下来，环顾四周，楼顶被风吹得干干净净，一块石子都没有。翻遍浑身上下，也没什么能拿得出手的东西。

心下一动，脱下两只袜子，卷成饼状，对着洞，朝天上扔。

袜子们没再回来。

人一高兴，就喜欢很大方地往天上扔东西，因为知道那东西还会回来。如果那些东西——球、书、钞票、孩子、博士帽——都被天收走了，他们还敢扔吗？

从那双袜子起，我迷上了往天外扔东西，已陆续扔了一套卫衣，一件羽绒服，一对哑铃，几本闲书，一个开瓶器，一个剃须刀，一个靠枕……起初我想它们也许会被同类——比如由一男一女两个成年人和一串孩子组成的飞行员之家——捡到，后来我断了这念想，专心扔一些自己中意的生活品。

我要尽快多扔一些，这样，待到天地弥合那一天，我就可以穿过那个洞，爬到天外面去了。

我被垃圾分类了

1

　　我在这场垃圾分类运动中被划为垃圾类，垃圾车轰隆隆开到我家楼下时，我正在厨房用高压锅做黄豆猪手，我熟悉那辆垃圾车的声音，它每天早晨来我家楼下收垃圾时，我不管正干什么哪怕正睡着也要爬起来把窗户关了再睡，好躲过垃圾翻滚时腾空而起的那一股恶臭。今天，已经过了收垃圾的时间，它又来了，停在我家楼下，像是专为我而来，然后我家的门铃就响了，我过去接起来，"喂，602吗？"听筒里传出的声音有些变形，我一边说是，一边下意识地按了开门，我听到底楼防盗门咔哒一声，开了，每天总要接到几次这样的门铃，都是收送快递的，偶尔也有居委会上门发通知，我都习惯了，不管来人是谁，接起来就按"开门"，其实有安全隐患，我最近一次接到的居委会通知上写着：您已被归入垃圾类，近期将有环卫人员上门回收您，请及早打包自己……今天，按完"开门"之后，我才意识到这次的快递有点不一样，简单来说，过去的快递，我要么是发件人，要么是收件方，而今天的快递我不知道怎么定义它，我不单是发件方，我还是"件"本身，只是不知道收件人是谁，我是第一次处理这样的大宗物流项目，估计也是最后一次，从一楼走到六楼大概要用四十秒，我有四十秒的时间快速收拾一下自己，

2

我往包里塞了电动牙刷、电动剃须刀（电器电子产品）、防脱洗发水、控油洁面乳、保湿润肤霜（可回收物），脚癣一抹净、鼻炎一喷灵（干垃圾）……他们说现如今男生的个护也十分复杂，相比之下我算比较简单了，但还是塞了满满一洗漱包，然后就是两条内裤、两双袜子（干垃圾）分别用保鲜袋（干垃圾）装起来袋口打个结，手机、电脑（电器电子产品）和电源线（干垃圾）放进布艺收纳袋（可回收物）里。他们比我预计得要慢，我拿到鼻炎一喷灵的时候才听到底楼防盗门咣一声关上，说明他们不止一个人，进门时可能还互相客气了一下，"你先你先"，"你来你来"，然后

互相拉扯着进了门，单是这个过程就花了不少时间，其间防盗门应该一直被一个下属谦恭地拉开着。两件 T 恤、两件睡觉穿的衣服、一长一短两条裤子、一件防水防晒服（可回收物），他们上楼也比我预计得慢，感觉爬楼梯的过程中他们还变换了几次队形，为谁打头阵谁殿后争执不下，上升到伦理的高度，这让我有时间为穿小白鞋还是登山靴（可回收物）纠结了一会儿，不知怎么，一路上他们还将楼梯间的金属扶手和墙壁碰出叮叮咚咚的声音，好像他们是抬着一架钢琴上来的。我往背包夹层里放耳机（电器电子产品）、止泻胶囊（有害垃圾）、瑞士军刀（可回收物）还有太阳眼镜（干垃圾）时，他们总算来到我家门前，"不对不对，还要往上面一层"，我听到他们中有人这样说，紧跟着另一人说，"不用上了，这就是六楼，你没看到墙上写着吗？这，就，是，六，楼……"此人在读墙上写的字，因为没有门牌号，之前总有快递小哥走错楼层跑到顶层七楼，对着七楼的门狂敲，我那聪明的六楼对门邻居用记号笔在六楼台阶一上来，最醒目的墙上位置大书：这就是六楼！这宣言写得过于直白，近乎骗人，我有时想，如果我在五楼同样位置也写上这样几个字，这就是六楼，那是不是我买的很多宝贝最后都会送给 502？毕竟多数快递小哥都很质朴，而且楼层能少走一层是一层，因此愿意相信这些上墙的文字，正如此刻门外这些人也相信了，他们站定了，喘匀了气，清一清嗓子，敲响我家的门时，我正顺着客厅的一架木梯往七楼爬，这时我想起忘带车钥匙了，我一忙乱就容易丢三落四，之前好几次都忘带车钥匙就出门，走到车库，手搭在车门上车门不应时才想起来，万幸，这次算想起来得比较早，问题是，车钥匙放在鞋柜上，鞋柜放在门口，门正被门外人敲着，梆梆，梆梆，每次两下，绝不多敲，显示出敲门者的修养、耐性以及内心必胜的信念。我把包放在木梯上，脱下小白鞋，轻声赤脚回到门前，取了钥匙（电器电子产品），顺便又拿上一包湿纸巾（干垃圾）、一瓶防晒霜（可回收物）还有此前放在门前的一袋垃圾，再回到木梯上，拎起鞋和包（可回收物），到了七楼门前，这时我又想起一件事情，我的黄豆猪脚，我的高压锅，我忘记按停止了，高压锅坏了，必须手动停止，不然它就像个高血压患者一样一直高压下去，但是来不及了，我不能再拖延了，而且厨房推拉门也坏了，一推拉就吱吱响，门外一定会听到的，不管了，让它们去吧，我来到七楼门前，挪开一大盆绿植（湿垃圾）、一个衣架（可回收物）、一组音响（电器电子产品），露出七楼的门，我打开门，穿上鞋，背上包出去，大声关上门，下了楼，

4

　　我是抄着口袋，吹着口哨，一个台阶一个台阶下楼的，我希望他们注意到我是从七楼下来的，他们注意到我了，都抬头看我一眼，为首的一位穿制服的男人也停下敲门，半转过身，向我稍稍垂一下头，好像在为敲门声而抱歉。我慢慢下楼，借机观察他们，他们足足出动了四个人外加一口立式大箱子（大件垃圾），四人里，制服男应该是他们的领导，他亲手敲门，显出对此事的重视，看样子，门开后与门内人的一番重要对话，自然也是以他为主。他是那种在闲聊中不苟言笑，却常年把持着关键性谈话的人，以至于他的左右都养成了遇事不吭声的习惯，比如他的左侧，那位唇红齿白的文职人员，紧抿着嘴，文件夹（可回收物）抱在胸前，一支笔（干垃圾）插在文件夹内，似乎他此行的全部任务就是待时机成熟时递上纸（可回收物）笔，签字画押，值得注意的是，他站的位置是门内人的盲区，如果门开得过猛，他可能是整个团队里被门撞脸的第一人，我猜在此种情形下，撞了也是白撞，他无处可躲，因为他的身后就是那口顶天立地的硬壳箱，箱子的几个角上都蹭着白灰（装修垃圾），箱面上有绿漆（有害垃圾），应该就是上楼途中一路磕碰和刮蹭的结果，能把这么个大家伙搬上这狭窄的楼梯，靠的可不是箱子前面这二人，而是箱子后面的两位壮小伙，他们长相、身高相仿，都是宽额头，厚嘴唇，耳廓巨大，眉眼深陷，他们连身上穿的衣服都撞衫，好像刚发现人手不够，临时将一个人复制成两个人似的。我来到四个人面前，四人都往墙边靠一靠，让出通道，只有箱子不动，我侧身挤过箱子，箱子太高大了，比我还高一头，让我不得不对它发表点什么，就像平时你在楼梯间遇到邻居，邻居牵着他引以为傲的、明显出门前精心打扮了一番的一个孩子或一头藏獒，稍懂礼节的人都得夸赞一句"好可爱啊""好威风哦"一类的，我于是说"好大啊！"

5

他们中至少三个人的表情立刻松弛下来，向我谦逊地笑笑，好像我终于肯放过一个尴尬的话题，只有为首的制服男没笑，他甚至还有点生气，为我居然使用了这样一个大而无当的形容词，他郑重地回答我说："这是我们量身订制的（他指指 602 的门），为他。"我挤过箱子，来到他面前，他看着我，又说："他和你身高差不多。"我不习惯和一个同性如此近距离地眼对眼，就又转去看那箱子，人群中唯一的非生物，"最后送到哪里呢？"我说。"很远的地方"，"比如呢？""比如山脚下，或者海边"，"然后呢？""然后处理掉"，"怎么处理？"他上下打量我，最后视线停在我的眼睛部位，左右扫描着我，好像在测量我的眉间距，借以判断值得向此人透露多少，"总有办法处理"，他最后这样说，眼神像纳粹军官一样又专业又冷硬，我正待要从他身边挤过去，他突然抬起一只手，就近抓住我的一个手腕，

6

"你的声音听起来很熟悉，"他说，"我好像听过你说话。"他说话时低头看自己的脚，他的一只脚后跟抬起来，脚尖悠闲地扭动着，像在慢慢碾死一个虫子（湿垃圾）或烟头（干垃圾），他反倒不盯着我了，因为此刻我什么都可以掩盖，唯独声音不可以，他的同僚们则齐刷刷转向我，等我发出一句声音，我沉吟一下，朗声说："呵呵，看来我的声音还是挺有特色的——我在电台有一档节目，业余时间也给几个广告配过音。"我在两个小伙子略显敬畏的眼光中转了一下手腕，摆脱掉制服男，制服男的手明显反制了一下，随即松手，他的眼神告诉我，他本可以继续追问下去，但是身份和教养及时制止了他，在我准备迈下台阶时，他用快速抛来的一个叫人心惊的称呼拦下我，"602！"他抓紧审视我的后背，一无所获后语气放缓，"——你应该认识吧？"我背身回答他："认识称不上，见过几次。"我们已越过这场对峙的拐点。"刚才我在楼下按门铃时，他明明在家，怎么到现在还不开门？"他用半自言自语的语气和我说话，他在对话中已

逐渐处于下风，我完全可以不用理睬他这个问题，出于善意也可以说是为了嘲讽，我回过头，凑近他，低声说："也许他现在正在门前偷听我们说话。"他无声大笑一下，像一个真正的高手一样点点头，放我走，我走下一层楼了，他的声音仍从头顶上传下来，"你手里的一袋垃圾，怎么分类？"我一边快速下楼一边说："龙虾壳湿垃圾，榴莲壳干垃圾，酒瓶可回收物，节能灯有害垃圾……"快到底楼时我听到六楼的敲门声重新响起来，已不像刚才那般从容，我从车库中开车出来时，听到小区半空中一声闷响，

7

伴以破碎的声音，那声音一定吓坏了门外的人和我的邻居们，我可怜的黄豆猪脚因不堪忍受那急迫的敲门声而自爆了，猪脚归湿垃圾，破碎的、有尖锐边角的玻璃和锅，包裹后投放可回收物……我驾车离开城市，一路开到海边，山脚下，我看到山体正不断地坍塌进海里，海洋与陆地正在快速置换，我看到暴雨抽打着海面，雾气在山尖凝成一条万米白练，一只细小如人体的船好像刚从那白练中垂降下来，在触到水面的一瞬间化身为船，从我的角度看过去，看不出它正驶向我还是远离我，我的心已在那条船上，身体却仍记得陆地上的很多事，所以尽管全无用处，我还是习惯性地锁上

车，走向海边，锁车时我想起我今天走得太急，忘带了很多东西，但这又有什么关系？我再也不需要它们。

四个轮子和一对翅膀

我爸把电脑桌的轮子装在了不锈钢活动晾衣架的下面，这在我们家历史上根本不算什么，他还闹过更大的笑话呢。

那天我爸收拾房间，从储物间翻出四个轮子，是那种带锁扣的万向轮，他说："怎么这里还放了四个轮子？我给你装上吧。"

我说："不用。"

他说："轮子就得装上才叫轮子，不然扔在箱子里多浪费，你别管了，我给你装上。"

我正在看电脑，说："不用不用——那你先放那，等一下我装。"

我爸说："我装。"

我说："我装。"

我爸看了我一会儿，说："那行，我让你装。"

等到下午我也没装。我爸午睡醒来，看到四个轮子还摆在原地，就说："我看你还忙着，还是我装吧。"

等到晚饭他还没下楼，就听到阁楼上一直叮当响。我上去叫他，看他穿了件小背心，蹲在地上，后背全是汗。我说："爸爸吃饭了。"

他正埋头使劲，咬牙切齿地说："轮子不合规格，尺寸不合适，一点都不，好，装！"

我说："你干吗呢？"

他说："行了，装好了！"

他站起来，从身后牵过一个晾衣架，好像要展示他的作品似的，挺得意的样子。我这才看清楚，我说："你你你怎么把轮子装衣架上了？"

他说："不是你叫我装的吗？"

我说："那是电脑桌上的轮子！"

电脑桌原本就在衣架边上，可能刚才我爸嫌碍事，把它搬到了墙角。想这电脑桌一定委屈坏了，眼睁睁看着自己的四只溜冰鞋被穿在别人脚上。

我爸总是充满想象力地做着张冠李戴的事。有一年他把我从非洲买回来的鼓倒过来当了花盆，然后又把我从欧洲买回来的花盆倒过来做了灯罩。而且他审美观奇特，有一年他赶在我下班回家前把我在露台上辛苦养护多年的一簇竹子拦腰剪断，我悲愤地问他为什么，他说这样多好看啊，人家高级招待所门口的竹子都是这样一般高的。我说："那你晚上睡觉当心点，不定哪天早晨醒来就发现头发被我剪成了齐刘海。"

我们开始卸轮子。可真难为他了，那轮子是用铁丝捆上去的。难怪我看他整个下午上上下下的，试了各种工具，最后肩膀扛了一圈铁丝上来，我还以为他要修什么东西。早知道这样，当时就该问问他的。

说起来，我爸是个铁丝控，家里不管什么东西坏了他都说："没事，铁丝捆起来。"好像铁丝可以包治百病。书架上一块活性炭的塑料底架坏了，他用铁丝捆起来；电视机下面一坨线长年理不清，他用铁丝捆起来；楼上滴水观音的花盆裂了，他用铁丝捆起来；有一年冰箱门坏了，一关就弹回来，他也用铁丝做了一个挂钩拧在门把手上。我猜如果我给他充分授权，他能把整个家都用铁丝捆起来，然后他就彻底放心了。（这方面我妈就比他先进，我妈都是用透明胶。）

我爸年轻时进城做工，铁丝是稀缺的贵重金属，是他心中工业化的象征，他因此处处迷信它，觉得有了铁丝，生活才算牢靠。我成年以后，他试图将这理念传递给我，所以不断地往家运铁丝，这些年他累计往家运了一车皮的铁丝，包括各种型号和规格。每当我们的生活遇到麻烦，他就拿出一截铁丝，把我们捆扎好。

他拧铁丝很有一套，用尖嘴钳子捏住铁丝的交叉点，一圈一圈拧成麻花。再把两个铁丝头卷进里面，免得刮伤了人。不管什么东西，被他这样拧过后，均牢不可破，可抗七级台风。

所以，那四个轮子我们卸了很久才卸下来。

晚饭时我们轮流谴责他装错轮子，他讪笑着说："嘿嘿，我看人家的衣架不也有轮子吗，而且那衣架正好也有四只脚。"

我说："那饭桌也有四只脚，你还好没装到饭桌上，不然我们现在就可以推着饭桌到处跑了。"

我妈说："洗衣机也有四只脚，你怎么不装到洗衣机下面，反正现在每次甩干它都跳着甩，有时能跳出半米去，你要再给它装上轮子，它能跑大街上去。"

我说："那还得给洗衣机上个牌照，不然不能上街——沙发也有四只脚，你要装在沙发上，以后你腿脚不灵便了，我就可以用沙发推着你去逛公园了。"

我妈说："房子也有四只脚，你要装在房子上，咱这房子就成房车了，以后出去玩咱就开着它，玩到哪住到哪。"

我说："那我要把它推到内环内，推到市中心，那这房子就值钱了。"

我妈说："说到房子——你把房顶修好了吗？房顶上那个洞你堵上了吗？"

我爸总算能插上话了："堵上了，今天上午就堵上了！"

我说："什么洞？咱家房子什么时候出了个洞？"

我妈说："去年你忘记了？你爸嫌冬天太冷没有暖气，想装个壁炉，就在阁楼顶上开了个洞走烟筒，你回家了又不愿意，嫌洞难看让他把洞堵上。堵是堵上了，可是堵得不牢靠，雨天还有点渗水，所以我叫他重新堵——你这次怎么堵的？"

我爸说："说起来也真巧，储藏间那个大吊扇——就是从原来旧房子拆下来的两根大翅膀的那个老式吊扇——不是没用了吗，放在那里还占地方，丢掉又舍不得，那个吊扇有个圆形的底座，正好和房顶上的圆洞匹配，我寻思把风扇装到那个洞里，不是一举两得吗？但是阁楼太低，装在里面会削到人，而且现在都用空调不需要吊扇了，所以我就把吊扇倒了过来，装到了房顶上，还挺好看的——人家外国人房子上不是还装个大风车吗？"

我都快听傻了，不知道说什么了，还是我妈反应快，一下抓住问题的关键，她说："不能漏雨是关键，那个洞可要严丝合缝，一点都不能漏——你用什么把吊扇固定住的？"

我爸高兴地说："铁丝啊。"

我这时稍微反应过来一点，我说："爸爸，你给咱家房子装了对翅膀，你让飞机上的人一低头看到咱家房子时情何以堪啊？万一让市政府看到了说咱家违章搭建要强拆怎么办？万一让美国卫星看到了当成军事目标给摧毁了怎么办？还有，你就不怕一起风，咱家房子飞起来？"

我爸和我妈都乐坏了，说："看你说得那么夸张，房子哪能飞起来呢，飞起来倒好了，飞到内环内，飞到市中心……"

我说："那是因为还没起风。"

我刚说完，窗外一声吼，起风了。

　　我们紧紧抓住饭桌，好像这样真管用似的。饭桌上的盘子和杯子在抖，饭桌也在抖，地板和我们的腿也在抖，整个房子都在抖，像手机调成震动模式一样地抖。

　　我们紧紧抓住饭桌的边沿，好像这样就能抓住一切似的。

舍伍德（代后记）

1

我还是不太习惯服装店店员看人的眼神，她们总是第一眼就把你剥光，赤裸裸地研究你，将你迅速归类和标签化。她们是一伙裸眼大数据分析师，而我们是送上门的一身数据。

她们像门诊医生一样对你望闻问切（门诊医生现在反而对我们不闻不问了），一开始是望，望完之后她们会问——首先是开放式提问："先生您想看什么？"接下来是封闭式提问："先生想看上衣吗？"你继续支支吾吾，她们开始诱导式提问："先生您这条裤子不错，要不要搭配一下我们家这件 T 恤……"

你只要稍微透露出一点信息，立刻会换来她成倍的倾

291

销，哪怕你只是不小心在一顶帽子前多站了半秒钟，她就会立刻将她体内储备的关于当季帽子的海量信息倾诉于你。

我不敢透露我的真实目的。

相比之下，我更喜欢高冷的，不爱搭理你，假装没看到你，给你留足空间，然而当你需要时又能欢快地飞到你跟前为你讲解的店员，即使要导购，也用一种志愿者式的、事不关己的语气，而不是早早就露出利益攸关的滚烫眼神。

品牌专卖店的气氛还算轻松，毕竟你带着有目的的好感而来，至少在店内这段时间里，隔壁店员不会冲进来抢人，如果到了那种多个品牌扎堆的超市，比如屈臣氏、百安居，空气中都有股剑拔弩张的竞技味道，甚至盖过了化妆品和涂料的味道，那些上了年纪化了浓妆头戴皇冠上身斜挎着彩色绶带的导购阿姨们，不管你向她们表达什么需求，她们都能且只能将你导向她代言的那个品牌，她们对自家品牌的忠贞到了六亲不认的地步。我怀疑阿姨们私下里的关系也是紧张的，虎口夺食式的。

不过我这样写她们，又能怎样呢？她们反正永远不会读到我的这篇小说。

2

我奉命为我的小说寻找读者。这真是一件丢人的事，先不说能不能找到读者，单是找读者这件事本身就够叫人羞耻的。要知道，现在连服装店店员也不用主动上街了，都是打扮得漂漂亮亮的，等顾客主动上门，才关起门来下手——我却要走出书房，满大街打听：你好，这位路人，请问你读过我的小说吗？

最理想的当然是被读者认出来，我想这是每一位写作者的终极梦想，不管 TA 承不承认，我承认。比方说有一回我去银行办事，取了号，排到我了，我把号码纸和身份证一起放进柜面玻璃下的凹槽里——那凹槽据说是防弹的，因为子弹不能拐弯——玻璃对面的银行员工帮我办理好业务，把一堆凭据连同身份证一起放回那个代表不信任的凹槽后，突然快速地露出私人一笑，说："姬老师，我关注了你的公众号……"

还有一次发热去医院，先验血，仍是隔着一道玻璃，手腕递进去，一根银针冷静地抵进我的静脉。在等待血自动压满真空管的这段无聊时间里，戴口罩的护士用一种胜券在握的口气悠悠地说："姬老师，你的小说《单人舞》对女性可是不大尊敬呢……"

我一惊，针头险些崩了。

3

多数人永远不会读我的小说。写的和被写的，永远不是同一群人。

比如那些在路边出售自己的人，倒骑在电动车上，将电钻、电锯头朝上立在身前，充当招牌，如同旧社会卖身者在身上插一根稻草，表示地无一垄，粮无一粒，赤贫如一根草，盼望好心人出个好价钱，将他们买走，此生他们定当做牛做马。

这群在路边出售自己的现代人，他们的蓝色工装后背上还印着广告——"上海晨飞牌钻头锯片"，底下是电话号码。也不知道晨飞公司有没有给他们代言费。

所谓"货卖堆山"，他们很少单独设摊，总是选一条公认的街，等距排成一排，等雇主来，将他们中的某一个买走一到两小时不等。他们之间保持着一种友好的、抱团式的竞争关系，他们内部应该有一套轮值机制，比如按年龄、籍贯，或者只是从左到右依次类推，以保证大家都有饭吃。然而毕竟是买方市场，买方也可能根据他们的衣着、面相、装备或头发干净程度指定一个，像点菜一样，打破他们的轮值习惯，因此，他们总是尽力把自己捯饬得更专业更可信一些，结果最后他们都成了一个样。

多数时间他们在等待和张望中，也许一连几天这一带一个马桶都没堵，这在理论上是有可能的。当然也有一些时候他们接单接到手软，钻头一天崩坏好多根。

　　他们当然都是男性，极少出现女性，这是一个性别特征非常鲜明的行当。他们多少受益于"爸爸去哪儿"的家庭现状：家里面，当下水管堵塞，或是墙上需要钉一个钉子时，女人们总是找不到自家男人，偶尔找到一个，自家男人也手无寸铁，女人们没办法，只好去街上找一个男人回来。

　　有一年我忘带家门钥匙，照着电线杆子上的号码打过去，竟招来一个女人。我第一次在溜门撬锁界见到女性，天然地不信任，就问她：你行吗？这位女中豪杰冷笑一下，打开随身工具箱，掏出一套如刑具般复杂精美的器械，然后一锤子捣烂我家猫眼，将那细长的神器透过猫眼穿进我家里，接下来整个人就趴在防盗门上操纵那铁家伙，鼓捣了足有半小时，累出一身汗，刘海都贴在额头上。

　　她最终还是败在力气太小上。听她的意思，是我家的防盗门对女性不友好。她后来抹了一把额上的汗，打电话把她老公从四十公里外的另一处撬锁现场叫来。

　　还是回头说这群在路边出售自己的人——随着电钻越来越高端和智能化，他们也越来越像机器的附赠品，"租一个钻头，立刻获赠一个大活人哦！"但是，只要上述家庭结构不改变，他们就像美发师、厨师、司机、保镖一样，仍有存在的价值，并且主要由男性从事。

　　在濒临灭绝的职业中，他们大概还排在老师、医生、高速公路收费员或围棋大师之后。这世上总有一些工种需要有生命体征的活人来完成。

4

我这样文绉绉地说话，你习惯吗？

即使我能惟妙惟肖地模仿你说话的口气，我也不是你。对一个号称以专门模仿众生为志向的行当来说，这一点真叫人泄气。

所以我们这一行的多数人都已接受了这样一个事实：我们主要是写给和我们一样的人看的。更惨一点的说法是，写给作者自己看的。

所以我们热衷于写跟我们不一样的人，这是一种时尚，一种书写正确，毕竟身边多是同类，谁还愿意到书里找同类呢？也不是完全不需要，但是一本足够了。同理，那些被我们写的人，也喜欢看和他们不一样的人，白富美啊，霸道总裁啊，星星来的人啊。大家互相提供幻觉。

有一年电梯故障，把我跟一位门卫关在轿厢里，当时我手里拿着一本自己的书，他拿着自己的橡胶警棍，我俩借着信号灯的微光互相打量对方，也打量对方手里的兵器，不知道这场劫难中谁的生存机率更大一些。我想如果能给我们三五个小时的禁闭时间，我们也许真能交上朋友，走进对方的灵魂深处，包括我向他讲解我的书，他教我如何使用警棍……

可惜不到一刻钟救援人员就赶到了（电梯铭牌上刻着不必惊慌轿厢并非完全密闭救援人员会在 30 分钟内赶到一类宽慰人心的话），然后粗暴地、无差别地把我们救了出去。

5

高速公路收费员应该被归入特殊职业者，在一条高速流动的地带，他们常年静止不动，微笑，伸手，接卡，伸手，递发票，你好，再见，一路平安。

高速公司多采用"四班三运转"的轮班模式，将所有收费员分成四组，每组值班 8 小时，做六休二。据说这是"三班倒"的改良版，可以让收费员在换班时有更多的休息时间，但实际运转起来仍是一种酷刑，违背人的天性。收费员等于常年活在不同的时差中，晨昏颠倒，工作内容本身又极具催眠性，因此，瞌睡是他们的头号天敌。

我曾在《一二三四舞》这本小说中写到过这样一位女收费员：

　　　收费站那个短头发的姑娘闭着眼，脑袋猛地垂下来，又收住——她在打瞌睡，嘴角竟还带着职业化的笑。这笑不是给我的，是给前面那辆车的，就这一会儿功夫，她还没来得及把那个笑收回去，就睡着了，一只手还习惯性地朝窗外张着。看来，即使坐着张手收钱，收多了，也会累的。

我按一下喇叭，说："喂，喂，醒醒。"

她醒过来，很不好意思地接过钱，撕给我两张票。

她说："前方路段有交通事故，请您小心驾驶。"

我盯着她看了一两秒，看她会不会再睡着。她被我看得有点不自在了，快速回我一眼，说："谢谢，再见。"

这个行业的另一困扰竟是性骚扰，想不到吧，很多女收费员都被男司机趁机摸手，对男司机来说，这行为的成本和风险小到可以忽略，摸一下就扬长而去，此生再不相见，纵使相逢应不识；但对女收费员来说，可能一天要被几十上百个陌生男人的脏手摸，摸完还要微笑目送他们一路平安，委实有些恶心。

有些男司机故意将车停得稍远，引诱女收费员探出身子伸长胳膊来接钱，趁机狠摸一把。他们将这种缴费行为视作一种投币游戏，玩得十分开心。

有人在第一次递卡摸手时遭了白眼，就在第二次伸手递钱之前，往钱里吐口水。

投诉也用处不大，高速公司乐得息事宁人，毕竟男司机是来送钱的，女收费员则只会领工钱，顾客就是上帝。

对这些体制的终端"机器人"，顽固的、寄生的、僵死的巨型路障的末梢神经，我有时会恨屋及乌，对他们抱以嘲讽，有时则将他们还原为一个个个体，又觉得他们连帮凶都算不上，只是一群无辜的囚徒，被困在这急流正中的孤岛上，并没有多少选择的余地。

6

容易犯困的还有另一个职业：卡车司机。

卡车司机的容易犯困，也是一系列复杂血腥体制带来的必然结果，并非卡车司机本人都是嗜睡体质。原因人所共知，这里略去不表，单说说他们如何应对这一职业难题。

什么头悬梁锥刺骨啊都太知识分子气了，不适合他们，喝茶喝咖啡也太公务员太小白领了，况且卡车司机最忌讳多喝水，所以也不适用，他们的办法其实朴素又简便：靠行业互助。

理论上讲，每一个在高速公路上狂奔的卡车司机都在犯困，这看似恐怖无解，其实正好可以整合互助起来，因为把两个犯困的人凑到一起，可能就都不困了。怎么凑到一起呢？打电话。

卡车司机们大都有一个无限流量的手机卡，他们对移动通讯的需求高于任何当代人，但是他们又不可能总是打电话给家人或女朋友，因为即使亲密如家人，也受不了这样长时间不间断的通话，所以他们只能打给另一个正在犯困的卡车司机。

全世界的卡车司机们，就这样联合起来了。

两个大老爷们儿没白没黑地煲电话粥，他们能聊些什么呢？我不知道，因为我没听过，我永远不可能接到一个卡车司机寂寞的电话，但我揣测肯定是五颜六色，荤腥麻辣，百无禁忌，什么能提神就聊什么，什么劲爆就说什么，不一定有营养，但一定够剂量！

一个卡机司机曾像说一句歇后语一样坏笑着对我说："嘻！卡车司机的手机……"他只说了前半句，后面全是省略号。

感谢中国电信、移动和联通，感谢微信和 QQ，将这些高速移动的孤岛两两连接起来，成双成对地对抗着睡神，也对抗着死神，保障了一路上的人车无事，国泰民安。

那些或笨拙或霸道，从身边呼啸而过，让小车司机们避之不及的大卡车们，谁曾想到呢？在它们庞大的钢铁身躯内，也包藏着一颗颗困倦而孤独的心。

7

路旁，树荫下，我倒骑在电动车上，脚下摆着一摞摞打印的书稿，等待那些家里缺小说，老公又不会写的主顾前来，买走其中的一到二斤。

来往的路人们，还是不太习惯我看他们的眼神，那种又清高又谄媚的眼神。"叔，你需要一点文学。"纯粹因为无事可做，我对着其中一位长者说。长者倒背着手，拿脚尖蹭一蹭书稿，以便让封面上的标题与他的视线平行。

"文学……"长者狠狠地看了我一眼，气鼓鼓地走了。他急着去接他那三点半即放学的孙子。

这条街上很少有人会临时起意去买一本小说。身边一字排开的、我的同行们，大多都放弃了与潜在读者的这种交流，将这行为视为一种无耻的调情。有一年我去一个叫舍伍德的北美小镇，在跳蚤市场的一顶遮阳棚下遇到一位当地作家，将自己的书高高撂成一圈，他自己则被囚禁在这纸圈套中，一只手还拿着一个拍子，以便随时赶走飞落在封面上的蚊虫。来往者多是附近居民，也有外地游客，大多对他报以一团友好而模糊的微笑。有位言语不通者要与他探讨莎士比亚，双方都费了不少口舌，以失败告终。

我假装对一位老绅士的二手手表感兴趣，站在摊前一秒一秒地检查秒针运转，暗中观察了那位作家半天。我觉得他根本无意成交，他只是借着那一圈书的掩护来公开打量人。那些不小心与他视线接触过的人，无不立刻调转目光，不去看他。他为自己赢得了隐身人的资格，以便为他下一本书积累素材。那天下午他一定看得特别过瘾。

我之所以去舍伍德，是因为据"订阅号助手"的统计，我的读者遍布 303 个城市（多数在中国）、地区或国家，按读者数量多少排列，排在最后的、读者只有1人的共有42个，分别是：池州，商洛，中卫，乌克兰，石嘴山，乌兰察布，克拉玛依，俄罗斯，承德，衢州，阿勒泰，云浮，崇左，琼海，黔南，黔东南，佳木斯，舍伍德，拉萨，张掖，定西，甘南，盘锦，延边，阿拉善盟，鹤壁，平壤，舟山，石河子，伊春，韩国，固原，桃园，白银，郴州，吴忠，新西兰，巴音郭楞，瑞丁，遵义，乌拉圭，特立尼达和多巴哥共和国。

国土面积约1709万平方公里的俄罗斯只有一位我的读者，而小小的舍伍德也有一位。我带着这样的想法走在舍伍德的街头，和每一位路人擦肩而过。

8

我在酒店大堂看到那些终年生活在空调恒温中、消瘦而挺拔的服务员们，每当一个客人从沙发上起身，留下一团巨大的凹陷后，她们就满怀欣喜地赶过去，把方形靠枕一个个拍松，拿顶角支在靠背上，摆成菱形。

我看到夜班后的保安，穿着制服出现在早餐店，桌上摆着小笼，卤蛋蘸辣酱，一边看手机上的视频歌舞，一边喝三两装小白干。举杯的时候，指间露出巨大的银色戒指。他坐在最靠近门口的位置，脸冲外，仍是保安视角。吃完离店的人都从他身前桌面上快速抽一张纸巾，揩着嘴出门——那纸巾盒像陀螺一般被人抽得团团转——门外停着一辆共享单车，正是这保安的，他没锁，所以一直脸冲外看着，怕被别人共享了。他是整个早餐店最缓慢的一个，全店上下都等在他身后，而他正处在一天中最休闲的时刻，因此不急于起身。他终于起身时，几个服务员立刻包抄上去，将他留下的一桌狼藉收拾干净，干净得就像他从没来过一样。

这段文字是我坐在他的侧后方，1.5米开外的座位上，明目张胆地写下来的。反正他也不会过来抢我的手机看。

我看到高速公路上，用身体之色来粉刷高速护栏的工人，他们穿着橘黄色的工装，趴在护栏上滚动，将护栏刷成同色。他们像蜡笔一样，每隔几公里就把自己用光一次。

我在路旁的绿化树上也看到了这群橘黄色的工人，他们踩着梯子修剪树枝，我把写给他们的小诗记在手机备忘录上，反正他们永远也读不到：

    树上结了许多橘黄色的工人

    他们手执剪刀、锯子、老虎钳

    想把自己剪下来

    我们仰着头，张着手

    等他们一个一个

    掉进我们的口袋